悪役令嬢の

Reincarnated as
a Villainess's Brother

兄に転生

しました

内河弘児
Hiroko Uchikawa

イラスト
キャナリーヌ
Canarinu

TOブックス

CONTENTS

目次

エルグランダーク家にまつわる逸事Ⅱ

イラスト ＊ キャナリーヌ
デザイン ＊ 諸橋藍

CHARACTERS

登場人物紹介

ディアーナ

エルグランダーク公爵家令嬢。カインの妹。
ゲームでは、悪役令嬢として
数多の悲惨な破滅を迎える運命。
カインが大好き。
天真爛漫、純粋無垢にすくすく成長中。

カイン

エルグランダーク公爵家長男。
本作の主人公。前世でプレイした
乙女ゲームの悪役令嬢の兄で、
『先輩公爵ルート』の攻略対象に転生した。
目下、妹の破滅回避に激闘中。

イルヴァレーノ

カインの侍従。
元孤児で裏家業を強いられていたが、
カインに拾われた。
ゲームでは『暗殺者ルート』の攻略対象。

アルンディラーノ

リムートブレイク国の第一王子。
ディアーナとは同い歳。
カインを兄のように慕っている。
ゲームでは『王太子ルート』の攻略対象。

ゲラント

近衛騎士団の副団長の息子。
クリスの兄。

クリス

近衛騎士団の副団長の息子。
『聖騎士ルート』攻略対象。

パレパントル

エルグランダーク家の凄腕執事。
イルヴァレーノを教育中。

第一部

幼少期編 II

Reincarnated as
a Villainess's
Brother

カインの日記帳

リムートブレイク王国の筆頭公爵家であるエルグランダーク家。その長子として産まれたカインには前世の記憶がある。

日本の子ども向け知育玩具メーカーの営業マンで、ゲーム実況系YouTuberだったという記憶だ。

その記憶によれば、カインが今生きるこの世界は『アンリミテッド魔法学園～愛に限界はありません！～』という乙女ゲームの中の世界。そして、カインはそのゲームにおいて『年上の先輩ルート』の攻略対象キャラクターなのだ。

さらに、カインの妹であるディアーナは『主人公の恋路を邪魔しまくる悪役令嬢』である。主人公が恋愛を成就するたびに、ライバルであるディアーナは悲惨な結末を迎えるのだ。

画面の向こう側、娯楽としてのゲームのシナリオであれば「仕方がない」と電源を切って終わる話だ。しかしカインは今、この世界に産まれ、実際に生きている。産まれたばかりのディアーナに可愛く微笑まれたその日から、可愛い妹を破滅の運命から救うためにカインは奮闘することに決めたのだった。

カインは前世で『アンリミテッド魔法学園～愛に限界はありません！～』を全ルートクリアしている。さらに、実況動画として投稿するための編集作業中にも、自分のプレイ画面を繰り返し見ているのだ。

シナリオはバッチリ覚えている。そのシナリオから外れるように行動し、攻略対象者達の心の闇を主人公より先に晴らし、さらにディアーナを良い子に育てて破滅ルートを回避する。

それは、未来を知っているカインにしかできないことだった。

最悪の皆殺しエンディングと呼ばれている『暗殺者ルート』。その攻略対象者であるイルヴァレーノを自分の侍従としてそばに置くことに成功したカインは、彼を味方としてその他の攻略対象者を『攻略』するために知恵を巡らせる。攻略対象者達が、主人公と結ばれるためになぜディアーナに破滅をもたらすのか。主人公がどうやって攻略対象者たちの心をひらいていったのかのヒントはカインの頭の中にしかない。

カインは前世で教育テレビをよく見ていた。嫌みのない番組が多いので動画編集中に流しっぱなしにしていても気が散らないというのもあったし、職業柄というのもあった。子ども向け番組ばかりではなく、大人向けの科学実証番組やオカルト現象の解明番組などの放送もあって営業時の話題のタネとしても優秀なテレビチャンネルだったのだ。

その教育テレビで『前世の記憶を持って産まれた子どもたち』という番組があった。特に興味があったわけでもなかったが、ちょうど編集作業が終わった動画のエンコード中だったこともあって、流し見ではなくテレビに向き合って視聴していた。

子どもたちの言う前世というのが本当に存在したのかの検証や、なぜそんな事が起こるのかを科学的医学的に推論する内容で、見ているうちに面白くなってじっくりと見てしまった。番組は最後に「前世を覚えていると言った子どもたちだが、十歳ぐらいになると前世の事を口に出さなくなる。外聞を気にし始めるということではなく、どうやら前世を忘れてしまうらしい」「そもそも、前世の記憶を持っていたということすら忘れる子もいた」という「前世を覚えているのは子どもの頃だけの現象なので検証がむずかしい」という話でその番組は締めくくられていた。

カインはこの番組について思い出し、そして背筋が寒くなる思いに駆られた。カインは今七歳。もし、十歳ぐらいで前世の記憶をなくしてしまうというのであれば、各攻略対象者達との出会い方や攻略方法、エンディング、そしてディアーナの破滅方法などの記憶を失ってしまうということだ。それはとても困る。

今の時点で天使のように愛らしく聞き分けも良く可愛らしく成長しているディアーナであれば、自滅するようなことはないかもしれないが、主人公に対する愛に狂った攻略対象者が、何をするのかわからなくなってしまっては防ぎようがなくなってしまう。

万が一に備えて、カインは攻略本を作ることにした。新しいノートを一冊手に入れて、今覚えている限りの各ルートのシナリオを書き出していくのだ。万が一、前世の記憶を失ってしまったとしても、記録に残しておけば破滅を回避する事ができるだろうという作戦である。

最悪の皆殺しルートの攻略対象であるイルヴァレーノは、もう自分の従者であり友人である。ひとまず攻略本に書く必要はないだろう。

王道の王太子ルートは、アルンディラーノがカインに懐いているし、かくれんぼや化石探しと言った『王太子監視網』を逆手に取った作戦で若干ではあるが国王夫妻との距離を縮めることができている。カインがディアーナを溺愛している事も認知しているので、このままカインに懐かせておけばディアーナを粗雑に扱うことはないと踏んでいる。念の為、攻略本には『地方の老貴族に下賜《かし》される』と記載しておく。

聖騎士ルートの攻略対象であるクリスとは、王城の剣術訓練を一緒に受けており、昼食も一緒に食べている仲だ。アルンディラーノ攻略の為にやったかくれんぼや化石探しをクリスも一緒にやっているので、だいぶカインと打ち解けている。だが、ディアーナとの面識はないのでまだ油断はならない。ディアーナが魔王に乗っ取られた際に、咄嗟《とっさ》に倒す以外の方法を模索してくれるかどうかはまだわからない。『体を乗っ取られたディアーナごと魔王を倒す』と記載しておく。

「お兄様？　何をしてるの？」

「ディ、ディアーナ!?」

急に後ろから声をかけられて、カインは驚いてペンをおっことしてしまった。フカフカの絨毯が敷いてあるので、転がらずに落ちた場所にそのまま横たわっている。ディアーナは腰を屈めてペンを拾うと、カインに向けて差し出した。

「はい、お兄様。ちゃんともってなくっちゃダメよ？」

眉尻をキュッと上げて、メッと怒るふりをしているディアーナだが、への字に結んでいた口がぷるぷると震えだすとプスーっと空気が抜けるように吹き出してしまった。

「ありがとう、ディアーナ」

ニコリと笑顔を向けて、差し出されたペンを受け取る。書きかけの攻略本をそっと閉じて、ディアーナの視界から外すようにスッと机の端へと追いやった。

「お兄様、お勉強中だったの？」

「うん。でも、もう終わりにするから大丈夫だよ。どうしたの？」

「おかしが焼き上がったので、お茶にしましょうってお母様が呼んでるよ」

「呼びに来てくれたの、ありがとう！」

椅子から立ち上がり、膝をついてディアーナの手を取るとその甲に軽くキスを落とした。ディアーナもそれを受けて『よろしくてよ』という感じに得意そうな顔をして顎《あご》を上げた。その小さな令嬢姿がまた可愛らしくて、カインは握っていた手を引いてディアーナの体を寄せるとそのままギュッと抱きしめた。

「ディアーナは可愛いね！　素敵な淑女《しゅくじょ》になれるよ！」

「うふふー。お兄様はきっと抱っこマスターになれるよ！」

ひとしきり、抱き合って髪やおでこにキスを降らせて満足すると、カインはディアーナを解放して立ち上がった。カインの腕の下から、机の上を見たディアーナが、首をコテンと横に倒した。

「お兄様、何のお勉強をしていたの？」

今は、家庭教師の時間ではない。進度が違うので一緒にできないと言われた教科の授業をそれぞれ受けた後の休憩時間である。この後、お茶の時間を挟んで夕方まで皆で魔法の授業をする予定になっている。

「えーっと。歴史かな……」

未来に起こるであろう事を書き綴っているので、預言書かも知れないが。ディアーナは、カインの腕の下をくるっとくぐり抜けると、机の上のノートに手を伸ばした。

「ディもれきしやり始めたのよ！　いまね、三代前の王様が海をみにいくところだよ！　お兄様は今どこらへん？　ゆうしゃ出てきた？」

ディアーナは、ただカインの勉強がどこまで進んでるのかを見せてもらいたかっただけだった。何気なく伸ばしたその手を、しかしカインはノートに触れさせるわけにはいかなかった。

「ダメ！　それは見ちゃダメ！」

咄嗟に体をひねり、机の上を手のひらで払うようにしてノートを部屋の中程に向かって弾き飛ばした。もうすぐ手が届きそうだったノートが、一瞬にして部屋の向こうへと飛んでいったのをみて、ディアーナは目をまんまるにして驚いた。

「あ、ごめん。でもまだまとまってなくて、きれいじゃないんだ。人に見せられるようなノートじゃないんだよ」

カインは、ディアーナの頭を優しく一回なでると、急いで飛んでいったノートへと駆け寄った。腰をかがめて拾おうとしたその時、後ろからドカンと勢いよくぶつかってくる衝撃が背中を襲った。

突進して来て体当たりをかましたディアーナである。

「きれいじゃなくてもいいもん！　みせて！　お兄様みーせーて！」

人間、隠されると余計見たくなるものである。まだ小さくて好奇心が旺盛なディアーナであれば尚更だ。背中に衝撃の余韻を感じつつ、カインはノートを拾い上げて腕を天井に向けて伸ばした。ディアーナはカインの腰にぶら下がったまま、体重を掛けてカインを後ろに転ばそうとしてくる。

「やーだー！　みーたーいー！　みぃーせぇーてぇー!!」

「だーめー！　コレは本当にダメだから！」

ディアーナがありとあらゆる方法で不幸になる場面を書き連ねたノートなど、ディアーナに見せるわけにはいかない。腰にしがみつき、思いっきり後ろに体重を掛けてカインの腕を下げようとしているディアーナ。それに対抗して上半身の重心を思いっきり前に出しながら、手をぐっと上に突き出してノートを高く掲げるカイン。

その時、ドアがノックされイルヴァレーノが入ってきた。

「奥様が、早くしないとお菓子が冷めるとお呼びですよ……。何やってるんですか」

カインがイルヴァレーノに気を取られた一瞬。ディアーナがカインの膝裏に足をのせ、反対の足を腰に巻きつけた。その勢いでカインの肩をつかみ、自分の体を持ち上げた。

「カイン登り……」

「うわっ！　ディアーナ！　だめだってば！」

よじよじとカインの背を登っていくディアーナを唖然とした顔で見つめるイルヴァレーノと、どんどんとノートに近づいていくディアーナの手に焦るカイン。腰に巻き付いた足と、肩を掴んだ手で体を支え、膝裏にのせていた足も持ち上げてカインの背中に張り付いたディアーナは、ぐっと手を伸ばすとついにノートの下端に触れた。

「みーせーて！」

ノートに触れた事で調子に乗ったディアーナは、カインの腰に巻き付いている両足の膝に力を入れて自分の体を上に伸ばすと、ノートに向かって勢いよく手を持ち上げた。

「あ！」

「あ！」

精一杯遠くにやろうとしてノートのギリギリ端っこを持っていたカイン。ノートを取ろうと勢いよく手を伸ばしたディアーナ。その結果、ノートは弾かれて空中をクルクルと回りながら飛んでいき、イルヴァレーノの足元にぽとりとおっこちた。

「イルヴァレーノ！　拾ってくれ！　でも絶対に中を見てはダメだ！」

「イル君！　それちょうだい！　お兄様が意地悪して中をみせてくれないの！」

イルヴァレーノは腰をかがめてノートを拾うと、カインに言われたとおりに中身を見ないように開きの方を掴んで上に持ち上げた。

ディアーナがストンとカインの背中から降りると、イルヴァレーノに向かって走り出す。カインは、ディアーナが降りる際に背中を蹴られてしまったので体勢を崩しており、咄嗟にそれを追いかけられなかった。

ノートを持つ手を高く掲げて、ディアーナから届かないようにしているイルヴァレーノだが、ディアーナがその下でぴょんぴょん飛び跳ねてノートを取ろうとしている。イルヴァレーノは部屋のドアに背をピッタリとくっつけて、腹がわはノートを持っていない方の手で、ディアーナの侵攻を阻止していた。イルヴァレーノ登りは難しいと判断したディアーナが、ぴょんぴょんとその場跳びをしてなんとかノートを奪おうと頑張っていた。

ツインテールをポンポンと跳ねさせながら、跳び上がる様子は大変に愛らしく可愛らしいのだが、今ばかりはカインものほほんとはしていられない。

体勢を立て直したカインは、イルヴァレーノに向かって叫んだ。

「こっちに投げろ！」

その声を受けて、イルヴァレーノは手首のスナップだけで器用にノートを放り投げた。ノートは放物線を描いてカインに向かって飛んでいったが、最高点に達した瞬間に炎を出して燃えだした。ボワッとオレンジ色の火がノートを包んだかと思ったら、次の瞬間には小さな灰がちらちらと床に向かって落ちていくところだった。

あまりのことに、ノートを視線で追いかけていたディアーナは固まってしまった。何が起こったのかとイルヴァレーノがカインの方をみれば、腕を突き出した格好で固まっていた。おそらく、炎の魔法を使ってノートを空中で燃やしてしまったのだろう。

ディアーナに見られたくなくて、ノートを燃やしてしまったカイン。ディアーナはしばらく呆然としていたが、自分が兄の大事なノートを『燃やさせてしまった』ということに思い至り、大きな目がうるうるとうるみ出した。

「ディがぁ……。ディがみたいってわがままいったからぁ……ごめんなさいぃ～」

本当は、言うほどどうしても見たかったわけでもなかったディアーナ。途中からはカインとの取り合いっこが楽しくなってしまっていて、ノートの中身などどうでも良くなっていた。それなのに、遊びのつもりでノートを取ろうとしていたのに、燃やされてしまった。それがディアーナにはショックだった。

「うわあああん」

立ったままぼろぼろと涙をこぼして大泣きするディアーナに、カインは寄り添うとそっと頭を優しくなでた。

「いい子だね。悪いと思った時に直ぐに素直に謝れるのはとっても素敵だよ、ディアーナ」

「ごべんばさいー。おにいざばのーどなくなっぢゃっだぁあ」

「いいよ。ちゃんと見えないところにしまわなかった僕も悪かったね、ごめんねディアーナ」

「うぼぁー！　ごべんばざいー。　おにいざばあー」

泣いているディアーナの言葉がだんだんわからなくなってきたが、カインは優しく頭や背中をなで続けた。

後日、父親に呼ばれたカインは鍵付きの日記帳を手渡された。

「そろそろ思春期だもんなぁ。カインも人には言えない悩みとかあるんだなぁ」

そう、生暖かい目で見つめながらウンウンと頷かれてしまい、どうにも居心地が悪くなったカインは一礼して部屋へと引っ込んだ。しばらくの間、父や母だけでなく、執事のパレパントルや使用人たちにまで「燃やすほど恥ずかしい日記を書いている坊っちゃん」という目で見られることになってしまったのだった。

運動の秋

カインの編んだマフラーが家族みんなに行き渡り、首に巻いてもあせもができない程に寒くなってきた頃。

いつもどおりの早朝ランニングを終え、身支度を整えて食堂へと向かった所でそれは起こった。

「イル君とお兄様ばっかりズルい！　ディのこと仲間外れにした!!」

カインが朝食を食べるために食堂へと入ったとたん、ディアーナが指を突き付けて叫んできたのだ。

ぷんぷんと怒って頬を膨らませ、口をへの字にしている姿すらかわいい。カインは咄嗟にディアーナを抱きしめ、頬ずりをして頭のてっぺんの匂いをクンクンとかいだ。

ディアーナは抱きしめられた状態でバンバンとカインのわき腹を手のひらでたたくと、

「怒っているんですのよ！」

と淑女のような言葉づかいで抗議した。最近は、サイラス先生に少しずつ言葉づかいを直されているらしい。

「ディアーナのことを仲間外れにするなんてとんでもないよ。何にそんなに怒っているのか僕にちゃんと話してくれるかな」

「朝ごはんのまえにイル君とお兄様、二人でお外で遊んでるでしょ！　二人でお外に出ていくの見たんだからね！」

ディアーナはカインとイルヴァレーノが朝のランニングに出かけるところを見ていて、それを二人で遊びに行っていると勘違いしたようだ。今までは、朝ごはんだよと起こされるまで寝ていたディアーナ。今朝に限ってなぜ早起きをしたのかはわからないが、カインはチャンスだと考えた。

「じゃあ、明日の朝からディアーナも一緒にやる？」

何を、とはあえて言わないカインである。遊んでいるというディアーナの言葉にも否定も肯定もしていない。「ただ走っているだけ」ということがディアーナにバレたら「やっぱりやーめた」と言われかねないからだ。

カインは、前々からディアーナ自身にも強くなってもらいたいと思っていた。聖騎士ルートの「魔の森で魔王に体を乗っ取られる」とか「同級生魔導士ルートの精神魔法の暴走に巻き込まれる」とかいった状況になっても、咄嗟に体が動けば避けることができるかもしれない。なんなら、ディアーナが魔王を倒したっていい。その為には、何よりもまずは体力づくりが必要なのである。カインはこれを機に、ディアーナをランニングに引っ張り込んでしまおうと考えたのだ。

早起きを習慣化できるのもディアーナの将来のためになるに違いない。

「やる！　ディも一緒に遊ぶ！」

片手をビシッと上げて返事をするディアーナに、満足そうな顔で頷いてみせたカインは、

「お父様」

そのまま父ディスマイヤの方を向いて声をかける。

「いいよいいよ。パレパントル、ディの運動服用意してやって」

「かしこまりました」

カインの声を受けて、ディスマイヤはそのまま執事へスルーパス。執事は恭《うやうや》しく頭をさげると、そばにいた侍女に言付けをする。言付けを受けた侍女は食堂を出て行った。サクサクと物事が進んでいく。

カインはダイニングテーブルまでの短い距離をディアーナと手をつないで歩き、抱き上げて椅子に座らせると隣の椅子に自分も座って朝食を取り始めたのだった。


そうして翌日、早朝のエルグランダーク邸。その、正門前。運動着を着た子どもが三人並んで体操をしていた。

「腕を前から上にあげて背伸びの運動ー」

「いっちに、さんし、ごーろく、しちはち」

「足を大きく開いて屈伸運動ー」

「いっちに、さんし、ごーろく、しちはち」

「ディアーナ、体暖まってきた？」

「はい！」

ディアーナは、若草色の運動着にマフラーを巻いていた。ポンポンの付いた、カインの編んだ毛糸のマフラーだ。マフラーを外す様子がないので、身体は言うほど暖まってないのだろう。それでも筋肉がほぐれていれば走り出しても大丈夫だろう。

「じゃあ、走るか」

「走るの？」

「走るよ」

体力づくりのためのランニングなので、ゆっくり走り出す。

走った先で何か面白い遊びが始まるのだと思っていたディアーナは、最初は楽しそうに走っていた。裏門まで来たあたりで息切れがしてきて、正門に戻ってきた時には遊び要素がない事に気が付いて座り込んだ。

「遊んでない！　お兄さま嘘ついた！」

「うそなんてついてないよ。イルヴァレーノと朝から遊んでるなんて言ってないからね」

「ずーるーいー！」

息切れをして疲れて座り込んだはずのディアーナが元気よく地団駄《じだんだ》を踏む。

元気じゃん、と思いながらもカインとイルヴァレーノは、

「じゃあ僕らはもう一周走ってくるから」

と言って走り出してしまった。

カインとイルヴァレーノが行ってしまうと、正門前にはディアーナと警備の騎士の二人だけになってしまった。

今は早朝なので、正門の警備をしているのはアルノルディアとサラスィニアではなく、ヴィヴィラディアという騎士だ。

ヴィヴィラディアは深夜から早朝にかけてを警備することが多いので昼間にお散歩をするディアーナとはほとんど面識はない。

ヴィヴィラディアは、いつものランニングにはいない小さな可愛い女の子が交ざっていることにほっこりとし、仲良く体操をしているのを微笑ましく眺めていた。それなのに、いざ走り出し、一周回って戻ってきたところで喧嘩をはじめてしまったので緊張してしまった。騎士としての訓練を受けているので荒事や怒鳴り声などには慣れているのだが、小さな子同士が喧嘩をする様子にはとても心を痛めた。体が大きいせいで、余計に子どもたちを小さく感じるからかもしれない。

男子二人に置いていかれてしまって、落ち込んでいるのではないかと心配になった。元気づけるために声を掛けようと思ったが、このくらいの小さい女の子になんて声をかけてよいのか全く思いつかなかった。

成人して領地で騎士になり、慣習として公爵家の警護に付くために王都に来たばかりでまだ若い。結婚もしていないしもちろん子どももいない。長男なので姪っ子も甥っ子もいない。

小さな子の扱いなんてさっぱりわからない。暇つぶしの相手になろうとは思うものの、下手に声をかけて泣かれでもしたらどうしていいかわからない。でも、男子二人が戻ってくるまで無言で二人きりでいるのも耐えがたい。どうしたものか。

手を上げたり下げたりしながら言葉を探していると、ヴィヴィラディアの前で座り込んでいたディアーナが突然立ち上がった。

そして振り向くと、キュロットパンツの裾をつまんで淑女の挨拶《あいさつ》のポーズを取る。

「ごきげんよう。私《わたくし》はディアーナと申します。初めてお目にかかりますね、お名前をお伺いしてもよろしいかしら」

運動着を着た小さな女の子が、突然しっかりとした淑女の挨拶をしてきて、ヴィヴィラディアは面《めん》食《く》らった。

咄嗟に左手で右手首をつかみ、右手のこぶしを胸に当てて背筋を伸ばした。領地の騎士団に入るとまず教わる騎士の礼のポーズだ。

「ヴィヴィラディア・ランドルースと申します。ディアーナ嬢。お会いできて光栄です」

きちんと挨拶を返されて、ディアーナはフンスと鼻息を荒くしてドヤ顔をした。淑女の礼が台無しである。子ども扱いせずにきちんと挨拶を返されたので満足したらしい。

それをきっかけに、どうでもいい話をぽつりぽつりと二人でしていたら、男子二人が一周回って戻って来た。

ヴィヴィラディアは二人の来る方向に体を向けると、片方の手のひらを開いて待ち構えた。カインとイルヴァレーノが、すれ違いざまにヴィヴィラディアとハイタッチをしていく。

パチンパチンと小気味よい音を立てて手のひらをぶつけてすれ違う二人をみて、ディアーナが目を丸くした。

「なにそれ！　なにそれ！　ディもする！　ディもパッチンする！」

「だーめ。これは一周回って来た人しかできないんだよ」

ディアーナとハイタッチするためにヴィヴィラディアは屈もうとしていたが、それを遮ってカインがダメ出しをしてしまった。

中途半端な体勢になってしまったヴィヴィラディアは、広げていた手のひらをグーパーグーパーしてあさっての方向を見ながら、何となく姿勢を正した。

「じゃあ、ディも走る！」

「もう、疲れ治った？　走れる？」

「走れるもん！」

その場駆け足をしていたカインとイルヴァレーノは、真ん中にディアーナを挟んでまた走り出した。

結局その日は、カインとイルヴァレーノが十周走る間にディアーナは休みを入れつつ三周走った。

ハイタッチと走っている間の内緒話が楽しかったのか、次の日からもディアーナは朝のランニングに（時々さぼりながら）参加するようになったのだった。ディアーナ強化作戦の第一歩である。

お父様とデート

秋も深まってきたある日、ディスマイヤが休みを取った。

ディスマイヤは休みだが、カインはいつもどおりに王城での剣術訓練があるので城まで行かなければばならない。普段は、出勤する父の馬車に相乗りをして訓練へと向かうのだが、ディスマイヤが日中に馬車で出かけると言うことで、カインはサラスィニアと馬に乗って王城へと出かけて行った。

「カインばいばーい！」

「お兄さまバイバーイ！」

と手を振る父に恨みがましい目を、妹に名残惜しい目を向けながらカインは遠ざかって行った。馬に二人乗りしている状態で、サラスィニアの腕の下から顔をだしては、角を曲がるまでずっと手を振っていた。

カインの姿が見えなくなると、ディスマイヤは振っていた手を降ろして腰にあて、脇に立つディアーナを見下ろした。

「さ、ディアーナ。今日は父さまとお出かけしよう！　ディを独り占めするためにお仕事休んだんだからね！」

「お父様と遊びに行くの⁉」

ディスマイヤはニコニコしながらディアーナを遊びへと誘った。その誘いにいったんはパァと明るい表情を見せたディアーナだが、すぐに困った顔をした。

「でも、今日はイアニス先生のお勉強の日だよ」

遊びには行きたい。でも、勉強はしなくてはいけない。勉強を頑張るとカインが褒めてくれる。勉強が嫌になった時期もあるが、実際にサボったことはないのでサボったときにカインがどういう反応するのかは分からなかった。しかし、勉強嫌いと言った後に、好きになる工夫をしてくれたカインなので、あまりいい顔をしないのではないかという想像はディアーナにもできた。

「いいよ。イルヴァレーノも勉強してるんでしょう？　だったらイアニス先生も無駄足にはならないし、ディアーナも優秀だって聞いているからね。一日ぐらい休んだって問題ないよ！」

「本当？」

「本当、本当」

父がそう言うなら大丈夫なのだろう。そう思ってディアーナはまた笑顔になると「遊びに行く！」と宣言したのだった。


門前に馬車が回されて、ディスマイヤはディアーナを抱き上げて馬車に乗せると、後から自分も乗り込んだ。執事が馬車の戸を閉めるのを待って、ディアーナに声をかける。

「ディアーナはどこに行きたいの？」

「河原！」

「え……かわら？」

お菓子屋さんやおもちゃ屋さん、洋服屋さんなどと言われると思っていたディスマイヤの目が点になる。

かわらとは……瓦？　河原？　頭が混乱した。

「河原にはね、強い石があるんだよ！　強い石を探しに行きたい！」

ディスマイヤには意味が分からなかったが、石を探すというのならばカワラは河原で間違いがないのだろう。御者に王都の外の河原へ行くよう指示をすると、馬車はゆっくりと走り出した。

「セレノスタがね、最強の石くれたけどね、ディは自分で探したいと思ってたの」

「うんうん」

「強い石はね、なるべく硬いのがいいんだけど、重すぎたり大きすぎたりして投げにくいのもダメなのよ」

「そうなの？」

「石だけじゃ勝てないの。オノレのワザとワンリョクとシュウチュウリョクが一体となって初めて勝てるんだよ」

「へぇ。なかなか奥深いね」

ディアーナが『石はじき』の極意を説明するが、ディスマイヤにはさっぱり分からなかった。セレノスタって誰？　最強の石って何？　と疑問だらけだったが、ディアーナの説明を聴くのが楽しかったので気にしないことにした。

リボンの形をした石やウサギの形に見えない事もないかもしれない石、ディアーナにとっての最強の石を拾って馬車に乗せると、裾が泥だらけになったワンピースを着替えるために洋服屋に向かうことにした。


エルグランダーク家では、普段の買い物は邸に商人やデザイナーを呼んで済ませているので、ディスマイヤは町中の商店については詳しくなかった。

しかし、御者は詳しかったようで、ディアーナ用の服を買いたいとディスマイヤが言えば、「では、いつも屋敷に来る子ども服屋に向かいますね」と貴族御用達の店へと馬車を向かわせてくれた。

「いらっしゃいませ。エルグランダーク公爵様。呼んでいただければお伺いいたしましたのに」

店に入ると、いつも邸に来る馴染みの婦人が体を揺すって出迎えてくれた。ニコニコと機嫌の良さそうな笑顔を浮かべてお辞儀をしている。ディスマイヤは帽子を持ち上げて軽く挨拶のポーズを取った。

「今日は、すぐに着られる物がほしい。この子に合いそうなワンピースをいくつか持ってきてくれるか？　あと、運動がしやすい服なんかあったらそれも見せてほしい」

そう言いながら、ディアーナの肩をそっと押して前に出した。父に押し出されたディアーナは、はにかみながらもスカートをつまんで淑女の礼をした。

「こんにちは、洋服のおばさま」

「まぁ、ディアーナ様！　こんにちは。いらっしゃいませ。相変わらずお可愛らしいこと！」

ディアーナも一緒にいる事に気がついた夫人は、ますます目尻を下げて挨拶をした。そして、ディアーナが挨拶のためにつまんでいるスカートの裾が泥だらけになっているのを発見した。

「あらあら。お外で遊んだのかしら？　かしこまりました、すぐにかわいい洋服をお持ちいたしますね」

そう言って夫人は店の奥へと引っ込んでいった。

ディアーナの運動服はすでに執事が用意してあるが、せっかく洋服屋に来たのだから自分でも買ってやろうとディスマイヤは考えた。ランニングがどれくらい長続きするのかは分からないが、洗濯替えの為に複数枚必要だろうと思ったのだ。

当然、執事がそのことに思い至らないわけはないので、ディアーナの運動服はこの後二桁の枚数になる。

ワンピースを着替え、余分に買ったワンピースと運動服の入った箱を馬車に積み込むと、今度は本屋へとやってきた。

「ディアーナは本を読むのが大好きだもんな」

「うん！　うさぎさんの本とね、まほうつかいの本ね」

ディスマイヤとディアーナで手をつないで本屋に入っていくと、洋服屋とはちがって店主は迎えにでてこなかった。奥の方から「しゃっせー」という気のない声だけが聞こえてきた。

店は、壁がすべて本棚になっていて、ぎっちりと本が詰まっていた。店の真ん中には低めのテーブルがおいてあり、本が平たく置かれている。

「お父様、これ、これ！」

ディアーナが書店の中をずんずんと進み、平台に置かれている一冊の本を指差した。表紙にうさぎの絵が描かれた絵本だ。

「これは、ディアーナもう持っている本だよね？」

「うん！　うさぎさんが、ぶらさがって、おみみがのびるお話だよ」

ディアーナが指差した本は、「うさぎのみみはなぜながい」という絵本だった。ディアーナ愛用の絵本の一つで、ディスマイヤも何度か「ご本を読んでさしあげます！」と読んでもらったことがあるので覚えていた。

「もう持ってるのに、また欲しいの？　あ、今のがボロボロになったから買い替えたいとか？」

「う？　いらないよ？　ディもうこのご本持ってるもん」

「え？　いらないの？」

じゃあ、なんで指差したの？　とディスマイヤは頭の中がはてなだらけになったが、ディアーナは気にせず更に店を探検する。また、平台の上に気になる本を見つけたようで、にっこにこ顔で一冊の本を指差した。

「お父様、これ、これ！」

「はいはい」

大股でゆっくりディアーナに追いつくと、ディアーナの指先を覗き込む。表紙には天使の頭上に虹が掛かっているきれいな絵が描かれている。

「これも、ディアーナはもう持っているよね？」

「うん！　雨上がりに虹がかかるのは　本当は違うんだよね！」

ディアーナが指差した本は、「虹になった魔法使い」という絵本だった。ディアーナの最近のお気に入りの絵本の一つで、先日破けて泣いたとエリゼから聞いていた。

「ああ、破けちゃったから新しいのがほしいんだね？」

「ちがうよ？　破けちゃったけど、お兄様が直してくれたから新しいのいらないよ」

「え？　いらないの？　やぶけたのに？」

じゃあなんで、コレコレって指差したの？　とディスマイヤはまた頭の中が、はてなだらけになった。本は高価なものではあるが、エルグランダーク家の財布事情からしたら買い渋るようなものでもない。破けてしまったのであれば、新しいのを買えばいいのにとディスマイヤは思うのだが、ディアーナはいらないという。

「ここ、このページね、魔法使いと天使の手に虹がかかっているでしょ？」

ディアーナが、店の本をひらいて中程のページを見せてきた。ディスマイヤが覗き込むと、確かにそのページはディアーナの言った通りの絵が描かれている。

「ここね、ディのご本は虹が飛び出すのよ！　パッとページをひらいた時に、ビョンって虹が飛び出してくるの！」

ディアーナがそう説明してると、店の奥でガタンと椅子を倒すような音が聞こえた。ディスマイヤがちらりとそちらに目線をやると、本屋の店主が立ち上がってこちらを見ていた。

「こんどね、最後のページの一番おおきな虹の絵のところもね、お兄様に飛び出す虹にしてもらうの！」

「そ、そうか。それは楽しみだね」

「うん！」

この本について「自分の持ってる本の方がすごい！」とディアーナが自慢しているのだと気がついた。ディアーナは、本屋に自分の持っている本が置いてあるのが嬉しくてディスマイヤに紹介しているのだ。やっと頭の中のはてなが解消されたディスマイヤは、ディアーナの行動が微笑ましくてつい頭をなでてしまった。

「お父様？」

「ディアーナ、今日は新しい本を買いに来たんだよ。どれでも、好きな本を選びなさい」

「新しい！　ご本！」

改めて本屋に来た目的を説明すれば、ディアーナは目をカッと見開き、拳《こぶし》をギュッと握りしめた。

そうして、平台の上に並べられている表紙の絵をじっくりと吟味し始めたのだった。

カラフルできれいな蝶の絵が描かれた表紙の本を手にとり、ペラリとページを見てはそっと台の上に戻した。ディスマイヤがそれを手にとって中を見ると、表紙の絵はきれいなのに中身は商売の仕方を指南する本だった。字がぎっちりと詰まっていて、今のディアーナでは読めないだろう内容だった。

次にディアーナはこぐまがはちみつのツボに手を突っ込んでいる絵が表紙の本を手にとった。その本も、ペラリと中を見たあとはそっと台の上に戻した。ディアーナの置いた本を手にとって中身をみると、やはり字がぎっちりと詰まっていて、内容は養蜂家で蜂の巣ハンターの自伝小説だ。ディアーナにはまだ早そうだった。

くまとはちみつの本を台に戻してディアーナを見れば、一冊の本をじっくりと眺めているところだった。その本は、表紙に一人の女の子が描かれてた。表紙の女の子は、詰め襟の細身の上着を着てズボンをはいていて、まるで男の子のような格好をしていた。長い髪を後ろで結び、大きなリボンをつけているから女の子とわかるが、手には剣も持っている。

「少女騎士」

ディスマイヤがその本のタイトルを読むと、ディアーナがくるりと振り向いた。

「かっこいいね！　女の子だけど、騎士なんだって」

「たしかに、かっこいいね」

ディアーナがひらいたページには、細身の剣を突き出して悪者を退治しようとしている女の子騎士の絵が大きく描かれていた。街の劇場では、女性が騎士役も姫役もする舞台劇が人気であると聞いていたので、ディスマイヤはその延長にある表現なのかなと素直にそれを受け入れていた。

「ディも、こんな風にかっこよくなりたい」

「ディはかわいいからなぁ。かっこいいよりかわいい方が似合うかなぁ」

「ディも、弱いものいじめをやっつける、つよい人になりたい！」

ディアーナのその言葉に、ディスマイヤは目をみはった。「弱きを助く」というのは、貴族の矜持《きょうじ》である。単純に「かっこいいから」という理由だろうけれど、ディアーナからその言葉が出たことがディスマイヤは嬉しかった。

「なれるよ。ディアーナなら、きっとなれるよ」

優しく微笑んで、ディアーナの肩を叩きながらディスマイヤはそう言った。ディアーナもニコリと笑い返して、

「ディが騎士になったら、お父様のことも守ってあげるからね！」

と胸を叩いたので、

「ああ、楽しみにしてるよ」

とディスマイヤは答えたのだった。

結局本屋では、「少女騎士」だけを買ったのだった。

本屋の後は、おいしいスイーツが食べられると評判のカフェへとやって来た。

「さあ、ディアーナ。なんでも好きなもの食べていいんだよ！」

そう言ってディスマイヤはディアーナにメニューを広げて手渡した。ディスマイヤに見せられたメニューをじっくりみているディアーナは、どれもこれも聞いたことのない名前ばかりで迷ってしまってなかなか選べない。

うーんうーん、こっちはどんなのだろう、あっちはどんなのだろうと視線をあっちこっちに移動して、ページをめくったり戻したりしていた。

ににことそれを見ていたディスマイヤは、店員を呼ぶとメニューにあるケーキをすべて一つずつ持ってくるようにと注文した。

隣の席のテーブルも寄せられて、十数個のケーキがディアーナの目の前に並べられた。

ディスマイヤの前にはティーカップが置かれている。

目の前に並べられたケーキを見て、目をキラキラさせて興奮した様子でケーキを眺め、一つずつ指をさしては「これは？」「これは？」と店員にケーキの名前を聞いては復唱していくディアーナはとても楽しそうだった。

一通り名前を聞いて、どれを食べようかと選んでいたディアーナだが、選びきれなくなってきた頃に不安そうな顔になった。

「お昼ごはん前にケーキ食べたら、お昼ご飯食べられなくなるよ？」

首をコテンと倒しながら、ディスマイヤに困ったような顔を向けた。

ディスマイヤはニヤリと悪い顔をして見せると、人差し指を口の前に立てて「内緒だよ」と小さな声で言った。

「今日はお昼ご飯を食べた事にして、ケーキを食べよう。黙っていればわからないよ」

「いいの？」

「いいさ！」

ディスマイヤから肯定されて、ディアーナはまずイチゴのケーキを手元に置いた。

ディアーナは好きなものから食べる。イチゴのケーキはイチゴから食べていく。なぜなら、食べ終わる頃にイチゴがないとしょんぼりした顔をすれば、カインが残しておいたイチゴをくれるから。

今日も、イチゴにぶっすりフォークを刺すと大きく口を開けてイチゴを丸ごと口に入れた。フンフンと鼻息も荒く白いクリームのケーキを一個食べきると、次はどうしようかなとテーブルに並ぶケーキを眺めていく。

「お腹いっぱいになっちゃうから、全部は食べられないね」

「そうしたら、全部一口ずつ食べたらいいよ」

「食べきれないのは、お父様が食べる?」

「食べきれない分は、残せばいいよ。その分のお金は払っているからね、安心して残しなさい」

ディスマイヤは優しく微笑んでそう言うが、ディアーナは眉毛をさげて困った顔をした。

ディアーナは、いつもカインからお残しはゆるしまへんで！　と変な方言で言い含められていた。好き嫌いをしてはいけないよという意味の他に、食べきれないなと思ったら新しいものに手を付けてはいけないよという意味でも。

手を付けていない食べ物ならば、別の人が食べられるからだ。邸の食堂で三食出てくる料理は、料理人がディアーナの食べられる量を把握しているのでいつもちゃんと食べきれる。きちんと食べればカインが褒めてくれた。

母の来客に合わせた茶会で、スコーンやクッキーを半分ずつ食べて残した時にカインに優しく注意されたのだ。客人のお土産を、手つかずで残せば使用人のおやつにできるし、ディアーナの明日のおやつに残しておく事もできるんだよと。食べかけは捨てるしかないんだよ、と。

でも今、父であるディスマイヤは残していいと言う。お金を払っているから大丈夫だという。

それでいいのだろうか？　と、幼いながらにディアーナは考えた。

「お父様、食べきれない分を持って帰っても良い？」

「うっ」

ディアーナは、カインの「手つかずで残しておけば明日のおやつにできる」という言葉に従うことにした。ここでは食べられるだけにしておいて、持って帰れば明日もケーキが食べられるし、カインやイルヴァレーノとも一緒にケーキが食べられる。

カインの喜ぶ顔を想像してウキウキしてきた。

しかし、ディスマイヤは渋い顔をした。

「ケーキを持ち帰ったら、お昼ご飯を食べずにケーキを食べたことがバレてしまうよ……？　カインに怒られちゃうよ」

「あ！」

そもそも、お昼ご飯をケーキで済ませようというのがカインに内緒の話だったのを思い出したディアーナは目を見開いて、そして泣きそうな顔をした。

カインが喜ぶことを想像していた直後に、カインの困ったような怒り顔を思い出したからだ。

どうにか、この大量のケーキを残さずに、しかしカインにも怒られない方法はないかとディアーナはうんうんと腕を組んで考えて……そして、思いついた。

「良いこと考えひらめいたー‼」

そう叫んだディアーナは、ニッコニッコと良い笑顔でもう三つケーキを食べると、残りのケーキを店員に包んでもらった。

石と、服と、本と、ケーキを積んだ馬車は王都の西を目指してゆっくりと走っていた。

やがて馬車がたどり着いたのは、孤児院が併設されている神殿だった。

御者がドアを開けると、ディアーナは一人で飛び降りて神殿へと入っていく。ディスマイヤは珍しいものを見るかのようにあちこちを見ながら、ゆっくりと後を歩いてついて行った。

「おや。ディアーナ様。こんにちは」

「神殿長さま、こんにちは！」

「今日はカイン様は？　イルヴァレーノは一緒じゃないのですか？」

カインやイルヴァレーノ程ではないが、最近はディアーナも時々孤児院に来るようになっていたので神殿長とは顔見知りになっていた。

それでも、ディアーナ一人でくることはなかったので、兄二人組や母が見あたらないことを神殿長は不思議に思ったようだ。

ディアーナは後ろを振り向いて指を差した。

「お父様だよ！」

それを聞いた途端、孫を見るような顔でニコニコしていた神殿長が、シャキンっと背筋を伸ばし、真顔で深々と頭を下げた。

「お初にお目にかかります。西の神殿を預かるシモンズと申します。本日はようこそいらっしゃいました」

「うん」

神殿長のかしこまった挨拶に軽く頷いて答えたディスマイヤだが、ディアーナがその太ももをペチペチと叩くと厳しい顔をしてメッ！　と言ってきた。

「ようこそって言われたら、お邪魔しますって言わなきゃだめだよ」

「えっ……うん？　……えっと、お邪魔します」

それを受けて、神殿長は応接室へ案内しようとするが、ディアーナがその裾を引っ張って止めた。

振り返る神殿長へ向かって、ディアーナは良い笑顔でこう言った。

「お土産があるんだよ！」


孤児院の食堂で、みんなで並んでケーキを食べた。

ディスマイヤにはお茶が出されたが、子ども達はみんな水を飲んでいたのでなんとなく居心地が悪かった。

狭い長椅子に並んで座っているので、隣に座る子の汚れた服がディスマイヤの服とくっついてしまうのも気が気ではなかった。

反対隣に座っているディアーナは気にすることなく、ニコニコと本日五つ目のケーキを食べている。

ディスマイヤとは反対の隣に座っている子どもと楽しそうに会話をしながら、味の違うケーキを一口ずつ交換していた。

ディスマイヤは背筋がゾワゾワとしてきてしまって、その場にいられなくなってしまった。

「ディアーナ。父様は先に馬車にいるので、食べ終わったら神殿長に馬車まで連れてきてもらいなさい」

「はい！」

ディスマイヤはディアーナを残して先に馬車まで戻ってしまった。

「アルンディラーノ王太子殿下も、孤児たちに交ざって遊んだとは聞くが……。しかし、今日のディアーナの諸々は貴族としてはあまり歓迎できる態度ではなかったな……」

地べたにしゃがんで石を拾うなんてことも淑女のする事ではないが、ディアーナはまだ幼いからまぁ許せないことはない。

ケーキは嗜好品である。食べたいだけ食べて、いらない分は残すというのは別に恥ずべき事ではない。食べきれないものを持ち帰る方が、ディスマイヤにとっては恥ずかしかった。持ち帰るつもりならば、最初から持ち帰り用として注文すべきで、食べ残しを持ち帰るのは卑しい行いだとディスマイヤは考えていた。

そして、孤児へのケーキの差し入れは貴族からみれば施《ほどこ》しである。その行いは貴族としてなんら恥じるところではないが、それを一緒になって食べるなどどうかしているとディスマイヤは思った。ましてや、食べかけのものをわけあい、お互いの食器で食べさせ合うという行為には怖気《おぞけ》が走った。

貴族であるエルグランダーク公爵家は支配者層であり、孤児や神殿長は支配されるべき平民である。挨拶などは受けた事を示すのに相づちを打てば十分である。それは「弱きを助く」という貴族の矜持とはまた別の話なのだ。

「カインの影響なのか……？」

カインも王城へ通う以外はほぼ外出はしない為、カインが誰からの影響を受けているのかはわからない。わからないが、カインは時々平民と貴族を区別しない考え方を漏らすことがある。

家庭教師も性格がアレな者はいるが、みな貴族出身であることは確認済みである。

では、ディアーナの感覚はどこから入ってきたのか？

ディスマイヤは子どもたちの今後について、改めて考え直すべき時なのではないかと思案するのであった。

聖剣アリアードと魔法の星空

ディアーナが父とお出かけしてから一週間ほど後、エルグランダーク家の庭の木々が次々と葉を落としはじめた。エルグランダーク家の庭は、庭師の老人の手でいつでも綺麗に整えられている。花が散る前に摘まれ、落ち葉や折れ枝は家人に見つかる前に掃かれる。この家の庭は、常に掃除されていてゴミひとつ落ちていない。

だから、それは本当に偶々《たまたま》で、偶然で、奇跡のようなタイミングだった。

ディアーナが掃除メイドにほうきを取り上げられ、拗ねて使用人用の出口から裏庭に出たところで、目の前に木の枝が落ちて来たのだ。

先に一枚だけ枯れ葉がまだついていて、まっすぐで、手ごろな長さの枝だった。

「ふおおおおお」

ディアーナは目を大きく丸く見開いて、宝物を発見したように大事そうに木の枝をそっと拾うと、目の高さまで持ち上げてまじまじと眺めた。

木の枝を横にして、縦にして、上から下からじっくりと眺める。

眺めるのに満足したディアーナは、今度は枝を握った右手を持ち上げて、勢いよく振り下ろした。

細めの木の枝は少ししなりながら「ビュッ」と風を切る音を鳴らして振りおろされた。

「ふおおおおお！」

ディアーナは感動してさらに目を大きく開くと、キラキラとした満面の笑顔で手に握られている枝を見つめた。

「聖剣アリアード！」

それは、少女騎士ニーナが本の中で使っている剣の名前だった。

少女騎士ニーナとは、先日ディスマイカに買ってもらった絵本「少女騎士」の主人公だ。それは、意地悪な男の子から他の女の子たちを守るために騎士になった少女のニーナが、意地悪な男の子たちをやっつけるというものだった。

ディアーナはカインが剣術訓練で王城に行っている間に、イルヴァレーノを捕まえてはその本を読み聞かせていた。（イルヴァレーノは、「今日のディアーナ様」でその様子を報告するたびに、カインから恨みがましい目を向けられるので、勘弁してほしいと思っていた）。

騎士の制服風の服を着たニーナがカッコよく描かれているページが大のお気に入りで、今日もほうきを使って真似をしていたが、掃除メイドに取り上げられて頰を膨らませていたのだ。

庭師達の掃除を逃れ、ディアーナの手に渡るべく絶妙のタイミングで落ちてきた「良い感じの枝」はアリアードと名付けられた。聖剣《アリアード》を手に入れたディアーナは、ご機嫌で鼻歌を歌いながら木の枝を振って歩いていく。まずはイルヴァレーノに自慢して、お昼ご飯の後に帰って来るカインにも自慢するのだ。

壁沿いに正門に向けて歩いていくと、警備担当の騎士二人とイルヴァレーノが立っていた。

早速イルヴァレーノに聖剣を自慢しようと駆けだそうとしたディアーナは、その足を止めて立ち止まった。

騎士の振り上げた剣がイルヴァレーノの頭上に振り下ろされそうになり、イルヴァレーノがそれをサイドステップでよけたのだ。その後も、騎士が振り下ろした剣をそのまま横方向に薙ぎ払ったのをイルヴァレーノが足を広げて頭を下げることで避け、そのまま開いた足をスライドさせて騎士に足払いを掛けようとする。

「イル君あぶなぁーい‼」

ディアーナはそう叫ぶと全力で走り出した。

足払いをバックステップで避けた騎士が、避けたことで出来た距離を縮めようと大きく一歩踏み込んだところだった。

足払いをよけられて、その勢いのままくるりと一回転して体勢を持ち直そうとしたイルヴァレーノの目に走ってくるディアーナが飛び込んでくる。

踏み込んだ勢いで剣を振り下ろそうとしていた騎士の目にも、すごい勢いで駆け込んでくるディアーナが飛び込んで来た。

「うおっと！」

「っ！」

勢いでディアーナを蹴らないように回転の勢いのままわざと転ぶイルヴァレーノ。

剣を振り下ろすのを肩と腕の力で頭上で止めたサラスィニア。

その間にズザザーっと滑り込んで来たディアーナ。

ディアーナは、聖剣アリアードをサラスィニアにビシッと突き付けると朗々と見得を切った。

「弱い者いじめはゆるさない！　いじわるなんてカッコ悪い！　少女騎士ディアーナ、ここに見参！」

剣を頭上で振りかぶっている大人の騎士。その騎士に向かって木の枝を突き付けている少女。少女の後ろでしりもちをついている少年。

はたから見れば、悪い騎士から少年を守っている少女騎士の構図だ。

セリフが決まり、ポーズもばっちり決まったディアーナはドヤ顔である。

サラスィニアはバツが悪そうな顔をしながらゆっくりと剣を下ろすと、とりあえず「ごめんなさい」と謝った。

それを聞いてうんうんと大げさにうなずいたディアーナは振り向いてイルヴァレーノに手を差し出した。

「意地悪に意地悪で返してもきりがないのよ。ごめんなさいを言われたらゆるしましょう」

これも、少女騎士ニーナのセリフである。

イルヴァレーノは思わず差し出された手を取って立ち上がろうとしたが、イルヴァレーノの体重を支え切れずにコロリンとディアーナの方がイルヴァレーノの上に転がってしまった。

「別に、いじめられていたんじゃありませんよ。稽古をつけてもらっていたんです」

ディアーナを立たせて、自分も立ち上がると尻の土をパンパンと叩きながらイルヴァレーノが説明をする。

下手にディアーナから騎士がイルヴァレーノに剣を向けていたなどと伝わって、この二人の騎士に不利益があっても困るからだ。冤罪《えんざい》はよろしくない。

「お稽古？」

「そうです。カイン様が王城で近衛騎士と剣術の練習をするようになりましたからね。僕も負けていられないというか……」

騎士二人も、うんうんとうなずいている。

カインが王城に行くようになるまでは、イルヴァレーノとカイン二人そろってこの騎士たちに稽古を付けてもらっていた。今はイルヴァレーノだけなので決まった時間でなく、お互いの空き時間があえばという形で続けていたのだった。

「ディも剣のお稽古する！　ディも騎士になる！」

ビシッと聖剣アリアードをアルノルディアに突き付けて宣言するが、騎士二人は困った顔をするばかりだった。

イルヴァレーノがディアーナの手にそっと手を乗せて木の枝を下げさせると、少し屈んでディアーナと目線を合わせた。

「ディアーナ様。勝手に剣の訓練をして、万が一ディアーナ様にお怪我をさせてはこの二人が叱られてしまいます。それは『いじわる』な事ですよ」

「いじわる⁉」

ディアーナはショックを受けたような顔をした。

正義の騎士を気取っていたディアーナにとって、意地悪な事をしようとしていたというのは衝撃なのだろう。

「ちゃんと許可を取りましょう。旦那様か奥様に剣の稽古をしても良いか聞いて、良いと言われたら改めてこの二人にお願いをしましょう」

ディアーナが素直にうなずいたのをみて、イルヴァレーノは騎士の二人に「今日はコレで。ありがとうございました」と頭を下げた。

ディアーナと手をつないで玄関へ向かい、まずはエリゼの部屋へ行ってディアーナがお願いをしてみたがやはり「ダメ」と言われてしまった。

泣きそうな顔でディアーナが粘ったので、エリゼは最後には「お父様が良いと言ったらね」とディスマイヤに丸投げした。

昼食後、カインが帰って来たのでディアーナは早速「聖剣アリアード」を披露《ひろう》した。

「すごい！　少女騎士だ！　少女騎士ディアーナかっこいい！」

ディアーナがビシッとポーズを取るたびにカインは褒めた。そして、勉強机から物差しを取り出すとそれを片手で構えた。

「女の子のくせになまいきな！　やっつけてやる！」

カインが絵本の意地悪な男の子のセリフを叫んで物差しを振り上げた。

ディアーナがアリアードを無茶苦茶に振り回すと、先の方が物差しにカツンと当たった。それを受けてカインが物差しを放りだすと、大げさに膝をついて腕を押さえてうなり声を上げた。

「くそうっ！　女の子のくせになんて強さだ！」

カインのこの台詞で、ディアーナの目がきらきらと輝いた。この男の子のセリフの後にニーナの決め台詞があるのだ。

「かわいいは正義！　可愛い女の子は無敵なのよ！」

ビシッとポーズを決め、ドヤ顔をするディアーナ。

カインはこの絵本のこの台詞についてはいろいろ問題あるだろうと思っていたが、実際問題としてディアーナは可愛いのでディアーナがこの台詞を言う分には何の問題もないなとも思っていた。

近衛騎士団と一緒に剣のお稽古をしているカインに勝ったディアーナは、自信を付けた。

自信に満ち溢れたディアーナは、午後の魔法の授業も大きな声で魔法を詠唱してティルノーア先生を笑わせ、ヴァイオリンの弓を元気よく振り回してクライス先生を泣かせた。


その日の夕飯の場で、ディアーナはディスマイヤに剣の稽古をしたいと申し出た。

「ディアーナが剣の稽古？　どうしてだい？」

パレパントルが各自の前にパンを配っていく。ディスマイヤが体をすこし傾けてパンを置きやすくしながら、ディアーナを見つめて聞いた。ディアーナは、ふんす！　と鼻息も荒く胸を張ると自信満々に宣言する。

「強くなるためだよ！」

「強くなるなら、剣じゃなくてもいいだろう？　護身術の先生を雇おうか？　バリツならパレパントルから習うのでもいいし」

ディスマイヤが、テーブルからナプキンを取って襟に差し込む。肩をすくめて手のひらをディアーナに向けながら剣以外の方法を提案してみた。が、ディアーナはそれでは不満なようだった。

「剣が習いたいのっ。ディはね、騎士になりたいの！」

リムートブレイク王国には、現在過去において女性が騎士になったことはない。歌劇の中には男性のフリをして騎士になった貴族女性の悲恋などの題材もあるが、それはありえない状況だからこそ楽しめるのである。

ディアーナの申し出に、ディスマイヤは眉を寄せた。

「うーん……」

父の顔と、唸るような声を聞いてディアーナも難しい顔をした。「コレは反対されるやつ！」というのを感じ取ったのだ。

「ディはね、まい朝お兄様といっしょにおうちの周りを走って鍛えてるのよ。門の騎士とパッチンもしてるし、さっきはお兄様にも勝ったし、ディは強いの！　でも、もっと強くなりたいの。お父さま」

女性は守るべきものである。という教えの下に生きてきたディスマイヤとしては、娘に剣を学ばせる気はない。四歳の今の時点でこんなに愛らしいのだから、将来はきっと美人になるにちがいない。であれば、護身術を身につける程度であれば許可もしたであろうが。

「何か、危ない事でもあったかい？　正門や見回りで騎士を配置しているが、気になることがあるのなら、ディアーナに一人専属で騎士をつけようか？」

可愛すぎて、誘拐の危険があるなと思い至ったディスマイヤはディアーナが強くなるのではなく、強い者をそばに置くことを提案するが、

「守られるんじゃなくて、ディが守るのーっ！」

と、ディアーナは聞かない。食事中なのに、腕を振り上げて力説する。

「騎士はね、かっこいいでしょ？　シュッとやって、ババっと決めて、ズパーッと悪者をやっつけるの！　白い制服をビシッと着てマントバサーってひろげて、スッと女の子に手をさしのべるの！」

騎士がいかにかっこよいかを力説している。白い騎士服は、近衛騎士の制服である。エルグランダーク家の警備をしている騎士たちの制服は青い。

日中のお庭散歩時に挨拶したり会話したりしているイメージしかないせいで、ディアーナは一番身近な騎士にかっこよさを感じていないようだった。何より、絵本の少女騎士ニーナのイメージが強いのだろう。

「ダメなものはダメ。危ないし、はしたないよ」

「うぅー。でもぉー」

「お父様は、ディアーナが怪我したら悲しいよ。剣の訓練はとても危ないからね、ダメ」

泣きそうな顔をして恨めしげにディアーナが唸るが、ディスマイヤは取り付く島もない。目尻に涙をため始めたディアーナを見て、カインは助け舟を出すことにした。

「お父様。一度、ディアーナに近衛騎士団の訓練風景を見学させてみてはどうでしょうか」

「うん?」

ディスマイヤとしては、「この話は終わり」という事にしたかった。ディアーナに怪我をさせたくないという方向では兄バカであるカインも同意見だろうと思っていたので、カインから騎士に寄せるような発言があったことが不思議だった。

「実際の訓練では白い騎士服は着ていませんし、打ち合いになれば吹っ飛んだり鼻血を出したりしていますし、カッコいいだけじゃないし、危ないってことがわかると思うんです」

カインは、剣術訓練の様子を思い出しながらそう提案する。実際、訓練場の端っこで素振りをしているとすぐ後ろに騎士の巨体が吹っ飛んできたり、ゲラントと打ち合いをしているところにすっぽ抜けた剣が飛んできたりしたことがあるのだ。しかも、訓練も終わり頃になると皆一様に汗だくになっているし、訓練で興奮するせいか口調が荒くなる者もいる。スマートでカッコいいというイメージからは程遠い姿になっているのだ。強くてカッコいい騎士に憧れているのであれば、がっかりする可能性は十分にある。

「でも、そんな訓練の見学なんて危ないんじゃないか？　打ち損じて飛んだ剣や、打たれて吹っ飛んだ騎士がディアーナにぶつかったりするかも知れないだろう？」

「ディ、ちゃんと避けられるよ！　毎朝走ってるから足速いもん！」

「僕がちゃんと見ます。見学は訓練場の外からしかさせませんし、見学の時にはディアーナから目を離しません」

実際に騎士が見られるかも知れないカインの提案に、ディアーナが乗っかってきた。カインも、ディスマイヤの不安を払拭すべくちゃんと面倒を見ることをアピールする。

子ども二人からの、「お願いお願い」という視線を正面から受け、一生懸命な訴えにディスマイヤも心が揺れ始めた。

「うーん……。騎士団から許可が下りたらね」

ディアーナのお願いが『騎士になりたいから剣を習いたい』という最初の願いから、『騎士団訓練の見学がしたい』にすり替わってきている事もあって、ディスマイヤはとうとう折れた。カインとディアーナはやったね！　と顔を見合わせてテーブルのしたで拳をコツンとぶつけ合った。

ディアーナの喜びように、ディスマイヤも顔をほころばせながら「コホン」と空咳をすると、今度こそこの話題は終わりだよというように、肉にナイフを入れ始めた。

「ところで」

と、ディスマイヤが改まった顔をしてカインに声をかけた。食事中の家族の会話として、別の話題に移ろうとしたのだろう。

「カイン。好きな女の子はいるかい？」

と、全然方向性の違う質問をしてきた。

「ディアーナですが」

突然の恋バナであろうとも、カインの信念はぶれない。カエルの子どもは？　と聞かれておたまじゃくしです。と答えるぐらいに当たり前の答えとして返答した。

「ディもお兄さま好き！」

ディアーナに好きと言われてデレた顔をしたカインがフォークを置いてディアーナの頭を撫でている。ディアーナも頭を撫でられてまんざらでもないという顔をして、もっと撫でてもいいのよと言うように頭を寄せてきている。

「ゴホン。ちゃんとご飯を食べなさい。……そうではなくて、結婚相手にと望む相手などはあるかい、カイン」

「知り合いの女性というと刺繍の会の御婦人方ばかりですので、そもそも歳の合う相手がおりません」

「そ、そうか。そうだな」

ディアーナの王太子との婚約阻止ばかり考えていたが、そういえばカインは自分が公爵家の嫡男だった事を父の言葉で思い出したのだった。

ド魔学のゲーム内で、カインルートでは婚約破棄という話はなかったはずなので、学園に入って三年経つまでは少なくとも婚約はないと思っていた。

ただ、そこまで全く話がなかったというのは確かに考えにくい。もしかしたらゲームのカインは親と不仲だったために勧めてくる縁談を片っ端から突っぱねていた可能性もある。

「例えば。例えばだ。すぐにどうこうという話ではないのだけどね。カインはどんな人がお嫁さんに欲しいとかあるかい？」

「ディアーナの事を愛してくれる人で、僕がディアーナを優先しても嫉妬しない人ですね」

ディスマイヤは、安心していいんだか悪いんだかわからないカインの答えに、暗い目をして肉に添えられている目玉焼きの黄身をつぶしながらつぶやいた。

「一応、ディアーナ以外の人と結婚する気はあるんだね……」

ディアーナの騎士になりたい話題から話を転換させようとしてカインの恋バナに舵を切ったというのに、なんだか微妙な空気になってしまった。もうちょっとキャッキャウフフな楽しい会話になると期待していたディスマイヤは隣に座るエリゼに視線を投げた。

その後は、夕食が終わるまで母エリゼがお茶会で仕入れてきた面白いお話を聞かせてくれたので、食事そのものは和やかな雰囲気で終わることができたのだった。

騎士団の見学を提案した時、カインは訓練中の自分のかっこよいところを見せようと言う下心もあった。そのため、重大な事を忘れていたのだった。

「いいんですか？　騎士団の訓練にはアルンディラーノ王太子殿下もいらっしゃるんでしょう？　会わせたくなかったんじゃないですか？」

寝る前にカインを寝間着に着替えさせながらイルヴァレーノがそう言うと、カインはおろしたての靴で馬糞《ばふん》を踏んでしまったかのような絶望の表情をしたのだった。


秋も深まり、外を歩くにはすこし厚めの外套《がいとう》を着ないと肌寒く感じるようになってきた。

お茶の時間も終わり、子どもたちは魔法の授業の時間である。今日はティルノーア先生が大きなバスケットを二つ持ってやってきた。

「先生、それなぁに?」

「今日の勉強道具だよ〜」

ディアーナの問いに、ティルノーアはバスケットを傾けて中身を見せてやった。中には、白く半透明な石が沢山入っていた。

「これ、なぁに?」

「これは、魔石ですか?」

バスケットの中を覗き込みながら、ディアーナとカインがそれぞれに質問するのを聞き流し、ティルノーアはとりあえず部屋の真ん中、フカフカの絨毯の上にバスケットの中身をひっくり返した。

コロコロと、大小様々な大きさの石が転がり落ちて行く。

「カイン様せいか〜い、コレは魔石だよ。すでに光魔法がかけられているんだけど、燃料となる魔力が空になっている状態なので光らないいんだよね」

そういうと、ローブの裾をばさりとさばいて絨毯の上に座ってしまった。絨毯の上の石を一つ摘むと手のひらの上に置いてぐっと握りしめた。

「こうやって、魔石に魔力を込めると……」

しばらく握り込んだ後に、そっと手のひらをひらくとそこには光る石が乗っかっていた。

「光ってる！」

「光ってるでしょ？　光魔法で『発光』の効果を付けた魔石だからね！」

ティルノーアの手の上の石は、だんだんと光が弱くなり、やがて光が消えてただの石に戻ってしまった。

「消えちゃった」

「魔力が尽きたからだね。ちょっとしか入れなかったから」

どうやら、今日はこの床で授業をやるらしいと察したイルヴァレーノが、ソファーとベッドに置いてあるクッションを持って来た。それぞれ床に置いて、その上に座る。

「今日は、魔力を石に込めていく練習をしようね！　これは、魔力の制御ができるようになる訓練だからね」

それぞれが自分の近くにある石を一つとり、指先で目線まで持っていくとくるくると回しながら眺めている。どこからどうみても、ただの半透明の白い石にしか見えない。

「いつもは、手の先に火を出したり水を出したり風を出したりしてるでしょ？　それをね、出さないで魔力だけを出すんだよ。簡単でしょー」

そういって、ティルノーアは光が消えた石をもう一度握り込んで目をつぶった。

カインとディアーナも、真似して石を握り込んで目をつぶる。イルヴァレーノは、とりあえず三人の様子を見守ることにしたのか、座ったまま動かなかった。

ティルノーアの手の中の石は、うっすらと光りだしたと思うと徐々に光が強くなっていき、ついには握り込んだ指の隙間からレーザーのように光が漏れるまでになった。眩しいと思って目をそらし、カインとディアーナの方をみれば、そちらはうんともすんともいっておらず、ただの白い石のままだった。

ティルノーアはしばらくそのまま石を光らせていたが、五分ほどで目を開けると石をひと撫でして光を消した。

「どう？　どう？　カイン様とディアーナ様はできたかな？」

ティルノーアに声をかけられた事で、カインとディアーナは目を開けた。自分の手のひらをひらいて乗っている石をみつめたが、何も変化は起きていなかった。

「できてません」

「できてないよ？」

ここまでの人生で、わりと何でも教わったらすぐにできていたカインは少なからずショックを受けていた。『さすが攻略対象者の体は違うぜ！』と何でもちょっとやればできていたので、ここまで全く何もできないとは思ってもいなかったのだ。

「ふっふっふーん。意外と難しいでしょー？　でも、コツをつかめばすぐだからね。イル君もできるから諦めないで頑張ろう！」

ティルノーアは、なんだかごきげんである。

「せんせぇ、なんでうれしそうなの？」

やってみなさいと言われたことができなかったのに、ティルノーアが嬉しそうにしているのが、ディアーナには不思議だったようで、そんな質問がぽろりと出てきた。失敗して嬉しそうにする家庭教師はディアーナの周りにはいない。

カインは、なんとなく理由が想像ついていたので、口をへの字にまげてティルノーアの手元を見ていた。

「カイン様もディアーナ様も『火を出してみよう！』って言えば火を出しちゃうし『水をだしてみよう！』って言えば水出しちゃったでしょー？　教え甲斐《がい》がないっていうか？　せっかく先生しに来てるんだから、先生っぽいことしたいんだよね。ボクだってさ！」

えへんと、腰に手をあてて胸をはるティルノーアをみて、カインはやっぱりねとため息をそっと吐いた。

少し教えたらすぐできる、なんて教師としては楽で良さそうなものだが、ティルノーアとしては教師らしい事をできていないと考えるようだ。カインはカンが良いし、中身は一応前世で大学まで出ているので勉強のコツみたいなものは自分の中で持っている。さらに、いろんなジャンルのゲームをやっていて『魔法を放つ』イメージというのが容易にできたのもあり、魔法の授業はとても優秀だった。それでティルノーアによく「カイン様すぐできちゃうからつまんない」と言われていたので、今回嬉しそうなのはどうせそのへんの理由だろうと考えていた。やっぱりその通りだったわけだ。

「じゃあ、丁寧に説明するねぇ〜」

魔法を教わる時に、ティルノーアが一番最初に教えたのが『体内の魔力を感じる事』と『その魔力を体内で練る事・循環させる事』だった。ティルノーアは、その為にまずは生徒になる子どもと手をつなぐ。自分の魔力をつないだ手から相手に流し込み、『異物が入ってきた』と意識させることで魔力を感じる感覚を教えるのだ。

「最初に教えた時に、ボクから入ってきた魔力を、反対のつないでる手からボクに戻してね！　ってやったの覚えてる？」

その言葉に、三人の子どもがゾワゾワとした顔をした。

「気持ち悪かったよ」

他人の魔力が体内に入ってくるというのが、凄まじい違和感というか異物感というか、なんとも言えないゾワゾワとした感覚をもたらすのだ。その時に三人ともがその感覚を味わっていた。

「もう一回復習しておく？」

といって差し出してきたティルノーアの手に、思わずカインは身を退いてしまった。

「わははは。覚えているようで何よりだよ！　ね、アノときの感覚。反対の手からボクの魔力をボクに戻した感じで、今度は自分の魔力を外に出すの。今日だと、この握った魔石に出す感じね」

具体的なやり方を聞けば、カインたちもなんとなくのやり方が理解できた。ディアーナとカインとイルヴァレーノはもう一度石を握り込んで、目を閉じた。

ティルノーアは目を優しく細めて石を握って座る三人の子どもを眺めていた。時々、ディアーナが背中をゾクゾクっと震わせているのは、当時の訓練の様子を思い出してしまっているからかもしれない。

見ているうちに、一番最初に手の中の石が光りだしたのは、意外にもイルヴァレーノだった。

「お。イル君はできているね」

ティルノーアの声に、イルヴァレーノが目を開けた。まじまじと自分の手を広げて見ると、ほんのりと光る石がそこにある。

「光ってる……」

ちょっと感動した、みたいな顔をしてイルヴァレーノはつぶやきながらじっと石を見ていたが、石はまたゆっくりと光を失っていってしまった。

「魔力が少し入っただけだったから、すぐに消えちゃったネ。今の感覚を忘れないウチにもっかいやっとこ、ね。もう入らないなってところまでだよ」

ティルノーアの言葉に、イルヴァレーノは静かに頷いて、もう一度石を握って目をつぶった。コツを掴んだのか、今度はすぐに手の中の石はほのかに光りだした。

「イル君が使うのは治癒魔法だからこういうのは相性がいいのかも知れないねぇ」

治癒魔法は、相手の患部に手を添えて魔力を注いで怪我を治す。炎を出したり風を起こしたりする魔法ではないから、単純に魔力を外に出すという感覚がつかみやすいのかもしれなかった。

「これは、王城に帰ったら研究してみる価値はあるかもねぇ」

ティルノーアは続けてぶつぶつと言っている。子ども三人の中では、イルヴァレーノが一番基礎の魔力量は少ない。魔法も今の所治癒魔法しか使えない。それでも、魔石に魔力を込めるという一見単純な作業をいっせーのせで始めた時に、一番にできるようになったのだ。

イルヴァレーノを下に見ていたわけではないが、カインとディアーナは少し焦った。カインとしては、なんとしてもディアーナより先にできるようになって兄の威厳を示したい。ディアーナは、カインより先にできるようになってカインに褒められたい。

イルヴァレーノが一抜けしたことで、二人での競争という状況になってしまい、二人はとても焦っていた。

「む、む、む。魔法を出さないで、魔力だけだす……魔法を出さないで……」

ディアーナの石を握る手の近くがゆらりと陽炎のように揺れている。それに気がついたティルノーアは、ディアーナを励そうと声をかけた。

「ディアーナ様、魔力が手の先に集まってきてますよ〜。あとちょっと、がんばって！」

「うん！　とりゃー！」

応援をうけ、後少しという言葉を信じて、ディアーナは気合を入れた。

その瞬間、ディアーナの指先からゴォという音と共に炎が吹き出した。

「おっとっ」

握っていた手の方向から、炎はティルノーアに向かって吹き出した。それを見てティルノーアは咄嗟に上半身を後ろに倒して床に手をついてなんとか避けた。

「ディアーナ様〜。出すのは魔力だけですよぅ。前髪焦げちゃったじゃないですか」

片手を後ろの床につけて体を支えながら、ティルノーアが指先で前髪をちょいちょいとつまむ。焼けた前髪がポロポロと落ちていく。

「ごめんなさい……」

「大丈夫ですよー。でも、そうですねぇ。気合を入れずに、自然な感じで、ふわぁっとやりましょうね」

「ふわっと」

「そう、ふわっと。もしくは、じんわりと」

「じんわりと」

ディアーナはティルノーアの言葉を繰り返しながら、また石を握り込んで目をつむった。むぅむぅと何やら口の中で言いながら、ぎゅうぎゅうと石を握ってがんばっている。

そのまま視線をめぐらせてカインの様子をみれば、眉間にシワをよせて両手で石を握り込んでいた。指の隙間から見える石が、段々と光りだしてきた。

「お。カイン様も石が光ってきたねぇ。コツを掴んだかなー？」

ティルノーアが褒めている間にも、カインの手の中の石はどんどんと光が強くなっていく。見ている間に、眩しいぐらいまでに光だし、ティルノーアは目が開けていられなくなった。

「ちょ、ちょっと！　カイン様！　やりすぎ！　急に大量に入れすぎ！　止めて！　止めて！」

「え？」

ティルノーアが声を掛けるのと、カインが声に反応して集中力が切れたのはほぼ同時で。

パーンっ。

その瞬間に、カインの手の中の魔石が音を立てて弾け飛んだ。

手の中の石が粉々になって方方《ほうぼう》にとびちり、ピシビシとカインの腕やおでこにあたった感触があった。

大きな音がしたので、ディアーナとイルヴァレーノも驚いて目を開ける。カインは呆然として空になっている自分の手のひらを眺めていた。

「だ、大丈夫？　カイン様目の中に石はいったりしてない？　一応、目を洗っておいで」

いつものほほんとしているティルノーアが、珍しく慌てた様子で立ち上がりカインの顔を覗き込む。ぱらぱらと髪の毛や肩を手で払い、頬を両手で挟んで顔をあっちに向けて、こっちに向けてとやって怪我がないかと確かめていた。

先生から怪我の心配をされたことでハッとしたカインは、覗き込んでいたティルノーア先生の腕の下をくぐって頭をだした。

「ディアーナ！　ディアーナには石ぶつかってない？　大丈夫？　痛い所はない？」

「おっきい音にびっくりしたけど、石はとんでこなかったよ」

ブンブンと首を横に振りながらそう言うディアーナに、カインはホッと胸をなでおろした。

「先生、僕が水場へ連れていきますから」

「あぁうん。イル君おねがいね」

カインは、イルヴァレーノに手を引いて立たせられると、そのまま部屋についている浴室へと連れて行かれた。

「お兄様、どうしたの？　パーンて音したよ」

ディアーナが、パチクリと目を瞬かせて浴室のドアとティルノーアの顔を交互にみてくる。魔力を石に入れるのに目をつぶって集中していたので、石の割れる音がするまでに何が起こったのか見ていなかったのだ。

「カイン様はねぇ、急激に石の容量以上の魔力を入れすぎて石を割っちゃったんだよねぇ」

「しっぱい？」

「失敗だねぇ。やりすぎは良くないってことだよー。ディアーナさまは、ふわっと、じんわり、ゆっくり魔力を入れてくださいねぇ」

「はーい」

カインとイルヴァレーノが浴室から戻ってきて、カインの目の中に魔石が入った様子はなかったと伝えるとティルノーアはホッとした。その後は、また皆で座って魔石に魔力を入れる練習をしてその日の魔法の授業は終わったのだった。

最後には、ディアーナもできるようになり、魔力満タンになった魔石は、すべてティルノーアが来たときのようにバスケットにつめて持ち帰ったのだった。


その日の夜。

カインは就寝の支度をすませ、イルヴァレーノも隣の使用人部屋へと引っ込み、さあ寝ようと部屋の明かりを落としたその時。部屋の真ん中の床からベッドの天蓋《てんがい》の柱や天井付近が、キラキラと光りだした。一つ一つはほんの小さな光で、部屋の真ん中に立っているとまるで星空の中にいるようだった。

「イルヴァレーノ！　イルヴァレーノ！」

続き部屋になっている、一見壁にしか見えない隠し扉に向かってカインが叫ぶとイルヴァレーノが飛び出してきた。明かりの消えた部屋の真ん中にぼんやり立つ主人を訝しみながら、そろりそろりと近寄ってきた。

「ほらみて、天井とか床とかが光ってる」

カインに言われて、指さされた天井をみあげると確かにそこには星空のようにとても小さな光が無数にちらばって瞬いていた。

「星空みたいだな」

「昼間に破裂させた魔石のかけらかも。小さいけど、入れすぎなぐらい魔力入れたからまだ光っていたんだね」

しばらく二人で、眠くなるまで部屋に現れた星空を眺めていた。

次の魔法の勉強の時間も、ティルノーアはバスケットいっぱいに空の魔石を持ってきた。それを見て、カインは目を眇めてティルノーアの顔をじっと見る。

「先生。これ、神渡りの時に使う広場用の明かりじゃないですか？」

先日の、砕けた魔石が夜通し光っていた事を受けてカインは神渡りの日の広場の様子を思い出していた。光魔法がすでに掛けられているが、魔力が空っぽになっている魔石。それらは、年末の行事に使う物にそっくりであることに気がついたのだ。

「いやー。さすがカイン様は鋭いね！　でも、魔力制御の練習になるのは本当だよ？　実際、カイン様はやりすぎて石を砕いちゃうし、ディアーナ様は意識してないのに炎出しちゃうとかしたでしょー？」

ティルノーアは、ローブの中で腕をひらいたり閉じたりして、ローブの裾をばっさばっさと羽ばたかせてごまかそうとしている。

「これ、毎年先生が大変だ大変だっていってる、街の明かり作りのお仕事なんじゃないですか？」

カインがジト目でさらにティルノーアの顔をじっと見つめながら詰め寄ると、

「いやー。ほんとにね、ごめんだけどさ。練習になるのは本当だし手伝って！　ね？　お駄賃ちゃんと払うし！　ね？」

パンっと両手を合わせて拝むように頭を下げるティルノーア。三人の子どもたちはその姿を見て顔を見合わせるが、

「どうする？　ディアーナ。お勉強でもあるけど、本当はティルノーア先生たちのお仕事なんだそうだよ？」

カインは、隣に立つディアーナに顔を向けて聞いてみた。

「せんせい困ってるの？」

ディアーナは、ティルノーアの顔を覗き込んだ。ティルノーアは、その言葉にすごい勢いで首を縦にふりつつ、えへへと笑った。

「困っている人は助けるのが、騎士だもんね！」

ディアーナのその一言で、これからしばらくの間、子どもたちの魔法の授業内容が決定したのだった。

子ども達三人とティルノーアの四人で空の魔石に魔力を詰め込み、光る魔石をティルノーアがチェックした後、スイッチを切るように小さな魔力を流して光を消し、バスケットに詰める。そんな作業を時に黙々と、時に雑談をしながらこなしていった。

ティルノーアの仕事のお手伝い、という事でやっていたことだが、終わってみれば『一定の力で、一定の量の魔力を出し続ける』という細やかな魔力制御が三人ともできるようになっていた。

神渡り

いよいよ、年末が近付いてきた。

年末年始、リムートブレイク王国では神渡りという祭りが行われる。

地上を見守っていた神様が神界に帰って行き、交代で新しい神様がやってくるという神事だ。神様に特に具体的なご利益や謂われなどが無いせいか、現在は信仰が薄くなり神様の威光はあまりない。

しかし、神渡りはお祭りとして人々の中に定着しているので信心深くない人たちもこの神事をおおいに祝う。それはもう盛大に。

一年間見守ってくれていた神様を労うためにご馳走を用意し、神界へ帰るのを見送るために一晩中明かりをともし続ける。

そして、年明けの鐘が鳴ると今度は新しくやってくる神様を迎えるために、引き続き明かりをともし続け歓迎するためにご馳走を用意する。

つまり、年越しをするときに一晩中どんちゃん騒ぎをするというイベントなのである。

この日は街道のあちこちに屋台がでる。食べ物を売る屋台や酒を売る屋台、怪しいご利益グッズやおもちゃを売る屋台、占い屋台などなんでもかんでも屋台が出る。

家の不要品を片づけたいだけとしか思えない商品ラインナップの屋台などもあるが、それはそれで需要があったりもするらしい。

飲食店でも何でもない人たちも勝手に屋台を出して食べ物を売るので、当たり外れが結構あるらしい。

信心深くない為に普段はあまり神殿に縁がない人達も、この日ばかりは神様を送って迎えるために神殿にやってくる。振る舞いの食事や飲み物を奉納《ほうのう》していくのだ。

そのため、孤児たちも神渡りの日はお腹いっぱいにご馳走を食べられる日なのだとイルヴァレーノが言っていた。

ゲームのド魔学では、イベント発生時点で一番好感度の高い攻略対象者とお祭りデートをするというイベントが起こる。平民である主人公の案内で庶民街の屋台を楽しむという内容で、スチルが盛りだくさんである。

ゲーム内でキャラクターも成長する為、学園一年目〜三年目と四年目〜六年目ではスチル内容が変わる。スチルコンプの為にはセーブ&ロード必須の中々に実況者泣かせのイベントであった。

ちなみに、カインは登場時から高学年だし先生はすでに大人なのでスチル内容は変わらない。プレイヤーに優しいキャラクターである。

この世界でも一年は十二ヶ月に分かれており、月の名前にはその季節の花の名前が付けられていた。しかし、一般的には利便性の為に一月〜十二月と数字で呼ばれることの方が多い。世の中そんなものである。

十二月も半ばになれば、各教科の家庭教師の先生方もみな忙しくなってしまい今年の授業はすべて終了となった。

イアニス先生は来年の研究予算確保のための資料作りに忙殺されている。

クライス先生は所属している楽団が年末年始に演奏を行うのでその練習に明け暮れている。

ティルノーア先生はこの時期、光る魔石作りに追われて休みもないと言っていた。

サイラス先生とセルシス先生は特に予定もない様だったが「他がそうなら、もうこちらも休みにしちゃいましょう」という事でお休みになった。

近衛騎士団も年末に向けて要人警護の仕事が増えているため、訓練は中止になっている。

ちなみに、ティルノーア先生は十二月に入った時からカインやイルヴァレーノ、ディアーナにも光る魔石作りを手伝わせて「内緒だから」と言ってお小遣いをくれていた。

ディアーナはサイズの小さい光る魔石を一つ貰って「ディアーナ箱」に大切そうにしまっていた。


「今年は、寝ないで鐘を鳴らしたいです。お兄様」

「昨年は寝てしまったもんねぇ、ディアーナは」

カインは一日中ディアーナと一緒に過ごす事ができてとても機嫌が良かった。

今日もカインとディアーナは、カインの私室のソファーに並んで座って刺繍をしていた。

ちなみに、ディアーナの言っている鐘とは年明けの鐘の事だ。

十二月最終日に王城前広場に櫓《やぐら》が建ち、そこに鐘が吊り下げられるのだ。だいたい日付が変わる頃に鳴らされるそれは、順番に並んでいれば誰でも鳴らすことができる。

普段は寝ている時間に起きていられるだけでも楽しみなのに、この鐘を鳴らすのが神渡りでの子どもたちのもう一つの楽しみでもあった。

王城前広場はその日は開放されており、鐘を鳴らすのはもっぱら平民の子どもたちだ。

貴族の子たちは、親から止められて鐘を鳴らすのに参加できない子もいたが、平民風の服を着て参加する貴族の子は多かった。子どもたちがどんどん鳴らすので、百八回どころではなく鐘は朝方まで鳴り続く。

昨年は、ディアーナとカインで一緒に並んでいたが途中でディアーナは眠気に負けて寝てしまったのだ。特に鐘を鳴らすのに興味のなかったカインはディアーナを背負って王宮の前庭まで戻ったのだった。

「今年は、お昼寝しておくかい？」

「でも、お昼にも楽しい事沢山あるから、寝てるともったいないもん」

「そうだよねぇ。じゃあ、今日から夜更かしの練習する？」

「する！　夜も遊ぶ！　ディねぇ、ニーナごっこする！」

「ニーナごっこは、お父様お母様にバレて怒られてしまうよ。ニーナごっこは昼間にして、夜は音を立てないで内緒の遊びをしようよ」

「お父様とお母様には内緒ね！　ナイショ！　ふふふっ」

二人でおしゃべりをしながらも、刺繍は完成していく。

カインの刺繍枠の中には、小さな青い鳥が赤い花を咥えている絵が出来上がっていた。

ディアーナの刺繍枠の中には、茶色い棒のようなものが刺繍されていた。

二人の手元を覗いたイルヴァレーノが、首をかしげながら声をかけて来た。

「ディアーナ様のそれは、なんでしょうか？」

「ふっふーん。アリアードだよ！」

「聖剣アリアードだね！　良く縫えているねぇ。ディアーナは何をやらせても上手だねぇ。この、先にできている玉結びはアリアードの先についている葉っぱを表しているのかな？」

「そうなの！　お兄様はアリアードに詳しいね！」

先日、ディアーナが庭で拾った聖剣アリアードは今はカインの部屋に置いてある。

まだ両親と一緒に寝ているディアーナは私室にほとんど居ないので、ただの枝などを部屋に置いておくと捨てられてしまうからだ。大人にはこのロマンがわからないのだ！　とカインはディアーナの味方になり両親と大喧嘩して、カインの部屋でアリアードを保管する許可を勝ち取ったのだった。

秘密基地を勝手に解体されてしまった過去があるため、現在聖剣アリアードには「宝物なので捨てないで！」というメモがリボンで結び付けられている。

カインはディアーナと自分の刺繍を枠から外し、糸の始末が出来ているかを再度確認したら綺麗にたたんでイルヴァレーノへと渡した。

「これを孤児院の売り物に足しておいてよ。少しでも売り上げに貢献できるといいんだけど」

「ありがとうございます。きっとみんなも喜びます」

「ディのアリアードもすっごい人気でるよ！」

「そうですね。何せ、聖剣ですもんね」

「うん！」

イルヴァレーノは、二枚の刺繍済みのハンカチを受け取ると大切そうに鞄にしまった。

孤児院は、毎年神殿の神渡りの神事のお手伝いをして奉納されたご馳走を食べて終わっていた。今年は、神殿前に屋台を出して皆で刺繍したハンカチを売ってみようという話になっている。

カインがお下がりの刺繍枠を寄付して以来、孤児たちは雨の日や寒い日などは食堂で刺繍を練習するようになっていた。時々、上手にできたものがイルヴァレーノ経由でディアーナやエリゼにプレゼントとして届く。エリゼがそれを貴族の婦人として使う事は決してなかったが、受け取る時はいつもニコニコと嬉しそうにしていた。

エリゼが無地のハンカチと刺繍糸を時々寄付しているので、孤児たちの刺繍済ハンカチの在庫は少なくない。最初は、それを普段施しをくれる街の人にお礼として渡そうとしていた。しかし、雑貨屋の店主にハンカチを渡そうとした時に、店を手伝いに来ていた少女から「それを貰えるときっと皆喜ぶけれど、それを売って得たお金でお客様として来てくれたらきっともっと喜んでもらえるよ」と言われたのだ。店主もその方が良いとうなずいてハンカチを受け取らなかった。孤児達はそれをイルヴァレーノに相談し、イルヴァレーノがカインに相談した。

カインは、まずその雑貨屋に商品として卸すことを考えた。しかし、商品は孤児達の手づくりなので安定供給ができるわけでもないし、刺繍の出来にバラつきがある。商品として店に並べるのには向かないなと考え直した。

神殿にお土産コーナーみたいな売店を設置するのも、店番が必要だったり人の出入りが少ない神殿ではそもそも客が来ないので意味がない。

フリーマーケットがあればいいのにというところまで考えて、そうだ神渡りの時に屋台を出したら良いじゃんと思いついたのだった。

神渡りでは神殿に来る人も多い、一日限りの屋台営業なら神殿もしくは孤児たちの負担も少ないんじゃないかと思ったのだ。

今回の屋台が成功すれば、在庫がたまった頃にバザーを開催するのもありかもしれない。なんにせよ、まずは今回の屋台を成功させなければならないので、カインはわずかながらでも貢献しようと商品提供をしているのだった。

神渡りの日は、エルグランダーク家でも使用人たちにご馳走がふるまわれる。毎年、料理人が腕を振るった料理の数々が広間に並べられ、自分の持ち場の仕事が終わった使用人から宴会に参加できる事になっている。当主一家は王宮の年越しに呼ばれて不在になるため、本当に使用人のみの無礼講《ぶれいこう》となる。

朝まで明かりを絶やさない事と、後片付けをきちんとすればこの日はディスマイヤもエリゼも、執事のパレパントルも何も言わない。

家族が待っている等で、家に帰る使用人には持ち帰れるように包まれた料理が用意されている。もちろん、それらも断り街の屋台へと繰り出していく下級使用人たちもいる。

使用人たちはそれらの準備に向けて皆バタバタと忙しそうに動き回り、仕事後が楽しみでそわそわとしていた。

そのそわそわとした空気は子どもたちにも伝わり、特にすることがあるわけでもないディアーナもそわそわとしていた。

ドアがノックされ、イルヴァレーノがドアを開けると執事がティルノーアから贈り物が届いたといって大きめの箱を置いて行った。

ディアーナと一緒に箱を開けると、中に拳よりすこし大きめの金平糖《こんぺいとう》の様な形の石が入っていた。

「手の上に乗せて魔力を込めてみるように」と書かれたメモ用紙が一緒に入っていたので、一つ手に取って魔力をそっと込めてみた。

「わぁ！　光った！」

カインの手のひらの上で、ほんのりと光ったその石を見てディアーナが感嘆の声をあげる。

ティルノーアからの贈り物だったので、カインは何か変なことが起こるのではないかと警戒していたが、どうやら本当に光るだけの様だ。

箱から一つ取り出してディアーナの手のひらに乗せてやると、ディアーナもムムムっと眉間にしわを寄せながら魔力を手のひらに集めてみた。すると、その金平糖の様な石はうっすら桃色に色づいて光った。

「お星さまみたい」

「神渡りの為の明かり用の石だね。本当に、星みたいだね」

イルヴァレーノも、一つ掴んで手で包んでいたが、それはカインとディアーナよりは弱めではあったがちゃんとうっすら緑色に光っていた。

ティルノーアの手伝いで魔力を魔石に詰め込みまくっていたおかげで、三人は魔力を制御するのが上手になっていた。

それらを天蓋付きのカインのベッドにぶら下げて、ベッドのカーテンを閉めたら簡易的なプラネタリウムの様になった。

ディアーナは「あたらしい秘密基地だね」と言ってはしゃいでいたが、やがてすやすやと寝てしまった。

「ディアーナ様、寝てしまいましたね」

「夜更かしの練習で、毎晩遅くまで起きていたからね。それでも一度も日付を越えて起きていられなかったけど……」

「このまま夕方まで寝ていただいた方が、今晩は起きていられるんじゃないですか？」

「たぶんね。しばらく寝かせておいてやろうか」

カインの膝の上に頭を乗せて、光る魔石を握りこんだまま寝息を立てているディアーナ。その髪を優しく手で梳《す》いてやりながら、反対の手で背中を優しくポンポンとゆっくり叩いてやっている。

イルヴァレーノは一度ベッドの中から出ていくと、ブランケットをもって戻って来た。

掛け布団の上、ベッドの真ん中でディアーナが寝てしまっているので掛け布団をかけてやれない状態だったのだ。ブランケットをそっと上からかけてやると、「むぅん」といいながらディアーナが寝返りを打った。

「イルヴァレーノはどうする？　今夜は広間でみんなと過ごす？　孤児院に戻る？　それとも、俺たちと一緒に王宮でもいく？」

「僕は平民ですし、孤児院はセレノスタが戻るらしいので。人が増えればみんなのご馳走が減ってしまいますしね。夕飯をいただいたら部屋に居ようかと思っています」

「あ、セレノスタが戻るんだ」

「はい。屋台を出すと聞いて、修行中に自分で作った細工物も一緒に売ってほしいとか。腕試ししたいらしいですよ」

「へぇ。それは見たかったたね。さすがに孤児院までは抜け出せないだろうなぁ」

ディアーナを起こさないように、小さな声でこそこそと話すカインとイルヴァレーノ。

カインは、イルヴァレーノが邸に残ると言ってホッとしていた。鐘をならす広場は平民の子がたくさんいる。ゲームの主人公が来ている可能性も高い。ゲーム内で「幼い頃に神渡りで会ったことがある」みたいな回想シーンはなかったはずだけど、用心するに越したことはない。


夜の城前広場。

街灯や樹木に光る魔石が取り付けられ、壁沿いには篝火《かがりび》が焚《た》かれていて昼間のように明るい。広場に屋台は出ていないが、町中でお祭り騒ぎを楽しんでから来ている人々は楽しそうに賑やかに会話をしながらうろうろしている。

その様子をキョロキョロと眺めながら、ディアーナは鐘を鳴らす行列に並んでいた。

カインとイルヴァレーノと一緒に。

イルヴァレーノは邸に残るはずだったが、ディアーナが「イル君も一緒に行きたい！」と言ったので、二人の侍従として連れてきたのだった。

たとえイルヴァレーノがここで主人公と会ったとしても、それがイルヴァレーノの唯一の優しい思い出とはならない。その自信がカインにあった。

裏世界の仕事をしつつ、心にひとつだけ優しい思い出を抱えていたからこそ、皆殺しという行動をとったゲームのイルヴァレーノ。

今、隣に立っているイルヴァレーノはもうゲームのイルヴァレーノではない。大丈夫。カインは自分に言い聞かせた。

何より、ディアーナの願いは叶えてやらねばならなかったから、仕方がないよねと自分に向かって苦笑いするカインである。

「お兄様、ディお手洗い行きたいです」

クイクイと、カインと繋いでいる手を引っ張ってディアーナが見上げてくる。ウサギの耳が付いたニット帽を被っているので、その耳が揺れてとても可愛らしい。

まだ年を越すにはしばらく時間が有りそうだったが、後ろを見ると列はだいぶ延びていた。

「カイン様。僕が並んでますから、どうぞ行って来てください。列が動き出す前にすませておく方が良いですよ」

イルヴァレーノがそう言って少し詰めると、列から抜けられるほどの隙間ができた。

カインは頷くと、前後に並んでいる人に声をかけてからディアーナを連れて列を離れた。王宮へとつながっている扉まで行き、立っている警護の騎士に話しかけてマントの下の貴族らしい服装を見せた。

警護していた騎士はひとつ頷くと戸を開けてカインとディアーナを中に通し、一番近いお手洗いの場所を教えてくれた。

「お兄様、絶対にそこにいてね！　動いたらだめよ！　先に戻ったら嫌いになるんだから！」

「大丈夫だよ。ちゃんとここにいるから早く行っておいで」

安心させるようにニコリと笑ってディアーナを送り出すと、静かな通路に遠くから小さく喧騒が聞こえてきた。

今年は年越しの鐘を鳴らせそうで良かった。鳴らしたときのディアーナの様子を想像すると、カインの顔は自然とだらしなくなるのだった。

「君は、神渡りの意味を知っているかい」

突然、すぐ近くから声が聞こえてカインはビックリした。

戸が開く音も、足音が響く音もしなかった。ここにはディアーナと自分しかいないはずだった。

カインは自分の隣に視線を向けると、そこには背の高い女性がひとり立っていた。

黒いシンプルなワンピースに、フード付きの黒いケープを羽織っていて、髪も瞳も黒かった。

黒い女性は最初まっすぐ前を見ていたが、カインの視線に気がつくとカインを見下ろして視線を合わせてきた。

「神渡りは、古い神が神界に帰り、新しい神が神界より地上にやってくる。そうだね？」

「ええ。僕は、そう教わっています」

黒い女性がニコリと笑った。

「誰も神様なんか見たことないのにね。君は信じるかい？　神様が別の世界から来て、そして帰って行くなんて」

「さぁ……？」

この国ではあまり宗教は盛んではない。

この神渡りのお祭り騒ぎだって、仏教徒の日本人がクリスマスやハロウィンを祝う様なものだとカインは思っている。

ただ、前世が日本人だったカインだからこそ、魔法があるこの世界なら神様だっているかもしれないとは思っていた。

「君は、ここと違う別の世界があるって信じるかい？」

カインは表情を変えずにいた自分を褒めたかった。サイラス先生ありがとう！　と心の中で三回お辞儀した。

表情を変えずに、質問の意図が解らないといった風に首を少し傾げて見せた。

「ここと違う世界があって。そこと、ここで……そうだな、魂とでも言おうか。それが行き来できるとしたら……君は信じるかい？」

それは、カインの前世の記憶の事を言っているのか。神様の話の続きなのか。

「例えば……」

黒い女性がさらに何かを言おうと口を開いたとき、バァンと大きな音を立てて扉が開いた。

「お兄様ー。ハンカチをかしてくださいませー」

扉の開く音に気を取られて、視線をそちらにやるとびしょびしょの手を前に突き出したディアーナが立っていた。

カインはポケットからハンカチを出しつつ、慌ててディアーナに駆け寄った。

「ほら、手を出してごらん。偉いね。服やマントで手を拭かなかったんだね。ディアーナは淑女の鑑《かがみ》だね」

ハンカチを忘れたことは棚に上げて、服を濡らさなかったことを褒めるカイン。

取り出したハンカチでディアーナの手を拭いてやると、ディアーナの首から下がっている手袋を手にはめてやった。

「お兄様、そのハンカチ」

ディアーナの目線の先には、カインがポケットから取り出して手を拭いてくれたハンカチがある。

そのハンカチには、聖剣アリアードの刺繍がされていた。

「ち、違うよ。コレはちゃんと僕が買ったんだよ。お店に出す前に、イルヴァレーノにちゃんとお金も渡したから！　僕がちゃんと買ったんだ！　ディアーナの初めての売り物は、僕が買おうと思って！　お金も！　ティルノーア先生のお手伝いで貰ったやつで！　ちゃんと自分のお金だから！」

あわあわと慌てるカインを、ディアーナは優しい目で見つめていた。

ポンポンと手袋をした手でカインの肩を優しくたたいた。

「もういいよ。お兄様がディの事好きなのは今にはじまった事ではないものね」

「ディアーナ……」

ディアーナはカインの手を取って握ると、前にたって手を引いて歩き出した。

「イル君待ってるから早く行こう。お兄様」

背筋をピンと伸ばして前を歩く小さな妹の背中を見て、カインはなぜだか少し泣きたくなった。

そこで初めて、カインは先ほどまで話をしていた存在を思い出したが、チラリと背後に視線をやると、そこにはもう誰もいなかった。


王宮側通路を警護している騎士に礼を言い、カインとディアーナは列に戻った。

イルヴァレーノの前後に並んでいる人に礼を言えば、すんなりと列の中に入れてもらえた。

抜ける前にきちんと挨拶していたのが効いている様だった。お兄ちゃん偉いねと知らないおばさんから頭をなでられた。

昼寝をしていたおかげかディアーナはまだまだ元気なようで、三人でしりとりやなぞなぞなどをしながら時間が来るのを待った。

「神様一年ありがとうございましたー!!」

合図に合わせて立てる親指の本数を当てる遊びをやっていたところで、列の先から大きな声で神に感謝する言葉が聞こえてきた。何だろうと三人が顔をあげると、

「「ありがとうございましたー!!」」

周りから言葉の後半の大合唱が湧き上がった。

ディアーナはその声の大きさにビックリして、ぴょんとその場で跳び上がってしまった。「ディアーナうさちゃんクフフフフ」とカインが口元を隠して笑っていたのを、イルヴァレーノは見なかったことにした。

「神様一年よろしくお願いしまーす!!」

また、今度は神様を迎える言葉が列の先から聞こえてきた。三人は顔を合わせて頷くと、今度は周りの人たちに交ざって大きな声を出したのだった。

「「よろしくお願いしまーす!!」」

ガラァーーン。ガラァーーン。

大合唱の余韻があるうちに、鐘の音が鳴り響いた。

一年が終わり、そしてはじまった合図だった。

周りの人たちに合わせて、ポフポフと手袋をした手で拍手をすると、列が少しずつ進んで行くのでついて行く。

時々、チリンチリンと軽いベルの音が混じるが、鐘の音が止まることなく鳴り響き続けている。

「鐘のおと、おっきい時と小さい時とあるね」

ディアーナが空を指差してそう言った。別に音が空に見えているわけでもないけれど、列の前で鳴らされた鐘の音が、頭の上、空を伝って街の隅々まで響いているような感覚はカインも感じていた。つられて空を見上げて息を吐くと、空が白く曇った様に見えた。

「力の強い人と、弱い人で音が違うんだろうね。鐘を大きく振れる人はきっと音が大きいんだよ」

「じゃあ、ディは頑張って一番大きい音を出すよ！」

フンスフンスと鼻息を荒くして、ディアーナは気合い十分である。

ついに三人の順番がきた。鐘の隣で案内をしている係員が、ディアーナを見て脇にある小さなベルの紐を差し出した。

「お嬢さんは小さいから、こちらにしておくといいよ」

なるほど、先ほどから時々混ざるベルの音は、小さい子用の軽い力で鳴らせるベルの音だったのかとカインが頷いていると、ディアーナは思いっきりほっぺたを膨らませていた。

そして淑女らしく、係員には直接文句を言わずにカインの目に向かってどうにかして！　という強い視線を送ってきた。

「よし。ここは僕に任せなさい！」

苦笑しつつ頼られて嬉しい顔をしつつ、カインはイルヴァレーノを手招きしてメインの鐘の真下に立つ。

係員に向かって「僕らは三人で引きますから」と声をかければ、係員も頷いてベルの紐を引っ込めた。

カインはディアーナの脇の下に手をいれるとその体を持ち上げて、鐘を鳴らすための紐をつかませる。

「ちゃんと、握っていてね」

と声をかけて、ディアーナを抱えるように後ろからカインも鐘を引く紐をつかむ。

カインとディアーナの向かい合わせの位置にイルヴァレーノが立つと、カインが紐をつかんでいる位置の少し下をしっかりと握った。

カインとイルヴァレーノが顔を見合わせて、一つうなずくとカインが掛け声をかけた。

「せーの！」

カインとイルヴァレーノが一瞬背伸びをして、その後思いきり体重をかけて紐を引く。足が浮いていたディアーナの足がしっかりと地について、さらに膝が曲がるぐらいまで紐が引かれた。

ガラァーンと大きな鐘の音が響いた。

勢いで、紐が勢いよく上へと引き上げられる。引き続きしっかりと紐をつかんでいるカインとイルヴァレーノと、カインに後ろから支えられているディアーナが足が浮くほどに紐に引っ張られてまたガラァーンと鐘が鳴る。

紐が上がり切ったところでまた、カインとイルヴァレーノが体重をかけて紐を下に引いて、今度は男の子二人が膝を曲げるほどに紐を引いて、ガラァーンと鐘の音が鳴る。

きっと、その日一番の大きな鐘の音が街に響いただろうと、その場にいた人たちは、子どもたち三人の姿を見て思ったのだった。

王宮の前庭で行われていた貴族向けの神渡りの集まりは、カインとディアーナが戻る頃にちょうどよくお開きの空気になっている所だった。

執事のパレパントルから上着を受け取って羽織っていたディスマイヤとエリゼは、やり切って満足気な顔をしているディアーナを見てほほ笑んだ。

「今年はちゃんと鐘を鳴らせたのね。良かったわね」

「年越しまで起きていられたなんて、ディもいよいよ大人の仲間入りだなぁ」

頬を赤らめて、明らかにほろ酔いな両親から褒められているディアーナだが、眠気がだいぶ押し寄せてきていた。

鐘を鳴らしたまでは興奮してしっかり目を覚ましていたが、両親の顔をみてホッとしたのと魔法で空間が暖かく保たれている王宮の前庭の環境にだんだんと瞼《まぶた》が落ちはじめてきていた。

年越しの鐘を鳴らすという目標も達成しているので満足しているのか、眠くなってきていてもぐずらずにただフラフラとしていた。

イルヴァレーノがクロークからカインとディアーナの外套を引き取って来たのでカインがディアーナに着せてやり、イルヴァレーノがカインに着せると家族そろって馬車止まりまで歩いていって、馬車に乗って邸まで戻った。

御者席で執事のパレパントルとイルヴァレーノが何か会話をしていたようだが、馬車室内に家族四人で乗っていたカインには内容はわからなかった。カインの膝に頭を乗せて寝てしまったディアーナの頭を撫でてその愛らしい寝顔を眺めるのに忙しかったので、馬車の外の会話など気にする余裕もカインにはなかったのだった。

「完売？　孤児院の屋台は売り物が全部売れたの？」

カインの私室で、ディアーナと少女騎士ニーナごっこをしていたカインはイルヴァレーノの報告を聞いて驚いていた。

神渡りの日に孤児院で出した屋台の商品が、完売したという知らせだった。

孤児院の子どもたちが日々遊びの延長で作っていた刺しゅう入りハンカチや、孤児院卒業生のセレノスタが修行中に作ったアクセサリーなどを売っていたのだが、それが全部売れたのだという。

刺繍ハンカチについては、上手な子もいるが幼すぎて縫い目がヨレヨレだったり糸始末が不完全で緩くなっている物などもあったはずなのだが。

「庶民街では、『オセーボ』というのが流行っていたそうなんですよ。一年間お世話になった人に、神渡りの日に感謝の気持ちを込めてプレゼントを贈りましょうという事らしいです」

イルヴァレーノは、セレノスタから聞いた話をカインに説明した。

セレノスタはアクセサリー工房へ住み込みで奉公に出ている元孤児院の子どもだ。その奉公先でも、恋人や思い人宛てではなく「母親」や「手伝いを良くする娘」宛ての物が良く出たのだそうだ。

雑貨屋の事務作業を手伝っている、幼い女の子の発案らしいが詳しくは知らないという。

ただ、急に流行ったその習わしに慌てて乗ろうとした若い男性たちが母親に向けてのプレゼントとして孤児院のハンカチが売れたのだそうだ。

「なんだか、ホッとする」とか「自分が刺繍したと言い張れそうだ」とかの理由で売れたらしいので、孤児院の子どもたちは今後も刺繍の腕については精進してもらいたいところだ。

「オセーボ……」

年末に、お世話になった人にプレゼントを贈る催しを「オセーボ」と名付けるそのセンスは、明らかにカインの前世と同じ知識を持つ者の仕業である。

この世界に、カイン以外に前世の記憶持ちが生きている。それがディアーナの幸せにつながるのか、邪魔をするのか、まったく関わりがなく終わるのか。カインにはそれが気がかりだった。

謎の黒い女性から言われた「別の世界」の話も気にかかっている。

前世の記憶を持って生まれて来た意味や役割というのが、今後なにか示されることの予感なのかどうなのか。

「隙あり！」

考え込んでいたカインの頭を、聖剣アリアードがペシリと刺激する。

そのドヤ顔を見て心がほぐれたカインは、ディアーナをギュッと抱きしめてモチモチのほっぺたに頬ずりをすると、脳天に鼻を突っ込んでクンクンとにおいをかいだ。

「参りました。騎士ディアーナは強いなぁ」

そう言って持ち上げるとグルグルと回転してそのままベッドに倒れ込んで笑った。

作戦会議を始めよう

神渡りも終わり、冬も本番。一番寒い時期がやってきた。カインは冬生まれで、誕生日を過ぎて八歳になった。ディアーナは夏生まれなのでまだ先だが、今年で五歳になる。

その寒い日、カインは、ディスマイヤと王城へ行くために馬車に乗り込んでいた。

それを、エリゼとディアーナが見送っている。

「いってらっしゃいませ、あなた。カイン、後から私たちも行きますからね」

「お兄様お父様バイバイ！」

大きく手を振るディアーナに窓越しにディスマイヤとカインが手を振りながら、馬車は出発していった。

エリゼとディアーナの後ろに控えていたイルヴァレーノは、可哀想なものを見る目でカインを見送った。自業自得のことではあるが、ディアーナがアルンディラーノと会ってしまう可能性のある『騎士団訓練の見学』がいよいよ今日なのだ。

残念ながら副団長から許可が下りてしまったのだ。

近衛騎士というのは貴族の婦女子に人気があるそうで、時々「見学開放デー」なるものを設定することもあるという。

開放デーを作らないと、こっそり見に来る人がいて危ないのだそうだ。

そういった見学会に来るのは爵位が下位の人たちが多いらしい。さすがに公爵夫人とその令嬢にその日に来てくださいとは言えないと言うことで、特別に単独での見学が許可された。

「っていうか、子どもが頑張ってるところを親が見に来るなんて当たり前だからな。事前に言っていただければいつ来てもらっても構わない」

という副団長の言葉は、親には伝えなかったカインである。

訓練場の一角には三方に幕をおろしたタープテントの様な物が建てられ、中に小さな薪《まき》ストーブが焚かれている。

そこに置かれた椅子に座って、母エリゼとディアーナが近衛騎士の訓練場を眺めていた。

手を滑らせて木刀や木の棒などが飛んできても危ないし、激しく打ち合って欠けた木片が飛んでも危ないので、テントから少し距離を置いた所で訓練が行われていた。

「今、カイン様には息子のゲラントと手合わせしていただいています。アルンディラーノ王太子殿下と手合わせしているのが弟のクリスです」

「まぁ。副団長のご子息は二人とも騎士を目指すのかしら。頼もしい限りですわね」

テントのすぐそばに立って、訓練内容を解説しているのはファビアン・ヴェルファディア副団長だ。年の頃も近く、体格も合っているので四人で切磋琢磨しグングン上達していると子どもたちを褒めていた。

実際、カインもクリスもアルンディラーノも攻略対象者のせいか、訓練をすればするだけ技術が向上していく。参加当初は体力的に追いついていなかったアルンディラーノも、今では訓練前のランニングにも付いて来られるようになっていた。

木刀を振り上げ、振り下ろし、相手の木刀を受けてそれを流し、そのまま胴へ打ち込もうとして、寸止めする。

そんなやりとりをしつつ、一段落したところでカインがゲラントと楽しそうに会話している。

クリスから一本取ったアルンディラーノがカインに話しかけて、カインに頭を撫でられている。

それを見ていたディアーナは、すっくと椅子から立ち上がり、副団長の前へと歩いて行った。

「ディアーナ様。テントから出ては危ないですよ」

テントから出て目の前に現れたディアーナに優しく注意して席に戻そうとするファビアンに向かって、ディアーナはポーズだけ淑女の礼をした。

「副団長様。ディも訓練に参加させてくださいませ」

そう言って、ニコリと笑いながらファビアンを見上げてくる。

エリゼが慌てて「見学だけだと言いましたよ！」と腰を上げるが、ディアーナはファビアンから目をそらさない。

「そのドレスでは、剣を振ることも避けることもできませんよ」

そう言って椅子へと案内しようとしたが、ディアーナは動かない。

「イル君！」

とディアーナが声をかけると、後ろに気配を消して控えていたイルヴァレーノが背中からナップザックをおろして恭しく差し出した。頭を下げて一緒に控えていた執事のパレパントルやユリゼとなるべく視線が合わないようにしている。

「運動服をじさんしました！　ディも訓練に参加させてくださいませ！」

「イル君⁉」

「イルヴァレーノ！」

キラキラと輝く瞳をまっすぐにファビアンに向けて、再度参加を申し出るディアーナ。運動服入りのナップザックを持ち上げてうつむき、ぎゅっと目をつぶって保護者達の声を聞こえないフリをするイルヴァレーノ。

訓練中の騎士や子どもたちも、テントで何かあったらしい事に気がついて手が止まっていた。

ファビアンは、困ったなという顔をしながらポリポリと頭を掻きつつ悩んでいるような風に「うーん」とうなって見せた。

「どうしたんだ？　何かあったのか？」

手を止めてテントの方を見ていたアルンディラーノが、近寄ってきて声をかけた。後ろからカインやクリス、ゲラントも付いてきている。

ファビアンがディアーナが訓練に参加したいと申し出ているのだと説明すると、アルンディラーノはフムと頷いてカインの顔をちらりとみた。

「ディアーナ。今日は見学だけという約束だったよ？　それに、その服装では訓練できないよ」

カインが焦りを隠して諭すように優しく声をかけると、ディアーナはまた運動服があることを告げて胸を張る。カインは何でやねんという顔をしてナップザックを恭しく掲げているイルヴァレーノを見やるが、視線を逸らすイルヴァレーノは気まずそうな顔をするばかりである。

「ディアーナが怪我でもしたら僕は泣いてしまうよ。ね、今日は見学だけにしようよ。お父様にも剣はダメだって言われているよね」

「お兄様と一緒に訓練したいんだもん。ディ、怪我しないから！　お兄様お願い！　お父様には内緒にしてたらいいよ！」

エリゼもファビアンもその他の騎士もいる中で訓練しておいて、お父様に内緒も何もないもんだが、ディアーナの理屈では有りのようだった。

カインの困り切った顔を見て、アルンディラーノはひとつ頷くと一歩前へ出た。

「僕と手合わせして、一本取れたら参加できることにしたらどうかな。ディアーナは僕と同じ歳だし、クリスと違って僕も訓練は始めたばかりだし。ディアーナが怪我しないかどうかがわかれば良いんでしょう？」

そう言ってアルンディラーノは提案した。

始めたばかりと言いつつ、もうふた月程は経つし、自分の実力が伸びている自信がアルンディラーノにはあった。

カインに良いところを見せたいという気持ちももちろんあった。怪我をさせないように寸止めで決めれば、カインの望むとおりディアーナは参加を諦めるだろうし、ディアーナを諦めさせたアルンディラーノを褒めてくれるに違いないと思っていた。

体格差の関係でクリスとばかり組んで訓練するようになっていたので、ゲラントと訓練するカインに良いところを見せるチャンスだと思ったのだ。

ファビアンは、エリゼにこっそり「交ざってみて全然敵わなかったとなれば、諦めもつくでしょう。側にいて殿下の木刀が当たらないようにきっちりフォローしますので、一手だけやらせてみてはいかがでしょうか？」と耳打ちした。

エリゼはくれぐれも、くれぐれも怪我をさせることのないようにと念を押して一度だけだとディアーナの手合わせを許可したのだった。

テントの裏でドレスから運動服に着替えたディアーナは「アリアードよりは重たいね」と言いながら渡された木刀をブンブンとおおざっぱに振って見せた。

その木刀を振る動作の雑さ加減に、アルンディラーノはちゃんと手加減してやらないとと気を引き締めて向かい合わせに立った。

カインはテントの前で真っ白な顔して立っている。

イルヴァレーノを除いたすべての人が、妹を溺愛していて兄バカを拗《こじ》らせているカインが、ディアーナが怪我をしてしまわないかを心配しているのだと思っていた。

「はじめ！」

ファビアンの号令で、アルンディラーノは体の前に構えていた木刀を振り上げつつ、一歩前へ踏み出そうとした。

ディアーナは、号令と同時に倒れる勢いで体を前に倒し頭を低くして足を前に出す。前に構えていた木刀も振り上げることはせずに少しだけ体の脇へ引いた。体が前に出ているのでそれだけで木刀は体の脇まで振りかぶったのと同じ位置まで引かれ、ディアーナは体を捻るようにしながら体重と遠心力で木刀を前方へと振り抜いた。

ガツッと鈍い音がした。

アルンディラーノとディアーナの間に割って入ったファビアンが、手のひらでディアーナの木刀を受けてアルンディラーノのわき腹に打ち込まれるのをとどめていた。思い切り体をねじって体勢を崩しかけていたディアーナの体も逆の手で支えている。

アルンディラーノは振り上げた木刀を振り下ろせていなかった。

「いやぁ……いてて。これは、明日は痣《あざ》になってるかもしれんなぁ……」

ディアーナを立たせて、アルンディラーノの腕を下ろさせたファビアンは手のひらをヒラヒラと振りながら苦笑いをしていた。

扇子《せんす》で口元を隠しているエリゼが、表から見える目許《めもと》だけに穏やかな微笑みを浮かべた。

「カイン。邸に帰ったらお話があります」

隣に立つカインにだけ聞こえる大きさで、地を這《は》うような低い声でカインに囁《ささや》いたのだった。

その日の剣術訓練の後、カインはアルンディラーノとの昼食をとらずに母エリゼと一緒に邸へと戻った。

着替えて食堂に行けば、きちんとカインの分も用意されていた。執事が先触れを出していたのだろう。

終始無言で食事を終えると、食堂では食後のお茶を出してもらえないままカインとディアーナはテイールームへと連行された。そこには、使用人用の食堂で昼食を済ませたイルヴァレーノも呼ばれていたのだった。

「ディアーナに剣の訓練はさせないと、お父様が言ったのは覚えていますか?」

ティールームの二人掛けのソファーに子ども三人が並んで座らされていた。

エリゼの質問に、最初に口を開いたのはディアーナだった。

「ディは剣のお稽古してないよ」

イルヴァレーノとカインに挟まれて真ん中に座っているディアーナ。左の手はカインと繋いで膝の上に置いてある。

剣の稽古はしていないと言う、その目はまっすぐにエリゼを見ていた。

「嘘をついてもダメよ。練習もしていないのにあんなに上手にできるわけがないでしょう?」

「ディの剣、上手だった!?」

嘘つきと言われたことはスルーして、都合の良いところだけを聞き取るディアーナにエリゼは深くため息をつく。

カインは背筋を伸ばしてディアーナの手をぎゅっと握ると、エリゼの顔をまっすぐに見て口を開いた。

「本当に、ディアーナは剣の訓練はしていません。警護騎士たちにも聞いてもらって構いません」

「自分たちが咎《とが》められるとわかっていて、素直に言うわけがないでしょう。本人たちに聞いてもそれは証明にはなりません」

「騎士たちはみな誠実で正直ですよ。……彼らの言葉でダメなら、庭師のお爺さんに聞いてみてください。庭のどこでだろうと、剣の訓練なんかしていれば目に入ります」

「庭仕事と門番警護で仲が良いのであれば、同じことです。貴族に対して立場の弱い者たちは、徒党を組んで仲間をかばうことがあるのよ」

エリゼは、平民の言うことは信用できないと言っている。

ランニング時に挨拶を交わし、剣術の基礎部分を教えてくれた騎士たちに対する、母の言葉にギリっと奥歯を噛みしめるが、ここはそれに反発するところではない事もカインはわきまえている。

「発言をよろしいでしょうか。奥様」

小さく手を挙げて、イルヴァレーノが発言の許可を求めた。エリゼは目線をイルヴァレーノに移して小さく頷いた。

「発言を許可します。けれど、あなたが証言しても同じよ。それは、平民だからではないわ。イル君はカインの味方だからこの件に関しては信用ならないと言う意味ですからね。今日も用意周到に運動服まで用意していて……はぁ。まぁ、話は聞くわ。言ってちょうだい」

「ウェインズさんに、聞いてみては如何でしょうか」

「パレパントルに？」

「はい。あの方がこの邸の中についてわからない事はないでしょう。ディアーナ様が警護の騎士たちに剣を習っていたか、屋敷のどこかで剣の稽古をしていたかどうか確認してはいかがでしょうか」

イルヴァレーノの言葉にしばし思案したエリゼだが、戸口に立っていたメイドに声をかけると執事を呼びに行かせた。

執事が来るまでの間、エリゼは運動服を用意していた経緯についてイルヴァレーノに質問した。

「運動服については、カイン様は関係ありません。ディアーナ様が運動服で行くというのをとどめるために、運動服は持っていきましょうと、侍女の方が提案してなんとかドレスを着ていただいたという経緯があるんです」

「出来ることを隠しておいて、いざというときに『こんなこともあろうかと！』って奥の手を出すのがカッコいいって、お兄様が前に言っていたのよ！　ディはその時の為にまずはドレスを着ることにしたのです！」

「……申し訳ありません。あの場で出すようにと言われれば、僕は出さないわけにはいかなかったのです……」

ドヤ顔のディアーナと、すまなそうな顔をするイルヴァレーノ。

イルヴァレーノは、運動服は持っていくだけ持って行って、出すことがなければそれが一番平和だろうと考えていたし、まさか大人たちがディアーナを剣の訓練に参加させるとは思ってもいなかったのだ。

「アルンディラーノ王太子殿下が、あんな事を言うとは思わなかったので……」

「……はぁ」

エリゼがため息をついたところで、ドアがノックされ執事のウェインズ・パレパントルがティールームへと入って来た。

「ウェインズさん。ディアーナ様は騎士たちに剣の稽古を付けてもらっていたり、屋敷の敷地内で剣の稽古をしたりはしていませんよね？」

イルヴァレーノがまず口を開いて執事へと質問をした。

このような場合、まず口を開くのはエリゼである。邸の女主人であるエリゼを差し置いて、エリゼが呼び出した使用人に質問をするというのは非常に失礼な態度である。

しかし、イルヴァレーノは無礼を承知で先に質問をしなければならない事情があった。

「イルヴァレーノ、立場をわきまえなさい」

案の定、パレパントルからも注意を受けるイルヴァレーノ。失礼しましたとソファーから立ち上がって頭を下げた。

「奥様。イルヴァレーノの問いに答えるのであれば、答えは『ありません』です。ディアーナ様がこのエルグランダーク家の敷地内で騎士より指導を受けたり、剣の訓練をしていたという事実はありません」

パレパントルはエリゼに向かってそう答えると、軽く頭を下げた。

そして、にこりと笑った後にちらりと一瞬だけ視線をイルヴァレーノとカインに投げた。

「……………パレパントル。では、わたくしからも質問をするわ」

「なんなりと」

パレパントルは改めてエリゼに向き直り、右手を胸に添えてまっすぐに立ってエリゼの言葉を待った。

「ディアーナは、どこで剣術を身に付けたのかしら？」

エリゼのその質問を聞いた瞬間に、イルヴァレーノは頭を下げたままの状態で肩をビクリと震わせ、カインはソファーの上でディアーナとつないでいない方の手で頭を抱えてうずくまった。

「カイン様の部屋でございます。少女騎士ニーナごっこと称してカイン様がディアーナ様に手解きをなさっておいででした」

子どもの浅知恵は、大人たちの老獪《ろうかい》さにあっさりと敗北するのであった。

少女騎士ニーナは、弱い者いじめを許さない。

男の子が好きな女の子をいじめているのをコテンパンにやっつけては、気を引きたいなら優しくしろと言う。

大きな子が小さな子をいじめているのをコテンパンにやっつけては、小さな子は助けてあげなさいと言う。

少女騎士ニーナは、いつでも弱い子どもの味方だと宣言する。そして、皆の味方であるために常に自分が最強であろうとする。

怖い空気を醸し出している母親、頭を下げたまま上げられないでいるイルヴァレーノ。頭を抱えてうずくまっているカイン。

ここは、少女騎士の出番である。そう気が付いたディアーナは、ソファーから降りて足を肩幅に開いてしっかりと立ち、二人を守る様に手を大きく広げた。

「お母さま！　お兄さまもイル君も悪気があったわけではありません！　弱い者いじめはいけませんよ！」

キリッとした顔をしてディアーナは大きな声でそう言った。

「弱い者……」

弱い者と言われて庇われたカインは、頭を抱えていた手を動かして顔を覆うとグスグスと泣き出した。

「弱い者……」

弱い者と言われて庇われたイルヴァレーノは、とても複雑な味わい深い顔をしていた。

「……いじめているわけではありません。ディアーナ、そんな足を広げて立ってはいけません。そもそもは、あなたの話なのよ、ディアーナ」

「ディの？」

「それです。ディアーナ。これからは自分の事をディと呼んではいけません。『私』と言わなければなりません。お転婆《てんば》は終わりにして、レディーになる努力をしなければなりません」

「レディ……」

スンスンと鼻をすすりつつ、うつむいていたカインが顔を上げた。

「ディアーナが、自分をディと呼ぶのはお父様とお母様が、ディアーナをディと呼んでいたからです。お父様とお母様の親愛の証ではありませんか。呼んではいけないなどと、まるで悪い言葉みたいに言うのはやめてください」

「……そうですね。私たちもいけませんでしたね。これからは、ディアーナの事はディアーナと呼ぶことにしましょう。ですから、ディアーナも自分の事は『私』というのですよ」

カインの言葉に、厳しい口調をすこしやわらげたエリゼ。ディアーナの顔を優しく見つめて諭すように言いつける。

ディアーナは、仁王立ちしていたのをモゾモゾと足をそろえて立ち、兄達を庇うように広げていた手を下ろした。その顔はしょげてしまっている。

カインは、腰を浮かすとディアーナの肩にそっと手を置いて後ろへさがらせ、椅子に座らせた。

「急にやれと言われて出来る物でもありません。ひとまずは人前では「私」というように、という事ではいけませんか、お母様」

「使い分けがきっちり出来るのなら良いでしょう。でも、ディアーナはまだ幼いのよ。常からやっておかないと咄嗟の時に素が出てしまうかもしれないわ」

カインは、ディアーナの肩を優しくさする様に撫でてやりながら、グッと自分に引き寄せてその頭を自分の肩に乗せた。

カインの体温を感じて、ディアーナはホッとしたように顔から力を抜いたのだった。

「なにより、自分のことをディと呼ぶディアーナはとても愛らしいではないですか」

「愛らしいかどうかではないのよ、カイン。わかるでしょう？」

エリゼはため息をつくと、スカートのすそを伸ばしながら座り直して背筋を伸ばした。

「大勢の人がいる前で、運動服を着るのを恥ずかしいと思わないのではだめなのです。男の子に交じって剣を振り回したいと言う様ではダメなのです。ましてや、男の子より強くなってはダメなのです。男の子を負かしてしまうなんて……乱暴な女の子だと噂されてしまったらどうするのですか」

「ディアーナは淑女の挨拶がきちんとできます。大人しく座って刺繍をすることもできますし、腕前は同じ年頃の女の子には負けないでしょう。イアニス先生の授業だってまじめに受けています。四歳の女の子が、一時間も大人しく座って授業を聞いていられる事がどんなに凄いことか？　わかるでしょう？　ディアーナは立派に淑女として成長しています」

「カインは三歳の頃から落ち着いて座って勉強することができていたのですから、ディアーナだってできて当たり前でしょう。刺繍だってステッチを三つほど覚えただけでまだまだです。淑女の挨拶がきちんとできても、その後廊下を走っていたら意味がないのですよ。淑女として成長していても、棒きれを振り回していたり騎士のまねごとをしていては差し引きしてマイナスになってしまうのです。貴族の評判というのは、そういう物なのです」

カインは、ディアーナにニーナごっこをする中で体重移動や剣の振り方などが身に付く様に誘導するような動きで敵役を請け負っていた。

それは、いつか来るかもしれない対魔王戦の時に体を乗っ取られない為の『念のため』の対策でしかない。

アルンディラーノと会わせたくなかったから、近衛騎士団の練習に交ぜる気もなかった。

今までなら、ディアーナに甘いエリゼは少しずつ成長していくディアーナを見守っていたかもしれない。けれど、王城という公の場で運動服を着て出ていき、木刀を持って振り回し、王子を負かしてしまった。

その事実を目の当たりにしたせいで、ディアーナの淑女教育を焦っているのかもしれなかった。

カインは、自分のせいだと思った。

ディアーナはゆっくりと成長することで、優しい女性になればいいと思っていた。悪役令嬢と呼ばれるような、傲慢《ごうまん》で自分勝手な女性にならなければ良いと。

自分のせいで、母親がディアーナに殊更《ことさら》に『貴族のあるべき令嬢像』を植え付けてしまえば、爵位の下の物を虐《しいた》げるような女性になってしまうかもしれない。

「おか……」

なんとか、もう少しゆっくりと成長を見守ってほしい。そう、カインは訴えたかった。

母に声を掛けようとしたが、その声はディアーナによって遮られた。

「お父様が騎士になっても良いって言ったんだもん！」

「は？」

エリゼが、貴族女性としてはあるまじき声を出してディアーナに視線を向けた。

エリゼからの視線が外れたカインも、横に座るディアーナへ顔を向ける。ディアーナは、ほっぺたをぷっくりと膨らませながら、強く抗議する目でエリゼをにらんでいた。

「こないだ、一緒にお出かけしたときに言ったもん！　なんでも買ってくれるって言ったから、ニーナのご本が欲しいって言ったら、騎士が好きなのかい？　って言って買ってくれたんだもん！　その時に、ディもニーナみたいになりたい！　ニーナカッコいい！　って言ったら、ディならきっとなれるよ！　ってお父様が言ったんだもん！　ディが騎士になったらお父様の事も守ってね！　ってお父様が言ったんだもん！」

爆弾発言である。

おそらく、その場限りのディアーナを喜ばせるための方便だったのだろう。でなければ、その後「剣の訓練はダメ」とは言わないはずである。

幼いディアーナでも、この家で一番偉いのが父であることは理解している。母も兄も事あるごとに「お父様が良いって言ったらね」と言うからである。兄は時々「お父様には内緒だよ」とも言うが。

その父がきっとなれるよ。騎士になったら守ってね。と言ったのに、母に怒られるのはディアーナとしては納得がいかなかった。

ディアーナには、本音と建て前や、お世辞や社交辞令の類はまだ区別が難しかった。

兄が自分をほめ過ぎであることは、理解していた。

「いったん解散にします。それぞれ、部屋で午後からの授業に真摯にとりくみなさい」

エリゼはそう言って子どもたちをティールームから退室させた。

カインがディアーナと手をつないでドアを出ようとした時、エリゼの声が聞こえた。

「パレパントル。旦那様が戻られたら執務室へ行くように伝えて、私を呼びに来て頂戴」

「かしこまりました。奥様」

ディアーナが騎士へのあこがれを我慢しなかった最初の原因は、父であると母は判断したようだった。


ティールームから解放されたカイン、イルヴァレーノ、ディアーナはカインの私室に集まっていた。

二人掛けソファーにカインとディアーナが並んで座り、テーブルをはさんで反対側の一人用ソファーにイルヴァレーノが座っていた。

「さて、作戦会議だ」

カインは膝の上に肘《ひじ》を乗せ、指を組んだ手の甲の上に自分のあごを乗せたポーズでそう言った。

ディアーナに「弱い者」と言われて泣いた跡はもうどこにもない。

「ディアーナ。お母様はディアーナが騎士になったり騎士のまねごとをするのがお嫌なようだ」

「お父様が良いって言ったのに……」

ディアーナはまだ少し不満顔である。

カインとのニーナごっこが楽しかったのと、アルンディラーノと手合わせをして手ごたえを感じてしまったのがあって、怒られたからと言って簡単に諦められる事ではないのだろう。

「我慢はしない。我慢をしなくて良い努力をしよう」

「お兄様?」

「騎士服を着て、細身の剣を振るうディアーナはきっと素敵だよ。僕は、騎士になりたいのならその夢をあきらめないでほしいと思うよ」

ディアーナはまだ四歳。少女騎士ニーナという女の子騎士が活躍する絵本を読んで騎士になりたいと言い出すぐらいなので、この後いくらでも「将来なりたい職業」は変わっていくのだろうとカインもわかっていた。

そして貴族、しかも公爵家の令嬢として生まれたからには家格の合う貴族の家へ嫁いでいく未来しかない事もわかっていた。

それでも、「それしか選べない」のと「色々と出来るけれどもそれを選ぶ」のでは全く違う。剣を使いこなす貴族婦人がいても良いじゃないか。魔法を使いこなす貴族婦人がいても良いじゃないか。ディアーナに出来ることが沢山あれば、亭主関白《ていしゅかんぱく》に屈して泣くなんてことはきっとない。

「こんな話を知っているかい？」

カインは、遊び人のふりをして町中をフラフラしつつ悪人を見つけ、のちに警邏役人に突き出された悪人がシラを切り、証拠はあるのかと叫ぶと実は警邏役人が遊び人だった！　この目で見た！　で解決する話をディアーナにした。

次に、遊び人のふりをして町中をフラフラと歩き、下っ端役人の悪行を暴いて見せるが、役人は下っ端とはいえ貴族なので、悪行に対して平民である遊び人は泣き寝入りさせられそうになったその時！　実は遊び人は王様でした！　さらに上の権力から悪行を指摘され、悪い下っ端役人は牢屋に入れられてめでたしめでたしとなる話をした。

さらに、辺境領を治めている貴族が領民にひどいことをしているのを旅の老人が諌《いさ》めるが、権力を振りかざして黙らせようとしたので侍従が剣術でそれを抑えた上、老人が実は引退した元宰相だった事を明かして成敗するという話をした。

カインは、身振り手振りを交えて各キャラクターのセリフを感情を込めて芝居の様に演じ、それらの話を聞かせた。

ディアーナはキラキラした目で話を聞いている。

「ディも平民のふりする！」

「そう来たか〜」

「今の話の流れで、そうならない訳がないでしょう」

カインは、隣に座るディアーナの頭を優しくなでる。ハーフアップに結ばれている髪には木彫りの髪留めが付けられていた。

透かし彫りの技術を認めてセレノスタにアクセサリー工房への職を斡旋《あっせん》してくれた母エリゼだが、宝石や貴金属が使われていない木を彫っただけの素朴なこのアクセサリーを好んでいない。ディアーナが使っているのを見ると「別のにしたら」とやんわりと交換することを提案してくる。

ディアーナは、石はじきの師匠でもある顔見知りのセレノスタが作ったと聞いてからとても気に入って良く付けている。

「平民のふりをしたら、さらにお母様に怒られてしまうよ」

「でも、悪人を懲らしめるためには弱い者のふりをして油断させた方がいいのでしょう？」

「そうだよ。貴族にも、立場の弱い者はいるんだよ。誰だかわかる？」

「うーん。しゃくいの低い人？」

ディアーナもカインもまだ他家との交流はあまりない。

カインは近衛騎士団の訓練に交ぜてもらっているために王族であるアルンディラーノと副団長の息

子たちとの交流はあるがそれだけだ。

ディアーナは刺繍の会で遊んだ子もいるが、あれも結局その場限りとなってしまっている。

ディアーナは、大人たちの会話の端々から爵位の差による立場の違いと言う物がなんとなくあるとは感じているようだが、いまいちピンとは来ていないようだった。

カインは一生懸命考えているディアーナの髪の毛をひと房取ってネジネジといじりながら、顔だけイルヴァレーノへと向けて聞いてみた。

「イルヴァレーノは？　貴族の中で立場の弱い者って誰だと思う？」

「令嬢でしょう。結婚して夫人となり女主人となれば立場は上がりますが、令嬢は自分の意思で決定できることがとても少ないと思います」

満点の答えだった。カインの意図を酌んで答えてほしい答えを発言してくれた。カインはディアーナの頭を抱え込んでギュムっと抱いて見えないようにすると、イルヴァレーノにニンマリと笑って見せた。

「さすがイルヴァレーノ。わかってるね。そう、令嬢だ。ディアーナ。ディアーナは何もしなくても弱い立場の人間なんだよ」

「やだ！　ディは弱いのなんてやだ！　やっぱり騎士になる！」

腕を突っ張ってカインをはがすとディアーナはカインの顔を見上げて抗議する。少女騎士ニーナの様に強い女の子になりたいディアーナに、令嬢は弱いと言えば反発されるのはわかっていた。

「そうだよ。だから、弱いフリをするんだよ、ディアーナ」

「弱いフリ？」

「淑女教育を頑張って、完ぺきな淑女を目指してお母様を騙すんだ。大人しくて、おしとやかで、刺繍もダンスも詩歌も礼儀作法も完ぺきなレディーのふりをするんだよ。お母様もお父様もパレパントルすら騙すんだ。その裏で剣の練習も魔法の練習もやって、皆に内緒で強くなるんだ」

「レディーのフリをするの？」

カインは立ち上がると、部屋の中ほどまで歩いてディアーナたちに背中を向けた。

「私の名前はディアーナ。リムートブレイク王国の筆頭公爵家の長女にして深窓《しんそう》の令嬢と名高い究極の淑女。扇子より重たいものは持ったこともないか弱いレディーなの……」

いきなりシナを作ってそんなことを言い出したカインを、イルヴァレーノとディアーナがぽかんとした顔で眺めている。

カインは、伸びてきた髪の毛を手で払いながら上半身をねじって二人の方に顔を向けた。

「しかし！　それは世を忍ぶ仮の姿！　私の本当の正体は弱きを助け強きを挫く正義の味方！」

そこまでセリフを言い切ると、カインは三歩ほど下がってから軽く助走して側転からのバク転を披露するとどこに隠し持っていたのか物差しを構えてポーズを取った。

「少女騎士ディアーナ、ただいま見参！」

ビシリとディアーナへ向けて物差しを突き付けている。不敵な笑顔を浮かべていたカインはじっとディアーナの顔を見つめていたが、ふっと力を抜いて柔らかい笑顔になると物差しを握った手も降ろして肩をすくめた。

「どう？　カッコよくない？」

「カッコいい!!」

ぱちぱちと拍手をしながらディアーナが身を乗り出してカインを褒める。

ソファーに座り直してディアーナの拍手を手を包むように握って止めると、優しい顔でディアーナの顔を覗き込んだ。

「つまりは、相手が油断する人物のフリをすればいいんだから、平民である必要はないんだよ。しかも、完ぺきな淑女のフリが出来れば普段はお母様にも褒めてもらえるしね」

「お母様やお父様もだますの？」

「敵を騙すにはまず味方からって言葉もあるんだよ、ディアーナ。淑女の鑑ともいえるお母様を納得させられるレディーになれば、それはもうディアーナのフリに騙されない人はいないに違いないよ」

身内である両親すら騙すという点に、ディアーナは少し罪悪感があるようだった。両親はこれまでディアーナにとっては優しくて甘い人間であったから、当然と言えば当然ではあるが。

「僕が近衛騎士団で習ったことを、この部屋でこっそりディアーナに教えるよ。僕も紳士としての振る舞いを身につけなくてはいけないから、淑女教育も一緒に頑張ろう。騎士としても、貴族の紳士淑女としても僕と一緒に最強を目指そうよ。世を忍ぶ仮の姿が完ぺきな程、正体を明かした時の驚きは大きいからね」

「さっきのクルって回るやつも教えて！」

「いいとも。ああいうのは、イルヴァレーノの方が上手なんだよ」

「イル君が？」

ディアーナが目を丸くしてイルヴァレーノの方を見る。

突然話を振られたイルヴァレーノは一瞬呆気にとられた顔をしたが、すぐに迷惑そうな目でカインをにらみつけた。

「ふふ。敵を騙すにはまず味方からってさっき言ったよね？　実はディアーナには黙っていたけど、イルヴァレーノが元孤児で僕の侍従だっていうのは世を忍ぶ仮の姿なんだよ」

「イル君が⁉」

ディアーナが期待に満ちた目でイルヴァレーノを見つめた。

イルヴァレーノはシチューの具のジャガイモだと思って口に入れたらニンニクだった時のような苦り切った顔をしている。

「イルヴァレーノはね、侍従じゃなくて僕の護衛なんだよ。僕より強い、最強のニンジャなんだ」

カインはここぞとばかりに自慢気にディアーナに説明したが、思っていたのとは違う反応が返ってきてしまった。

「お兄様、ニンジャって何ですか？」

ディアーナにキョトンとした顔で見つめられ、カインは焦ってイルヴァレーノを見た。

「え、えぇーと。イルヴァレーノ？」

「僕も、ニンジャというのを知らないのですが？」

「イルヴァレーノ⁉」

「お兄様？」

イルヴァレーノとディアーナの両方から疑いの目で見つめられている。

カインは、前世で有名だった『世直し偉い人物語』を語って聞かせた勢いでニンジャと言ってしまったが、この世界には確かにニンジャはいない。

侍も浪人も殿様もいないのについてはこちらの世界にあう役職に置き換えて語れたというのに、最後の最後で大失敗だった。

「ニンジャというのは、遠い国に伝わる幻の職業で……ぇぇと。偉い人に仕えているんだけどその存在は秘匿されてい……」

「ひとくってなに？　お兄様」

「内緒って事だよ。みんなに内緒で偉い人が雇っている人で、天井裏《てんじょううら》や床下に潜んで人の内緒話を聴いて主に伝えたり、影から主の身を守ったり、主の敵をこっそりやっつけたりするのがニンジャなんだ」

「ふぉおおお」

ディアーナはきらきらと光る眼でイルヴァレーノを見つめる。何かを期待している目だ。

イルヴァレーノは目を泳がせつつ、カインに救いの目を向けたがなぜかカインは良い顔をして大きくうなずきながら親指を立てて見せただけだった。

仕方なく、イルヴァレーノは一つため息をつくとソファーから立ち上がり、ソファーの背を片手で握るとひらりと一回転して飛び越えた。

そのまま一回バク転を挟んでグッと体を沈めると体を伸ばす勢いで床をけり、カインのベッドの天蓋の上に飛び乗った。

ベッドの天井の影に隠れて一度見えなくなったイルヴァレーノだが、ひょこっと頭だけだして小さく手を振って見せた。

「普段は黙って僕の身の回りの世話をしてくれたり、ディアーナの本の読み聞かせを静かに聞いてく

れる気のいいお兄さんのイルヴァレーノだが、それは世を忍ぶ仮の姿！　実はああやって影から見守ってくれる護衛としてのニンジャなんだ！」

「カッコいい!!　イル君カッコいいね！」

「……なんかヤなんですけど」

世を忍ぶ仮の姿というのが大層お気に入りになったディアーナは、張り切ってか弱い令嬢のフリをするための練習を始めた。


夕飯の席に、カインのエスコートで現れたディアーナに両親が驚いた。

今までの、仲の良い兄妹として手をつないで現れていたのとは明らかに違っていた。ドアを開けた時はディアーナがカインの腕に手をそえた状態で立っていた。

部屋へと入る段階で一度手をほどき、カインの差し出した手のひらの上に添えるように手を乗せると、カインに引かれるようにして静かに食堂へと入ってきたのだ。

今まではカインが椅子を引き、さっさと自分で椅子によじ登っていたりカインに抱っこされて椅子に座らされていたディアーナが、使用人が椅子を引くのを待ち、持ち上げて座らせてくれるのを待ったのだ。

「ディアーナ？」

「どうしたの？　ディアーナ」

エリゼとディスマイヤが困惑した顔でディアーナに声をかけた。ディスマイヤは、ディアーナが騎士になりたいというのを安請け合いした事をエリゼに叱られた上で、今日の騎士団訓練の見学の時にあった出来事を聞かされていたのだ。

騎士にはなれない、剣の稽古もしてはならないと叱られたことにまだ拗ねて、ふくれっ面で現れると思っていたのだ。

もしくは、カインにうまい事なだめられてご機嫌になっているかもしれないという希望的観測も持っていたが、これはその予想とも違っていた。

「お父様、お母様。ご心配をおかけしてしまい申し訳ありませんでした。公爵家の令嬢として、騎士団の訓練に交ざるなどとても恥ずかしい事だったとお兄様から注意されてしまいました……。反省しております。お許しください」

「ディアーナはとても可愛らしく愛らしく可愛らしいので、いざという時に身を守れるようにと護術のつもりで剣を教えていたのです。浅慮《せんりょ》だったと反省しております。けっしてディアーナの淑女らしさを損なおうと思っての事ではない事はご理解ください。お父様、お母様」

子ども二人はそろって頭を下げた。

その変貌《へんぼう》ぶりに、ディスマイヤとエリゼは言葉を飲み込んでしまった。

エリゼはディスマイヤから、改めて剣の練習をあきらめ淑女として勉強を頑張る様にと注意してもらうつもりだった。

ディスマイヤも、エリゼから騎士団の訓練に飛び入りで参加したこととアルンディラーノに一撃を入れようとしたことを聞いてなんとかディアーナを諌めなければならないと色々と言葉を考えていたのだが、それがすっぽりと抜けてしまった。

「いや……。理解してくれたのなら良い。頭を上げて食事にしなさい」

父ディスマイヤの言葉を受けて、頭を下げたままのカインとディアーナは目線だけ動かして目を合わせると、ニヤリと笑った。

――作戦通り。

二人は顔を上げる前にお澄まし顔に戻すと、姿勢を戻して静かに食事を始めた。

綺麗なマナーで食事を進めていく中で、ディアーナが豆を口に入れるときにウェッと言う顔をしたのを見て両親はホッとしたぐらいだった。

夕食後、カインの私室に再度集まった子ども三人はソファーに座ってお互いの顔を見合わせていた。

「お父様とお母様、あんまり怒らなかったね」

口火を切ったのはディアーナである。

くりっと頭を傾げてほっぺたに手を添えたポーズのあまりの可愛さにカインは身もだえている。

「控えの間で聞いていましたけど、奥様と旦那様はすっかり二人が心を入れ替えたと思ってくれた様でしたね」

「イル君、天井裏じゃなかったの……?」

「……。控えの間にいる方が自然なのですよ、あの場合は」

「なるほど！」

ディアーナはすっかりイルヴァレーノをニンジャだと思いこんでいる。

ディアーナの質問に答えながらもイルヴァレーノは恨めしい目でカインを睨んでいる。今、カインの侍従なのは仮の姿でも何でもない。元裏稼業なだけで今はすっかり真っ当な公爵家の使用人である。

……カインに頼まれて時々薄暗い所で待機したり届け物をしたりする事はあるがそれだけだ。

「言葉で反省するだけでなく、態度で表したからだろうね」

「ディ、ちゃんとレディーだった⁉」

「立派な淑女だったよー！　とても素敵だったよ！　お澄まし顔のディアーナもとっても素敵だった！　お父様もお母様も見とれてたでしょう？」

カインが、ディアーナを褒めて頭をなでて抱きしめて頭のてっぺんの匂いをクンクン嗅いでまた褒める。

ディアーナはされるがまま撫でられながら、気持ちよさそうに猫のように目を細めていた。

「明日からは、一緒に受ける授業と授業の隙間時間やお茶の時間の前と後の自由時間なんかに剣や体術を教えてあげるよ」

「イル君からもニンジャ習いたい！」

「……。午前中の家庭教師の合間で良ければ」

「やったね！　ディアーナ。最強の淑女になれるね」

「ふおぉおぉぉ！　最強！」

この日から、ディアーナは大人の前では大人しく礼儀正しい女の子として振る舞うようになった。

カインも人前ではディアーナを淑女として扱い、紳士としてエスコートした。

二人の変わりようにはじめは戸惑っていたエリゼとディスマイヤだが、やがて子どもの成長を喜んで受け入れた。

その裏で、カインとディアーナとイルヴァレーノはカインの私室では素の言葉で話し合い、ニーナごっこの延長として剣の練習をし、淑女のフリをするための練習もした。

カインは、子ども達だけで過ごす間は普通の態度で接することで、ディアーナのストレスを発散させるようにしていた。

この事について、パレパントルには筒抜けだったハズであるが特に両親から何かを言われることはなかった。

いつか「お兄様の衣服と一緒に洗濯しないでくださいませ」と言われるその日まで

カイン、ディアーナ、イルヴァレーノで作戦会議を行い、自分たち以外の人間の前では「世を忍ぶ仮の姿」でいようと決めてから四年が経過した。

相変わらず、家庭教師の授業の合間にはカインの部屋に集まって子どもらしく遊んだり、気を使わない口調でおしゃべりを楽しんだりしている。

ディアーナの淑女のフリもだいぶ板に付いてきて、もう心の準備をしなくても人前では自然に淑女として振る舞えるようになっていた。ディアーナは前から自分の部屋を持っていたが、二年前までは両親と一緒のベッドで眠っていた。夜中にトイレに行くのが怖いと父を起こしたりもしていたが、今は自室で寝るようになったし夜中のトイレも自分で行ける様になっている。

それを受けてディアーナにも、専任の侍女が付くことになった。それまでは、母の侍女がディアーナの面倒も見ていたのだが、部屋が別々になったことでそれでは不便だということになったのだ。

魔法学園卒業後、王城へ行儀見習いとして勤めていた経験のあるまだ若い女性だった。貴族の令嬢ということで、その立ち居振る舞いをディアーナは大いに参考にはしたものの、「素の自分」を出せる時間が減ってしまったのが悩みのタネではあった。使用人同士ということで、イルヴァレーノが時々侍女を連れて用事をこなしに行く隙間に、カインと遊ぶことで気晴らしをしている。

相変わらず王妃様主催の刺繍の会に参加しており、刺繍の腕はだいぶ上がっていて今ではより複雑な図案を決められた期間で仕上げることをアルンディラーノと競い合っていた。カインが心配するような仲には全く発展していないが、良い友人としての付き合いをしている。

そのアルンディラーノも、カインとディアーナが突然大人びた態度を取るようになったことに、当初は戸惑っていたものの、自分も今のままでは良くないと一念発起し「優秀な王太子」という猫をかぶるようになった。

イルヴァレーノは、執事のパレパントルからの指導をうけ、カインの侍従としての立ち居振る舞いや咄嗟に主人を守るための護身術といった事を学んでいた。学術系の授業は引き続きカインやディアーナと一緒に受けさせてもらっていたが、芸術系の授業にはもう参加していない。その代わりに、公爵家で茶会を開く際の準備の仕方や、来客用の馬車の手配、主人に見せるまでもない手紙の処理の仕方などなど、主人をフォローするためのありとあらゆる仕事の仕方を教わっている。まだまだ自己判断で出来ることは少ないが、少しずつカインが公爵として家を継いだ時に側近として手伝えるようにと訓練を続けていた。

孤児院出身の平民であるため、イルヴァレーノは王宮を訪ねるような仕事は手伝えない。王城にある近衛騎士団の訓練場はぎりぎり屋外であるため付き添うことは出来るものの、そこから先には一緒に入ることができなかった。パレパントルやディスマイヤは、カインが学園を卒業する頃にはどこかの貴族家に養子縁組させて身分だけ取らせようと考えていたが、カインやイルヴァレーノにはまだ話していなかった。身分を与えてでもカインの侍従であり続けさせようとするほどに、イルヴァレーノは優秀であった。

カインは、四年間ディアーナやイルヴァレーノのフォローに徹していた。それまでと同様に家庭教師を詰め込んで勉強も進めていたが、中身がアラサーの転生者であるため二人よりも「自分を偽る」事に抵抗がなかったのだ。淑女で居続けることにストレスを感じているディアーナを朝夕のランニングで発散させたり、孤児院への慰問で思い切り走り回らせたりと工夫を凝らして開放させていた。なるべく授業はイルヴァレーノとともに受けるようにし、イルヴァレーノの能力をあげるよう手配していた。孤児院への慰問にも連れて行って休日に里帰り以外の事ができるようにも気を使っていた。

十歳を超えた頃からお茶会と称してお見合いもどきをさせられる事もあったが、刺繍の会などで以前から顔見知りの令嬢とは友人としてのお茶会に徹し、初見のお見合いモードでやってくる令嬢には変に気に入られないように気を使って対応していた。それが、相手によって冷たくあしらわれたとかそっけなかった等と受け止められて後日苦情が来ることもあったが、とりあえずカインは気にしていなかった。三歳下に王太子殿下が居るのでカインと同年代か年下の令嬢はカインよりアルンディラーノ狙いでしょ、と勝手に思っていたので真面目に取り組まなかったという側面もある。

イルヴァレーノ、アルンディラーノ以外の攻略対象者についても色々と調べてはいたのだが、王宮魔導士になれなかった教師や、ディアーナと同級生になる令息、ディアーナの後輩になる令息については突き止めることができないでいた。

そんなこんなで四年が経ち、カイン・エルグランダークは今年十二歳になった。

つまり、学園入学の歳である。

神渡りのお祭りも終わり、年のはじめのバタバタとした空気感も抜けてきた頃、カインの学生服がエルグランダーク家に届いたのだった。

「これは……どういうことだ？」

届いた箱をイルヴァレーノが部屋まで運んできたので、カインは早速箱を開けて中を改めたわけなのだが。

中に入っていたのは初めてみるデザインの制服であった。

兄のいない長男であるカインが制服を見たことがないのは当たり前であるが、そこはそこ。カインには前世の記憶があり、ここは前世でプレイしていたゲームの世界なのである。

制服に見覚えがないのはおかしいのだ。

「ド魔学の制服じゃない？」

そんなわけはない。

アンリミテッド魔法学園はこの国の最高峰の学校で、貴族がここに通わないなんてことはないのだ。

一応他にも学校がないわけではないが、普通科だがランクが落ちるか、専門学校的な目的別の学校となるので筆頭公爵家の長男であるカインがそっちに入学するなんてことはあり得なかった。

「知らないうちに制服のデザインが変わったとか？　もしくはコレから変わるとか……？」

ゲーム本編は妹のディアーナの同級生が主人公《ヒロイン》なので、始まるのは三年後だ。

カインの手元にある制服は旧デザインで、これから三年の間にデザイン変更があるとすれば、それはカインも知らない事である。

しかし、そんな事あるだろうか？　とカインは首をひねる。

そう言えば、制服も届いたのだし、入学案内などの書類も届いているのではないかと思いつき、イルヴァレーノに問いただせば「そういえばそうですね。ウェインズさんに聞いてきます」と言って部屋を出て行った。

イルヴァレーノもここまでに学園に関する話を聞いていなかったらしい。

しばらくして戻ってきたイルヴァレーノは、首を傾げながら執事の伝言をカインに伝えた。

「ウェインズさんからは言えないそうで、今夜旦那様がお戻りになられたら直接説明をお伺いするように、とのことでした」

「お父様から直接……」

いやな予感しかしなかった。

普通にアンリミテッド魔法学園に入学するだけならわざわざ説明などいらないのだ。リムートブレイク王国の貴族であればほとんどがド魔学に通うのだ。卒業するには試験に合格する必要があるが、入学には試験もない。

次男や三男などが騎士養成学校に入ったり爵位の低い家の令嬢が侍女や高級メイドを目指すための淑女学校に通う事はあるが、カインは長男である。

まさかカインに何の話もなく騎士学校や魔導士校への入学を決められてしまうとも思えないが、どういうことだろうかとカインは答えのでない疑問をぐるぐると頭の中で回していた。

午後のお茶の時間に、母エリゼに質問してみるが「お父様から聞きなさい」としか言われなかった。

届いた制服をハンガーで壁にぶら下げて眺めている。詰め襟でダブルボタンになっているそれは騎士の礼服にも似たデザインで胸にはエンブレムが縫いつけられている。

ポケットをひっくり返したり、襟をめくってみたり、裏地を見てみたりしたが、内ポケット部分にカインの名前が刺繍してあるだけでヒントになるような物は何もなかった。

ただ、胸のエンブレムは明らかにド魔学の校章ではないのだ。だからといってゲーム内で見た覚えもない。

ボタンも、エンブレムのデザインを簡易化したデザインになっている。

ド魔学に入学出来なければ、三年後にディアーナと同じ学校にならない。ディアーナの先輩になれないのだ。

ここまで出会いがないままの同級生ルートや下級生ルート、先生ルートの邪魔が出来ない。

何より、ディアーナが不幸どころか命を失ってしまう可能性のある聖騎士ルートに付いていくことが出来ない。

せっかく、剣術訓練でゲラントとクリス兄弟と親交を深めたので、魔の森に行くのについて行くと言っても不審がられない状況だと言うのに、だ。

壁にぶら下げた制服を眺めていたら、部屋の戸がノックされた。

イルヴァレーノがドアの前まで行って誰何《すいか》を行い、カインの許可を取ってドアを開けた。

「ご機嫌よう、お兄様。音楽の授業ぶりにお会いできてうれしゅうございます」

「ようこそ、我が私室へおいでくださいました。歓迎いたします、ディアーナ嬢」

ディアーナは淑女の礼をし、カインも紳士の礼で答える。

もう、ドアをノックすると同時に勢い良く開けて入ってくるお転婆娘はいないのだ。

ディアーナはカインの隣まで歩いてくると、一緒になって壁に掛かっている制服を眺めた。

後ろで手を組んで肩をゆらゆら揺らしながら、制服を右から左から下から眺めていた。

「お兄様は、コレを着て来月から学校に行くのですね」

「たぶん、僕の行きたい学校の制服じゃないんだよね。これ」

ディアーナの肩の揺れが段々と大きくなってきて、カインの二の腕に肩が当たっている。

カインはびくともしない。

「どういうことですの？　コレは、アンリミテッド魔法学園の制服ではないのですか？」

「違うと思うんだよね……。胸のエンブレムが違う気がするんだ」

「学生のお友達がいないので、見たことありませんから判断できませんわ」

さすがにカインも「前世の記憶と違う」とは言えない。気がする……でごまかすしかない。

ディアーナはさらに体の揺れを大きくして、というかもう揺れてるとかではなく、肩でカインに体当たりをしていた。体当たりをして撥ね返されては、またひざを曲げて肩で体当たりをする、と言うことを繰り返していた。

カインはびくともしない。

「図書室に、王都内の学校目録などはありませんかしら？」ドンっ。

「ああ、そうか。校章の一覧などあれば、胸のエンブレムと比べればどの学校の制服かわかるかもしれないね」ドンっ。

「制服を持って図書室に行きますか？」ドンっ。

「いや、エンブレムを紙に描き写していこう」ドンっ。

会話する度にディアーナが肩で体当たりしてくる。

黙って体当たりされていたカインだが、途中からタイミングを合わせてカインも小さくディアーナ側に身体を傾けて体当たりを受けて立っていた。

「紙とペンをとってきます」

兄妹の戯れをいつものことと無視していたイルヴァレーノが、勉強机へ向かって道具を取りに行き、戻ろうと振り向いたらカインとディアーナが紳士と淑女とは思えない格好をしていた。

おじぎをした様に腰から上を折り曲げたカインの背中に、背中合わせでディアーナが乗っかっているのだ。お互いの腕を組んでディアーナが落ちないように支えている。

ディアーナのスカートがめくれてペチコートまで見えてしまっている。

「ディアーナ様！」

「おっと。お兄様、交代交代」

はしたないので声をかけて注意をするが、イルヴァレーノは慣れっこなのでディアーナのペチコートくらいでは赤面もしない。

カインが姿勢を戻してディアーナが足を床に着けると、今度はディアーナがお辞儀をするように腰を曲げて、今度はその背にカインを乗せた。

「お兄様重くなりましたね！」

「成長期だからね！」

カインはそのまま足をあげて、ディアーナが前屈するように頭を下げるとくるりとカインの体が逆側の床に移動して足が着いた。

二人とも体が柔らかい。

「何やってるんですか……」

「背伸びの運動」

組んでいた腕をはなすと、カインとディアーナは姿勢を戻してニカッと笑った。

相変わらず似た兄妹だとイルヴァレーノはため息をついた。

カインがイルヴァレーノから受け取った紙とペンで制服のエンブレムを簡単に書き写している間に、イルヴァレーノはブラシで髪を整えていく。

ディアーナとカインの髪を整えてブラシを片付けたイルヴァレーノが戻ってきたところで、じゃあ図書室に行こうかとカインとディアーナは腕を組んだ。

紳士が淑女をエスコートする姿である。

部屋を一歩出た所から、カインとディアーナは穏やかな微笑みを顔に貼り付けて歩き出した。

その後ろを、イルヴァレーノが侍従としてついて行くのである。


父であるディスマイヤが帰宅し、カインは夕飯の前に執務室へと呼ばれた。ドアをノックし、執事に開けてもらって中へとはいれば父は執務机ではなくソファーに座っていた。

向かいのソファーへ座るように手で示されて、言われるままにカインは座ってまっすぐに父の顔を見つめた。

「カイン」

「あれは、サイリユウム王国の貴族学校の制服ですね。どういうことでしょうか？」

父が口を開いたのに被せてカインが質問をする。

目上の人物である父の言葉を遮るなど、貴族としてやってはいけない行為だが、それだけ怒っているという意思表示としてカインはわざとそうした。

ディスマイヤはため息をつくと右手で眉間をもみ、膝の上で手を組むと優しい目でカインを見つめた。

「カインはとても優秀だ。家庭教師たちから聞いた話ではもう学園の六年生と同じところまで勉強が進んでいるそうじゃないか。それならば国内の学校に行く意味はあまりないと考えて、留学させることに決めたんだ」

「学園は勉強だけをする場ではないはずです。同年代の貴族たちと顔を合わせ、交流し、将来のツテや縁を作っていくことが重要なのではないですか？」

「お前はとても優秀で、他国の言葉も堪能だ。将来の公爵家当主として隣国の貴族との縁を結んできてほしい。ネルグランディはサイリユウムと川を挟んで隣の土地だ。将来ネルグランディの領主にもなるのだから有益な学生生活になるだろう」

「ド魔学に入学し、途中の学年で一年ほど留学すれば十分じゃないですか？　これまでも交換留学制度などはそうだったはずです」

途中留学では勉強のすすみ具合のズレが……などという言い訳はさせない。

すでに六年生までの学習が済んでいるのは先ほどディスマイヤ自身が認めたことなのだから。

カインはまっすぐにディスマイヤの目を見つめる。

何の表情も乗せない顔で、静かに父が口を開くのを待つ。

「……お前とディアーナを引き離すためだ」

「なぜ、ディアーナと引き離されなければならないのか理解できません」

「理解できない？」

ディスマイヤが、ギロリとカインを睨みつけた。

「令嬢とのお茶会に毎度ディアーナを連れだっていただろう」

「あのプレお見合いみたいなお茶会ですか」

カインとディアーナが紳士淑女として振る舞うようになってしばらく経った頃から、公爵家の庭園で定期的にお茶会が開かれていた。

お茶会とはいえ、呼ばれているのは毎度一人の貴族令嬢だけだった。

お見合いとまでは言わないが、まずは顔を合わせて相性などをみてみようといった趣旨だったのは明らかだった。

そのお茶会に、カインは毎度ディアーナを連れて参加し続けてきたのだ。

「ディアーナを連れて行った上にディアーナばかり褒めているもんだから、せっかく呼んだお嬢さんたちがみな怒って帰ってしまっただろう」

「私のお見合い相手選びの前準備としての顔見せだったのなら、ディアーナを連れて行くのは当然でしょう」

「当然な訳があるか。二人の仲を深めるための茶会だぞ。ディアーナは第三者だろう」

「お父様こそお忘れの様だ。私が結婚相手に望む物は『ディアーナを愛し、私がディアーナを優先しても嫉妬しない人』だと以前言ったはずです。そんな相手を探すのにディアーナ抜きで会話するなど有り得ませんよ」

「一万歩譲って、ディアーナ同伴は良いとしよう。令嬢が同席している茶会の席で、令嬢に話しかけずにディアーナとばかり話をするのは如何なものなんだ？　ダメだろう。貴族の紳士としてだめだ」

「失礼ですね。令嬢から話しかけられれば答えていました。無視していたわけではありませんよ」

「つまらなそうにだろ。令嬢の親御さんから苦情が山のように来てたんだぞ」

「ディアーナと関係のない話を振ってくるからです。ディアーナの服装やディアーナの髪飾りやディアーナの髪型を褒めてくれれば、私は喜んでその会話を楽しみましたよ」

「それはお前だ！　お前がまず令嬢を褒めねばならなかったんだよ、カイン」

「隣にディアーナがいるのに？」

にこやかに首を傾げて不思議そうな顔をしてみせるカイン。

隣に座るディアーナより劣る娘を何故ディアーナより先に褒めねばならぬのか？　と、カインは言っている。

「私がディアーナを褒める言葉や、ディアーナと話している会話に乗っかって来たって良かったんですよ。私がディアーナと餌台にやってくる小鳥の会話をしている時に『私も小鳥が好きなのです。どんな小鳥が来るのですか？』と入ってきても良かったし、花言葉の由来について会話している時に『好きな花があるけれど、花言葉が苛烈過ぎると人に好きな花として紹介しにくくないですか？』と入ってきても良かったのです。でも、どのご令嬢も私とディアーナの話を遮るか、一度は会話を受けるものの自分の話に持ち込もうとするか……そもそも拗ねた顔をして会話をする事を拒絶しているかでしたよ。自分が話題の中心でなければ盛り上がれない人とは深くおつきあいできませんよ」

カインの言い分を聞いていたディスマイヤは、大きくため息をつくとうなだれて自分の手で自分の肩を揉んだ。

「そういう態度だから、お前とディアーナを一度離すことにしたんだ。結婚相手を見つけるか卒業するまで帰ってくることは許さない。これは、家長命令だ。覆らない。たったの六年だ。なんてことないだろ」

「たったの六年とは何ですか⁉　六年⁉　六年もあったらディアーナの身長だって三十センチは伸びますし、ディアーナの歯が全部永久歯になってしまうじゃないですか！　側にいなければ一緒に屋根の上に投げたり床の下に投げたり出来ないんですよ⁉　今九歳のディアーナから六年も離れていたらディアーナに初潮だって来てしまうじゃないですか！　ディアーナが大人の女性になる瞬間を見逃せっていうんですか！　僕には耐えられない‼　可愛いディアーナの成長を一瞬だって見逃したくない！」

カインは半泣きである。

「カイン……おまえ気持ち悪い……」

カインの熱い訴えも及ばず、隣国への留学は覆らなかった。

表面だけは貴族として取り繕いつつも、冷め切った空気の中での夕食が終わり、私室に戻ったカインはソファーに音を立てて腰を下ろした。

ローテーブルの上には、サイリユウム王立貴族学校の入学案内が置かれていた。

夕食中に届くように手配されていたのだろう。

忌々しそうに眉を寄せた顔で書類を睨みつつも、視線で書類を消し去ることはできないのであきらめて書類を手に取った。

「聞いた？」

「ウェインズさんから聞きました」

何を、とは聞かないイルヴァレーノ。

執事から留学について聞いたらしい。お茶を淹れて書類の邪魔にならない位置にカップをおいた。

そのままカインの後ろに立とうとしたのをカインが手を振ったので、イルヴァレーノは向かいのソファーに腰を下ろした。

しばらく無言で書類を読んでいたカインは、深く息を吐き出すとバサリと書類をローテーブルの上に放り投げた。

両手で顔を覆うと肘を膝の上に乗せて頭を支えるようにうなだれた。

「イルヴァレーノ、頼む。俺のいない間はディアーナについてやってくれ」

吐き出すようにつぶやいたカインの言葉に、イルヴァレーノがソファーから立ち上がった。

「何を言っているんですか、僕もついて行くに決まっているじゃないですか」

「イルヴァレーノは留守番だ。ディアーナを頼む」

「嫌です。側にいるって言ったじゃないですか。カイン様の手が足りなければ手を貸すって言いました。怖いことにも一緒に立ち向かうって言いました。一緒に行きます」

ローテーブルを回り込み、カインのソファーのそばまで来るとしゃがんでカインの顔を覗き込むイルヴァレーノ。手のひらで覆われた顔から表情は読み取れなかった。

「できないんだよ、イルヴァレーノ。サイリユウム王立貴族学校は全寮制で二人部屋の相部屋だ。侍従の連れ込みも許可されていないんだ」

「貴族学校なのにですか？　そんなバカな」

学校の方針だと学校案内には書いてあった。

最低限の使用人は寮内に設置されており、用事があれば申し付けることはできると記載されているが、専任ではないので本当に必要最低限の使用に留めるようにと注意書きが書かれている。

学校を卒業し、成人して貴族として働き出す前に「自分のことは自分で出来るようになろう」という趣旨があるようだ。

自分でも出来ることを、人を使ってやるということに意味があると書かれている。

カインとしてはそんなの家庭でしつけておけよという所ではあるが、侍従禁止の全寮制にぶっこまない限り性根を正せないヤツもいるということなんだろう。

「頼む。頼むよ、イルヴァレーノ。頼れるのはお前しかいないんだよ。ディアーナを頼む。俺はどうにだってなるんだよ」

「心折れて泣いていたくせに」

イルヴァレーノの言葉にカインは顔をあげて、眉毛をハの字にして笑った。

「いつの話をしているんだよ」

「ほんの少し前の話だよ……」

しゃがんで下から見上げてくるイルヴァレーノの頭を両手で挟んでワシャワシャと赤い髪の毛をかき混ぜる。

手を下げて頬を挟むとぐいっと耳の方へ押し上げて無理やり口角を上げさせてみる。

そしてそのまま、頭を下げてイルヴァレーノのおでこに自分のおでこをくっつけた。

「ディアーナが淑女として過ごす日々の、息抜きが出来る場所になってやってくれ」

「カイン様みたいに背伸びの運動やぐるぐるマシンはできませんよ」

「ディアーナが見つけた細《ささ》やかな日々の発見を聞いてやってくれ」

「カイン様へ手紙を書くようにおすすめしますから、お返事を書いてあげてください」

「ディアーナが何かに成功したとき、困難を乗り越えたときには褒めてやってくれ」

「お手紙で報告しますから、お褒めのお手紙を書いてあげてください」

「ディアーナもだいぶ強くなったけど腕力でぶつかって来られれば女の子のちからではかなわない。ディアーナを守ってやってくれ」

「それなら、僕でもできそうです」

おでこをつけたまま、カインがふふふと静かに笑った。

「ディアーナの様子を手紙にして送ってくれ」

「毎日は無理ですからね」

「ディアーナに婚約話が持ち上がったら阻止してくれ」

「王太子殿下ですか？」

「アルンディラーノ以外でもだ。俺が帰ってくるまでディアーナに婚約者を作らせるな」

「……努力はしますが、期待しないでください。そのような話がでたら手紙を書きますから、飛んで帰ってきてください」

カインは、イルヴァレーノの頬を包んでいた手を放すとソファーに背を預けた。

イルヴァレーノはそっと自分のおでこを撫でると立ち上がり、テーブルを回り込んで向かいのソファーに座りなおした。

「お父様にも、ディアーナにイルヴァレーノをつけるように頼んでおく。お父様がだめでも、パレパントルに頼んでおく。くれぐれもディアーナを頼むよ。お前だけが頼りなんだ」

「ディアーナ様ばかりですね。カイン様はどうなんですか」

ローテーブルを挟んで、まっすぐにカインを見つめるイルヴァレーノの瞳は真剣だ。

ソファーの背もたれに背を預けたまま、ずるずると体勢を崩して半ばソファーからずり落ちた姿勢になったカインは弱々しく笑って手を振った。

「俺は大丈夫だよ。イルヴァレーノに何でもやってもらっていたけど、もともと自分で何でもできるんだから」

前世でアラサーまで生きたカイン。前世では自炊もしていたし洗濯も掃除も着替えも全部自分でやっていた。今の服は着るのに工夫が必要だったりする部分もあるが、一人で着れないということもない。女性のかしこまった夜会用のドレスなどは一人で着られない作りのものもあるようだが、カインは幸い男だった。

「一人でだってやっていけるさ」

そういうカインを困ったような顔をして見つめるイルヴァレーノ。ゆるく頭を左右に振って肩をすくめてつぶやいた。

「僕がいなければ髪の毛だって結べないくせに」

イルヴァレーノに寝間着に着替えさせられ、寝やすいようにゆるい三つ編みに髪を編み直されているカインが一つあくびを漏らした時、静かにドアがノックされた。

イルヴァレーノが対応すると、入ってきたのはすでに寝間着に着替えたディアーナと、二年前からディアーナの専属侍女となったサッシャだった。

ディアーナがベッドに座っているカインのそばまで来ると、イルヴァレーノは髪を仮どめしてさがり、一歩後ろで控えているサッシャの隣に立った。

「お兄様、隣の国の学校に行ってしまうのですね」

「うん」

「でも、ディがお願いしたら行かないでくれるのでしょう?」

クリっと首をかしげて、頬に手を添えて少し上目遣いで見つめてくる。ディアーナの対カイン必殺のおねだり技だ。これをやられるとカインは身を捻って白旗をあげるしかない。

いつもなら。

「僕もディアーナの願いを聞いてあげたいけどね。今回ばっかりは難しいかな……」

「お兄様……」

「イルヴァレーノが残るよ。困ったことがあればイルヴァレーノを頼ると良い」

家出をして留学を回避することも考えた。

ティルノーア先生には魔導士団への勧誘もされているし、近衛騎士団仕込の剣術で一般騎士の見習いになるのだっていい。親が騎士爵の子どもなどは騎士見習いになる者も多いと聞く。

ただ、後々のことを考えれば成人したらほぼ自動的に手に入る権力を手放すのは惜しい。

主に、ディアーナを幸せにする意味でも。

「お兄様、今日は一緒に寝てもいい？」

「いけません！」

反対したのはディアーナの侍女のサッシャだった。ディスマイヤから何を吹き込まれたのか、男女がどうの、倫理がどうの、世間体がどうのとなんだかんだと反対する理由を告げていく。

ディアーナはほっぺたを膨らませてブゥと鼻を鳴らした。それを見てサッシャが目を剥《む》いた。二年前からディアーナ付きとなった彼女は、淑女として振る舞うディアーナしか知らなかったのだろう。

いつの間にどこからか毛布を二つ持ってきたイルヴァレーノは、一枚をサッシャに渡してソファーを指差した。

「心配ならここで見張っていたらいいでしょう。あなたに二人がけの方を譲りますよ。僕は一人がけの方で寝ますから」

そう言って自分の分の毛布を一人がけのソファーの背もたれに引っ掛けると、ベッドまで戻ってカインの髪の毛をまとめる作業を続けた。

起きたときにはねないように、しかし癖がつかないようにゆるく三つ編みにされた髪にはカバーがかけられ左肩にたらされた。

上から前から覗き込んでその出来に満足したイルヴァレーノは一つ頷くとソファーに戻って毛布を体に巻きつけて器用に丸まって座面に収まった。

「ディアーナ様がお風邪を召してはいけません」

「カイン様と一緒にいて風邪を引かせるようなことはしませんよ」

「お兄様がディに風邪を引かせたりしないよ」

「ディアーナ様。わ・た・く・し、です」

「……お兄様が私に風邪を引かせたりはしないですわ」

サッシャは、何かあれば部屋に連れ戻しますからね、と言って二人がけソファーに横になって毛布を被った。

部屋の明かりが落とされて、大人が三人は寝られる広いベッドの上に、向かい合わせに横になったカインとディアーナは、どうでも良い話をした。

「お兄様。お手紙を書いてくださいね」

「たくさん書くよ。毎日書くよ」

「ディもお手紙かきますから、ちゃんと読んでくださいね」

「百回は読むよ。返事も書くからね」

「お休みには帰ってきてくださいますか」

「帰ってくるよ。週末ごとに帰ってくるさ。サイリユウム王国はウチの領地の隣だから、長期の休暇になったらネルグランディで一緒に遊ぶのもいいかもね」

「ディね、昨日から奥歯がグラグラしていて硬いものを食べると痛いんです」

「ついに奥歯も抜けるのかな。上の歯？　下の歯？」

「上の歯」

「そうしたら、床の下だねぇ。一緒に投げ込めなくて残念だな。でも、夕飯でも歯が痛いなんてわからなかったな、偉いね。平気なフリしてご飯食べられたんだね」

「えへへ」

ごそごそと、布団が擦れて頭をなでている音がかすかに聞こえる。

「お兄様に褒めてもらえるからがんばれたことがたくさんあるんですよ」

「これからも褒めてあげるよ。手紙を書いてくれたら、偉いねって返事をだすから」

「真の姿では騎士を目指すのではなくて、ニンジャを目指しておけば良かったです……ニンジュツは何でもできるのでしょう？」

「なんでもは……どうかな……」

布団がバサリとめくれる音がし、その後布団が持ち上げられてポンポンと優しく叩く音がする。

「ディはおっきくなったら、ショコクマンユー……の……ゴロウコウになって……弱いものいじめをやっつける人になるのよ」

「うん」

「そのときに『やっておしまい！』って言ったらお兄様が相手をやっつけなくちゃいけないのよ」

「うん」

「だから……、ちゃんと帰ってきてね」

「うん。帰ってくるよ。ちゃんと帰ってくるさ。ディアーナもゴロウコウになるためにはうんと勉強しなくちゃだめなんだよ」

ディアーナの言葉がだんだんと怪しくなってきた。

布団の中が二人分の体温で暖かくなってきたのだろう。カインともっと話をしておかなくちゃと思いながらも、ディアーナはウトウトと重たいまぶたに逆らえなくなってきていた。

「ディ……は……世を忍ぶ仮の……すがた……」

「おやすみ、ディアーナ。明日もまだここにいるから、安心しておやすみ」

「おやすみ……なさい……おにいさま」


しばらくすると、すぅすぅと寝息が聞こえてきた。

ソファーの上で目をつぶり丸くなっていたイルヴァレーノが片目を開けて向かいのソファーを見ると、サッシャがまだ目を開けてベッドの方を眺めていた。

「どこまで行ったってあの二人は兄妹なんだよ。ただの仲の良い兄妹」

イルヴァレーノの言葉にまだ半信半疑のサッシャであったが、今日のところは二人の間になにか怪しい事が起こるような雰囲気がないことは理解したようだった。

ベッドの方から二人分の寝息が聞こえてきたことで、毛布を被って寝返りをうちイルヴァレーノに背を向けてしまった。

邸の主人から変態と聞かされていた兄から、主であるディアーナを守ろうとしただけのサッシャ。令嬢として外した言動をした時だけ注意して令嬢たらしめんとするサッシャ。

そこにはたしかに主であるディアーナへの愛情があるのだが、令嬢でいつづける事でストレスが募る事には気がついていない。

愛情はあればいいというものではないのかもしれないなと、イルヴァレーノは思った。

運動のできる服装ではなく、少しかしこまった服を着て訓練場に現れたカインを見つけて、アルン

ディラーノは駆け寄ってきた。

「まだ着替えてないのか。入学準備もあるだろうけどいつまで訓練に参加するの？　カインは」

「もう参加しないよ。今日は挨拶にきたんだよ」

軽く息をはずませながら笑顔で近寄ってきていたアルンディラーノはカインの言葉にショックを受けたような顔をした。

「入学まであと一月はあるじゃないか。もう訓練は終わりなの？　入学の準備ってそんなに大変なの？」

「……まぁ、大変ですね。準備も含めて入学したらしばらくはお会いできそうにありません」

カインはその場で膝を突いた。立っているアルンディラーノより少し頭の位置が低くなるので見上げる形になった。

カインはアルンディラーノの手をとって包むように握り込んだ。

「殿下、剣の訓練をご一緒し昼食をご一緒できたこと、とても楽しく有意義な時間でした。最初は訓練場を一周も走れなかった殿下が、今ではクリスやゲラント相手に互角に戦えているのですから、時のすぎるのは早いものですね」

「カインには一度も勝っていないよ。勝ち逃げさせないから」

なんでそんな、久々に会った祖母みたいな事を言うのかと、アルンディラーノは訝しげな顔をしてカインを見つめ返す。

フッと笑うと握っていた手を勢いよく上下に振って遊ぶカイン。眩しいものを見るような顔をして手を離すと立ち上がった。

「次に手合わせする時は、本気でやりましょう。楽しみにしていますね」

「カイン」

何か言おうとしたアルンディラーノに「点呼が始まりますよ」と声をかけて訓練場の方へ背中を押す。カインを振り返りながらクリスとゲラント、その他騎士たちの方へと駆けていった。

カインは周りを見回してファビアンを見つけると、そばへと歩いていく。

「カイン様、お話は伺っております。寂しくなります」

「カインでいいですよ。今まで通り」

「訓練が終わってしまえば、公爵家令息と騎士ですから」

そう言いながらも、ファビアンは親しげにカインに笑いかけてくる。

カインは礼儀正しく、儀礼的な笑顔をファビアンに向けると右手を胸に当てて紳士の礼をした。

「今までありがとうございました。ご期待に添えるほど強くなれていれば良いのですが」

「学校へ行っても鍛錬をおこたるなよ。これから成長して筋肉がついていけば重い剣も持てるようになる。体重が増えれば剣撃も重くなる。学校を卒業したら騎士になるんだろ？」

「剣は身を守るため、ディアーナを守るために身につけただけです。私は騎士にはなりませんよ。法務省の役人になるのが夢なんです」

「将来有望なのになぁ……」

ファビアンは苦笑いをしてぼりぼりと短髪の頭をかいた。空を仰いでふぅーと長く息を吐くと、腰を屈めてカインの肩に腕を回して顔を寄せた。

「なぁ、あんまり大人に絶望するな。子どものうちはもっと歯ぁ見せて笑え」

「何を言っているんですか」

ファビアンはカインの肩を抱えたまま頭をぐるりと回して周囲を見ると、そのままカインを訓練場のすみまで連れて行った。

「騎士爵なんて爵位は貰っているが俺はただの棒振りだ。王子殿下のそばに居て、敵が出たらぶん殴るのが仕事だし、それしかできない。政治もわからんし、駆け引きや根回しなんかもうまくない。でも、子どもを守るぐらいはさせてくれ」

「副団長は立派な方です。そんな卑下なされることはありません」

「妹ちゃんの件の後ぐらいから、優等生みたいな笑い方しかしなくなっただろ」

なんのことですか？　と笑顔で首をかしげてファビアンの目をのぞく。ジッと見てもファビアンは目をそらさなかったので、カインのほうが視線を下げてうつむいた。

「王妃殿下や、貴族女性の護衛をするたびに男じゃ入れない場所の多さにヤキモキする事が多いんだ。俺は女性騎士がいれば活躍の場は意外と多いと思ってる」

「……だから何だと言うんですか」

「妹ちゃんが、今でも騎士になりたいと思っているなら……」

「ディアーナは、騎士にはなりませんよ」

視線を上げたカインの顔は、怒っているようにも見える。そのカインの顔をみてファビアンはニヤリと笑った。

「女性騎士という職業を新しく作るのは、私も良いアイディアだと思います。着替え中や入浴中にも同室内で護衛が出来るのは安全上とても重要なことだと思います」

「だろ？」

「ですが、公爵家の令嬢はその職にはつけません」

公爵家の令嬢という立場は、守られる側だ。

だからそんなアイディアを披露してぬか喜びをさせるな。カインの顔がそう言っている。

怒った顔をしたカインのほっぺたを肩を組んでいるのと反対の手でぷすぷすと突っつくファビアンは笑っている。

「怒った顔をしたな。おすまし顔よりずっといいぞ。子ども同士で悪巧みするのもいいがな、たまには大人を頼れ。頼れる大人と頼れない大人がいるのは俺もわかってる。でも、大人がすべて敵だと思うのはやめろ」

笑うファビアンの顔は優しかった。

カインは眉毛をさげて情けない顔をすると、またうつむいてしまった。

「大人が敵だなんて思っていません。……なんでそんなこと言うんですか」

「寂しいからだ」

ファビアンがカインの肩に回していた腕をはずして、腰にあてて背伸びをした。カインの身長に合わせて屈んでいたせいで関節がパキパキと鳴っている。

「目をかけているガキンチョに……。息子の友人にさ、心開いてもらってないなんて寂しいじゃないか」

真っ直ぐに立ったファビアンは背が高い。上からカインを見下ろして、苦笑いしながらカインの頭を大きな手でゆっくりと撫でた。

「長期休みで戻ってきたら、騎士団にも顔をだしてください。ゲラントもクリスも喜びます。もちろん王子殿下も」

「……。ええ、是非そうさせてください。その時はなまった体を鍛え直してください」

「なまる前提でいるのがもうだめですね。ちゃんと鍛錬をしてください、カイン様」

カインは、ファビアンから一歩離れるとまた大人のような澄ました笑顔を顔に浮かべて師匠であった近衛騎士団副団長を見上げた。

「アルンディラーノを良く見てやってください。彼こそ、頼れる大人が必要な子どもだ」

そう言うと、カインはくるりと体を返して訓練場を後にしようと歩き出したが、ふと言い忘れたことを思い出して立ち止まった。

「あんまり、イルヴァレーノをからかわないでくださいよ」

振り向いてそう告げると、今度こそ訓練場を後にした。


近衛騎士団の訓練場を後にしたカインは、別棟にある王宮魔導士団の詰め所へとやってきた。

ドアをノックしてしばらく待つが、誰何の声もかからずドアも開かなかったのでカインは自分でドアを開けてそっと中を覗いてみた。

灰色や臙脂《えんじ》色のローブを着た人々がテーブルで食事を取っていたり、壁際のソファーに座って本を読んでいたり、天井の梁《はり》からぶら下がって懸垂《けんすい》したりしていた。……懸垂？

ぐるりと室内を見渡して、目的の人が見当たらなかったのでカインは一番身近に居た、食事中の男性に声をかけた。

「お食事中申し訳ありません。ティルノーア先生がどこにいらっしゃるかご存じありませんか？」

「ティルノーア様？　執務室じゃないかな」

執務室。それはどこかと聞いたら、食事中の男性はソファーでぼんやりしていた男性に案内してやれよと声をかけてくれた。申し訳ないから場所を教えてくれれば自分で行くとカインは言ったのだが。

「君、カイン様でしょう？　話は聞いていたからお会いできて感激です。ささ、お連れしますよ。ティルノーア様の執務室は入るの怖いですからね」

「……ありがとうございます？」

入るのが怖い執務室とはなんだろうか。

ティルノーアは家庭教師として魔法を教えてくれていたので、王城の魔導士団としての姿を見るのは初めてである。もちろん、魔導士団の本拠地である団棟に来るのも初めてだが。

「魔導士団はいつでも優秀な魔法使いの入団を歓迎しております。カイン様もよかったら学校卒業後は魔導士団への入団も検討してみてくださいね」

先導してくれる魔導士がそう言ってカインを勧誘してくる。ティルノーアも家庭教師中になにかといえば「魔導士団に来い」と誘ってきていた。

順調に成長しているディアーナにも、すこし治癒魔法ができるだけのイルヴァレーノにも声をかけていた。

そんなに王宮魔導士団は人手不足なのだろうか。

「神渡りの日の夜の明かりあるでしょう？　あれね、王宮魔導士団が十一月ぐらいから作ってるんだよ。透明度の高い空《から》の魔石に光魔法詰めていくの」

「……僕らも手伝いました」

「あ、そうなの？　カイン様も？　ありがとうございました。あれは前もって魔法入れておいてもだんだん光量落ちていっちゃうし、直前にやらなきゃいけなくて大変なのですよ」

「ほんの少しでしたが、お役に立てていればよかったです」

「神渡りの日にねぇ、町中の篝火に火を灯していくのも魔導士団の仕事なんだよ。学校の入学式と卒業式に花びらを降らせたり、王様の演説の拡声とか光源とかねぇ」

なかなかに、平和的な仕事内容である。

「平和だなぁって思ったでしょう、カイン様。国境あたりの小競り合いに騎士団と一緒に出向いたり、魔物退治に行ったりもしてますよ。お城に結界張ったり魔法を研究したり魔法を研究したり」

「主に、魔法の研究をしているんですね」

魔導士団の苦労話？　を聞きながら廊下を歩いていたが、「ティルノーア」と書かれたプレートのはまったドアを素通りしそうになった。

「あの、ティルノーア先生の部屋はここではないのでしょうか？」

立ち止まって指をさせば、案内してくれていた魔導士がニヤリと笑った。

「さすがですね。魔力が薄い者や修練の足りない者にはドアがあることもわからないんですよ」

「隠されているんですか」

「魔法を使わない人に煩わされるのが嫌なんですよ、ティルノーア様は」

魔力が低い人には壁に見えるらしい。さらに、魔力があっても魔法を使うための訓練をしていない者には向こうに猛獣がいる鉄格子に見えたり血みどろでボロボロの木戸にみえたりするらしい。

なんとも意地が悪い。

「やーぁやーぁ、カイン様ぁ～良く来たねぇ～まってたよぉ」

「ティルノーア先生、ごあいさ……うぷっ」

部屋に入れてもらい、紳士の礼を取ろうとしたカインにティルノーアは飛びついて頭をなでくりまわしてきた。その後、腰を掴まれて持ち上げられるとぐるぐると回転させた後にソファーにおっことされた。

「隣国に行くそうだねぇ。隣の国は魔法がないらしいから行ってもつまんないよねぇ。魔法のない国に行ったからって練習さぼっちゃだめだよぉ、カイン様」

「肝に銘じます」

向かいのソファーに腰をおろしたティルノーアはテーブルの隅に置かれている箱を開けると中からカップを二つ取り出してテーブルに置いた。パチンと指を鳴らすとカップの上に水の塊が現れ、すぐに湯気を出し始めた。そしてそのままボチャンとカップの中へと落ちていった。

跳ねてテーブルの上はビチョビチョである。

同じく箱から瓶詰めを取り出すとスプーンでその中身をカップに入れてかき混ぜ、一つをカインの前に押し出した。

「セセラディの花の蜂蜜漬けだよ。お茶はめんどくさいからね、ボクはいつもこれなのさ。美味しいよ」

「いただきます。……あちっ」

甘酸っぱい赤いお湯の中に小さな花がゆらゆらと浮いている。ふぅふぅと冷ましながらゆっくりと飲んでいるとティルノーアがあちこちのポケットから飴だのビスケットだのを出してテーブルの上に積んでいく。

「転移魔法は出来るようになったぁ？」

「……自分の視界の範囲内には転移出来るようにはなりました」

「おぉ～すごいすごい」

パチパチとおざなりな拍手をカインに送ると、ティルノーアが身を乗り出して上目遣いでカインの顔を覗いてきた。

「転移魔法、怖いでしょぉ」

「怖いです」

「下手したら死ぬからねぇ」

土魔法と風魔法を修めると、複合魔法として転移魔法にチャレンジできる。ティルノーアは昔カインにそう言った。その後、土魔法を練習して最終魔法まで使えるようになったカインは転移魔法を覚えるために魔術理論の本を読んだが良くわからなかったのだ。著者の違ういろいろな魔術書を読み、転移魔法の理屈を理解した時、いつでも何処にでも一瞬で移動できる夢の魔法ではないことを理解したのだ。

転移魔法とは、移動先に自分の体をもう一つ作りそちらに魂を移動させた後に移動元の体を消滅させるという魔法だった。

自分の見えない場所に体を作り魂の移動を失敗したら。

良く知らない場所に転移しようとして体が岩の中や水の中に作られてしまったら。

失敗したら死ぬ魔法だ。

「隣国から一瞬で戻ってこられたら良かったんですけどね……」

「それでも、突然の不幸から身を守る事も、目の前の大切なものをかばう事もできる魔法だからねぇ」

カインは眉毛をハの字に下げて苦笑いをした。

転移魔法を覚えていたこと、そしてその怖さをちゃんと理解していた自分の弟子に満足したティルノーアは腕を組んで背もたれにもたれた。

「ディアーナ様のことは心配しなくていいよぉ。最強の魔法使いに育てつつ、ご両親には紅茶を美味しく淹れられる魔法だのお花を長持ちさせる魔法だのを教えましたぐらいの事を言っとくから。世を忍ぶ仮の姿、いいよねぇ。良い案だ。面白いってのは重要だよねぇ。つまらないことには取り組むのにも力がいるからねぇ」

「ティルノーア先生……」

「さすがカイン様の妹ちゃんだよ。とても筋がいい。珍しい闇属性魔法を使えるのも良い。お嬢様なんだから嗜む程度～なんてもったいないもんねぇ。イルビーノ君も強くはないけど治癒魔法使えるのはエクセレント。カイン様の隙間埋めてるよねぇ」

「僕は、ついに闇と聖と治癒魔法は使えませんでした」

「それ以外が使えるんだからたいしたもんだってぇ。ディアーナ様が闇魔法を使えるし、イルビーノ君が治癒魔法を使えるんだからぁ。聖魔法だぁってこの先使える子と友達になるかもしれないよぉ。一人で出来ることは意外と少ないよぉ。出来ないことは出来る人に任せればいいんだよ」

ティルノーアは立ち上がると、ソファーの背にかけてあった藍色のローブを手にしてカインの横に立つ。

ニコニコ笑いながら頭をなでたかと思えば、そのままグイグイと押されてソファーの端に追いやられた。

隙間のできたソファーにティルノーアが座ると、手に持っていたローブを簡単に畳んでカインに差し出した。

「魔法使いのローブをあげよう。成長期だからちょっと大き目に作ってはあるけどね。小さくなったら新しいのをあげるから、きっと取りにくるんだよ」

ティルノーアがいつも着ているものとおそろいの、裾が花びらのようにギザギザしているローブだ。体に合ったローブを受け取るという、次に遊びに来る口実も一緒に贈られた。

「ティルノーア先生。僕は先生に魔法を教わることができて楽しかったです。途中からだいぶ手を抜かれていた気もしますが……」

「カイン様が優秀な弟子だからだよぉ」

ローブを着てみせろと言われたのでその場で羽織ってみた。裾が広く作られているのかだいぶドレープができている。回ってみろと言われたので、その場でくるりと回れば軽い素材のそのローブは丸く広がり、おそらく上から見たら藍色の花のようにみえるだろう。

ティルノーアが立ち上がって、ローブを着たカインの脇に立つ。

ティルノーアは大人としては小柄だが、十二歳のカインよりはまだ背が高い。上から顔を覗き込んで、ニカッと笑うとバンバンと腰を叩いた。

「ローブを着てれば、ここに剣を佩《は》いていてもバレにくい。護身用に剣を佩くなら上からローブを着なよ。それで隣の国では魔法使いってことで通しなぁ。切り札は取っておくに限るよ。ファービーから剣もすごいって聞いてるよ」

「ファービーっていうのは……」

カインの脳裏に、もさもさの毛皮にギョロギョロの目玉のぬいぐるみ玩具がすり抜けていった。

ファビアン副団長の事らしい。魔法学園時代の友人だとティルノーアは言っているが、カインはファビアンからティルノーアの事を聞いたことはなかった。

「カイン様。君はボクの弟子だ。帰ってくるのを待っているよぉ。にょきにょき伸びて、おっきいローブをねだりに来るのを待っているからねぇ」

カインは今度こそ、紳士の礼をして師に感謝の意を伝えたのだった。

留学先のサイリユウム王立貴族学校の寮は、あまり部屋が広くはないらしく、持ち込める荷物は少ない。

生活必需品と言われるものは寮で用意されているので、個人的な物ばかりを少しだけ持っていく事になる。

カインの制服と私服、趣味の道具や勉強道具を積んだ馬車が、エルグランダーク家の玄関前に停まっていた。

玄関前にはディスマイヤとエリゼとディアーナ、イルヴァレーノをはじめとする使用人一同が揃っていた。カインの見送りのためだ。

「リムートブレイク王国の代表だと思って振る舞いには気を使いなさい。友人をたくさん作り、将来国交の架け橋となれるよう努めなさい」

「あちらの国のほうが冬は寒いそうです。体調に気をつけて励むのですよ」

ディスマイヤとエリゼは、カインに激励の言葉をかけると順番にギュッとハグをした。カインもその腰に手をまわして抱き返す。

「ディアーナ。手紙を書くからね。休みの度に帰ってくるからね。どうか健やかに、朗らかでいてね」

「お兄様。お返事書きます。お手紙遅かったら私からもお手紙を出しますね。お土産沢山持って帰ってきてくださいね」

言葉を交わして、カインはディアーナをぎゅぅと抱きしめると髪を撫でながら鼻を脳天に突っ込んでクンクンと匂いをかいでいた。

ディアーナから腕を離すと、カインはイルヴァレーノを目で探す。視線があうと、イルヴァレーノはゆっくりと頷いた。カインも小さく頷くと、一歩さがって馬車の前に立った。

「では、お父様、お母様、ディアーナ。行ってまいります。みんな、家族をよろしくおねがいします」

カインは紳士の礼をすると馬車へと乗り込んだ。

後からパレパントルが乗り込んできて、扉が閉まるとゆっくりと馬車は動き出した。

カインは窓に張り付いて、大きく手を振って見送っているディアーナへ手を振り返している。門を出るときに警護に付いている騎士たちが手を振ってくれる。

領地の騎士はすっかり入れ替わり、カインとディアーナが紳士淑女として振る舞うようになってからやってきた騎士たちだ。毎日朝と夕方のランニングを見守ってくれていたが彼らとはハイタッチをしたことはない。

王都の街道を走り始めると、カインは窓から離れて椅子に深く座った。斜め向かいの椅子にはパレパントルが座っている。

いくらしっかりしているとはいえ、カインはまだ十二歳だ。ここから国境まで三日、国境からサイリユウムの王都まで四日の旅である。保護者としてパレパントルが付き添うことになっていた。

「合わせて七日か。隣の国だもんね、遠いよね」

家から隣国の王都まで七日。往復で十四日。週末に二日しかない休息日には帰ってくる事はできない。転移魔法がもっと気軽に遠くまで使える様になれば良いのにと思いながらカインがつぶやいた。

「馬車を使い、安全な宿場町での宿泊を入れながらの日数でございます。例えば、足の速い馬を乗り換えながら昼夜を問わずに走り続ければ片道三日ほどまで短縮することが可能です」

カインのつぶやきを拾って、パレパントルがそんな事を言い出した。片道三日。昼夜を問わずということであれば二日間徹夜で馬に乗り続ければ、ということである。なかなかのハードな道行きだ。

「それでも、往復で六日だね」

「一週間のお休みがあれば、一日はエルグランダークのお屋敷で過ごすことが出来ますよ」

「あちらに着いたら、祝日などの配置をカレンダーで確認してみるよ」

「それがよろしゅうございます」

パレパントルがゆっくりと頷いた。

国境につくと、パレパントルがディスマイヤから預かっていたエルグランダーク家の紋章とカインの留学証明書を提示し、必要書類などを記載していく。そばでカインは、国境での取次官に国の出入りに必要な事などを聞いていた。留学中の一時帰国時の手続きや必要な書類、国境を越える手紙の送り方やかかる時間などだ。

カインが丁寧に挨拶をし、首をかしげながらニコリと笑えば取次官は目尻を下げながら親切に何でも教えてくれた。

国境を越えると、宿場町ではもう使っている言葉が違っていた。パレパントルは問題なくユウム語を使いこなして宿も食事も問題なく手配していた。

「パレパントルは何ヶ国語できるの」

「リムートブレイク王国と隣接している国の言葉はすべて使うことが出来ますよ」

「すごいね。貴族家の執事なんかやってないで、王城で外交省とかで働いた方が良いんじゃないの？」

「王城には貴族しか就職できませんからね。今でこそパレパントル家の名を頂いておりますが、私はもともと平民ですから」

パレパントルの告白に、カインは目を丸くした。初めて聞く話だった。パレパントル家は侯爵家だ。領地は持っていないが、王都内でなん店舗か展開している宝飾商店を取り仕切っており裕福な家だったとカインは記憶していた。セレノスタが住み込みで働いているアクセサリー工房もパレパントル家の運営する宝飾商店の下請けだったはずだ。

「パレパントルの礼儀作法は完璧じゃないか。仕事ぶりだっていつも先回りして何でもやってくれているし、お父様はもうパレパントルがいないと仕事出来ないんじゃないか？」

半月もパレパントルをカインに貸し出して、ディスマイヤは困らないのだろうかとカインは思っていた。

「ああ見えて、旦那様はちゃんとお仕事の出来る方ですよ。頭の固いところはございますがね」

ふふふっと笑って口元を手で隠すパレパントル。何か思い出し笑いをしているようだった。

「私は、旦那様に拾っていただきました。色々な事を学ばせていただき、今の私があるのは旦那様のおかげなのです。平民の身分ではお手伝い出来ない事が多くある事に気が付かれた旦那様が、パレパントル家との養子縁組を手配してくださいました」

私自身はパレパントル家の方とはお会いしたことはないのですけどね。とパレパントルは続けた。

平民は王城に出仕する仕事に就けないというのであれば、王城に出向くディスマイヤを補佐するのにも制限がかかっていたのだろう。パレパントルを王城へ連れていくために、ディスマイヤはパレパントルに侯爵家出身という身分を取り付けたということだ。

「悪法も法なりって言葉があるんだ」

「カイン様？」

カインはパレパントルの顔を真っ直ぐに見て言葉を紡ぐ。

「意味がなかったり、一部の人間にのみ有益だったり、穴だらけだったり……たとえその法律が悪法であったとしても、法律である限り守らなければならない。お父様は、平民は王城で仕事が出来ないのなら、貴族にしてしまえばいいって考えたわけだよね。これも、法律を守るための一つの方法ではある」

「はい。そのとおりでございます」

「身分が整えば、その当人は全く変わっていなくても大丈夫というのはおかしいだろう」

「身分を整えられるということは、後ろ盾があるということでございますから。人柄が保証されているという証にはなりましょう？」

「本人の優秀さには全く関係がないことだよ。でも、意味がない法律だからって守らなくていいわけじゃない。意味があるかないかなんて立場や時や、その人そのものの感性によってしまうものだから。今の僕とパレパントルのようにね」

「さようでございますね」

「それが、悪法も法なりって意味。……でも、僕はイルヴァレーノをイルヴァレーノとして連れ歩きたい。孤児だけど、平民だけど、僕のイルヴァレーノはこんなに優秀なんだぞ！　って見せびらかしながら僕の仕事の手伝いをさせたいんだ」

カインが、剣の腕を褒められても魔法の威力を褒められても、騎士団にも魔導士団にも入らないと言っていたのをパレパントルは思い出した。

「それで、法務省の役人になるとおっしゃっていたのですか」

ディスマイヤもエリゼも、パレパントルさえも「お父様のあとを継ぎたいのね」としか思っていなかったが、カインは法律から変えると言っているのだ。

「そうだよ。嫌々だけど隣国に行くことになったからには隣国の法律も勉強してくるよ」

十歳を過ぎた頃から、カインはアルンディラーノの公務の一部に付き添うことが何度かあった。主に、近衛騎士団の遠征に視察としてついていくとか、王都の騎士団の訓練を見学に行くなどの騎士団関係の公務についてだ。近衛騎士団の剣術訓練に参加している縁もあり、ゲラントやクリスも一緒の事が多かった。公務そのものに前後して、資料づくりや当日のスケジュールなどを調整する打ち合わせにも参加させられたのだが、そこにイルヴァレーノを連れて行くことはできなかった。

カインとしては、未来の執事、未来の自分の側近として王宮関係の仕事にも慣れさせたかったのだが、身分制度がそれを許さなかったのだ。父も、パレパントルもイルヴァレーノの能力を高く評価しているが、これればかりはどうしようもないと二人からも言われていた。

ファビアン副団長は貴族家出身だったが、三男だったので家を出た時点では平民扱いとなっている。

本人は騎士爵を賜っているので王宮でもどこでも必要があれば入ることができるのだが、クリスとゲラントは身分としては「平民の子」ということになるので、公務そのものへの随伴は出来るものの、王宮での打ち合わせなどには参加できないでいた。訓練後の昼食会は「王太子の客人」としての特別対応だったのだと、カインは後に知ったのだった。

侍従として成長し、優秀なイルヴァレーノ。アルンディラーノの剣の訓練仲間として、そして将来仕える騎士として優秀な腕前を見せるゲラントとクリス。彼らが、身分が足りないというだけで王宮に出入りできないという事がカインには我慢ならなかったのだ。

将来、クリスが「聖騎士を目指す」のも、この辺に原因があるのではないかとカインは考えていた。だからカインは、法律から変えたいと思っていた。

現在の仕組みでは、貴族でないと王城勤務である法務省の役人にはなれない。その上、法律改定の決定権を持つ元老院のメンバーになるにはエルグランダーク家を継がなくてはならない。

有能なカインなら、自ら家出をしても、ディスマイヤから勘当を言い渡されたとしても、ディアーナをただ見守るだけなら、平民でもなんとでもできるだろうと思っていた。

でも、それではカインのもう一つの願いは叶わなかった。これまでは、悪役令嬢であるディアーナが破滅を迎えない為に努力をしてきた。ディアーナさえ幸せであれば良いと思って活動してきた。

しかし、イルヴァレーノと一緒に暮らし、アルンディラーノに兄のように慕われ、ゲラント・クリス兄弟とほぼ毎日一緒に訓練していくうちに、情が湧いてしまったのだ。彼らはもう、カインにとっては排除すべき攻略対象者ではなく、愛すべき友人なのだ。

カインは「友人の為」に、「能力をきちんと評価される世界」を作りたいと思っている。これは、ゲームプレイヤーとしてのド魔学の知識ではなく、現代日本人の道徳観から来る思いであった。

もちろん、ディアーナが破滅へと向かう可能性を完膚なきまでに潰しておく為という思惑もある。攻略対象である彼らを、目の届く範囲に全員を置ける状態にすることは、法律を変えてでもカインにとってはやるべき必要なことだった。

六年間もディアーナから離されるとしても、それを成すまでは貴族でいないとならなかったのだ。

カインが考えに思いを馳せていると、それを見つめていたパレパントルが語りかけてきた。

「カイン様。サイリユウム王立貴族学校には飛び級制度があるそうです。時間がなく申請方法や条件まではお調べできませんでしたが、相応の知識を履修済みであると証明すれば良いのでしたら、カイン様なら容易いことでしょう」

「パレパントル？」

「それと、高額になりますが隣国には飛竜を使った移動手段もあるそうです。空から国境を越えられるのかはわかりませんが、馬車で十日の距離を半日で移動できるそうです。落ち着いたら調べてみたらいかがでしょうか」

パレパントルが六年もかけずに帰れるかもしれない方法を提示してくれた。もしかしたら二日しかない週末の休息日に帰省が出来るかもしれない希望を与えてくれた。

カインは、父ディスマイヤの味方であるはずのパレパントルがなぜ？　と喜んで良いのか疑ってかかるべきなのか複雑な顔で向かいに座る壮年の男性を見つめる。

「ディスマイヤ様は、実直で素直で頑固な方です。お父上がご存命の時には厳格であれと厳しく育てられておいででした。ルールの方を変えるなど……考えもしないお方です。私に養子縁組で侯爵家子息の肩書をつけるのですら、裏技だからと胃を悪くしながら手配なさったくらいです。カイン様のお若い感性とは合わないところもございましょうが……。今回の件は、けしてカイン様を疎んじての事ではないのです」

「わかっているよ、パレパントル」

「しかしながら、私には六年は長過ぎるのではないかと感じます。少し距離を置くのは有効でしょうが、時間を置き過ぎればすれ違っている距離も開いてしまうでしょう」

お早いお戻りをおまちしておりますよ、とパレパントルは言って微笑んだ。

その後、サイリユウム王国の王都へと到着すると入学手続きや入寮手続きを手早く済ませ、現地での人足を雇って荷物の運び込みもあっという間に終わらせてしまった。パレパントルは有能である。

「では、私はこれで戻ります。お体にお気をつけて」

「ありがとう、パレパントル」

馬車に乗り込むパレパントルを見送るカインは、ドアを閉めようとして一度手を止めた。一足だけ馬車に乗り込んで、パレパントルを見上げた。

「イルヴァレーノを頼む」

パレパントルは優しく笑うと、ゆっくりと頷いた。

「最強の執事に育ててお見せしましょう」

第二部

サイリユウム
留学編

Reincarnated as
a Villainess's
Brother

「攻略対象隣国の第二王子」の兄

サイリユウム王国の王立貴族学校には王国内のすべての貴族子女が入学する事になっている。貴族として登録されているが没落し、貧乏であったとしても例外ではない。そのかわり、申請をすれば寮費も学費も制服代その他もろもろ免除されるし学内アルバイトの斡旋もある。学生として平等に扱われる中で他家との結びつきができれば、卒業後に援助を受けて家を立て直す事も可能である。過去にもそういった例はいくつかあった。

家が没落したのはその世代の責任ではなく、血筋が真っ当で優秀（かもしれない）若者を親世代からの負債で埋もれさせるのは損失である。……という国の方針からできた制度なのだそうだ。

そのため入学試験は無く、進級試験と卒業試験がある。もろもろの免除は泣いても笑っても六年間のみの為、貧乏貴族の子はアルバイトに必死になりすぎて留年するなどは許されないのだ。

カインは自分にあてがわれた部屋の机に向かって座り、もろもろの学校案内や諸注意の書類に目を通していた。飛び級制度の確認や休みの日程の確認が主である。

部屋は二人部屋で、すでに同室の人物の荷物も置いてあったのであいていた方の机を使っている。

規則によれば、寮と学校を往復している範囲では学生はお金を全く使う必要が無いように出来ていた。寮の朝晩の食事と昼の学食は無料で、筆記用具も支給されるようだった。追加でデザートを食べたり、夜食を頼んだりするには別途料金が掛かると書いてある。おそらく、貴族らしく豪華に暮らすのであればお金がかかるのだろう。

ふむふむと校則や寮則などを眺めていたら、コンコンとドアがノックされた。顔をむけたら、そこにはカインより少し背が高いくらいの少年が立っていた。すでに全開に開け放たれているドアに寄りかかり、裏手でドアをノックしたらしい。カインの注意を引きたかったようだ。

「やあ、美しいお嬢さん。部屋で待ち伏せとは大胆なことだね。私との出会いが入学式まで待ちきれなかったのかい？」

長い前髪をかきあげながら少年はそう声をかけてきた。部屋にはカインしかいない。カインは黙って少年を頭から足先まで軽く観察して、視線を少年の顔に戻すと目を合わせた。

「初めまして。隣国、リムートブレイク王国から留学してきたカイン・エルグランダークと申します。同室の方ですか？」

自分が女性と間違えられたのか、もしかして彼にしか見えない女性がこの部屋にいるのか、なれない言葉で聞き間違えたのか判断が付かなかったので、カインは少年の言葉を無視して挨拶をした。

声変わり前だが、ちゃんとカインの声は男の子の声である。前髪をかきあげてカッコ付けていた少年は呆然として口が開いたままになっていた。

あ、これは女の子だと思って声をかけたなとカインは理解した。この長い髪の毛のせいだろうかとゆるく三つ編みに結んでいる髪の先をつまんで見つめた。ぽいっと三つ編みを背中側に放り投げると椅子から立ち上がった。

「失礼？　私の言葉は通じませんか？　この国の言葉を勉強してきたのですが、実際にこの国の人と話すのは初めてなので心配です」

嘘だった。

ここに来るまでの宿場町で宿の人間や近くの商店などの人たち相手に会話が何処まで通じるか話しかけまくっていた。単語や慣用句などで聞き取れなかったり意味が良くわからない時はあるが、日常会話はちゃんと出来ていた。

フリーズしていた少年がようやく気を取り直したようで、ドアから身を起こすとカインの直ぐ側まで歩いてきた。上から下からマジマジとカインの顔と体を観察していたが、納得したのか大きく頷くと胸を張って見せた。

「私を知らないとは不敬である。が、留学生ならば仕方がないな。自己紹介しようじゃないか！　私の名前はジュリアン・サイリユウムである！　この国の第一王子だ！　崇め奉れ！　褒め称えよ！」

「知らないとはいえ、先程は座ったままでの挨拶失礼いたしました。改めまして、カイン・エルグランダークと申します。ジュリアン王太子殿下のご拝顔叶いましたこと、恐悦至極でございます。お噂は我がふるさと、遠き隣国の地でもお伺いしております。伝え聞いた通りの麗しいお姿、眩しく輝いているかのようでございます。その立ち姿も凛々しくさすが次代を担う王子殿下でいらっしゃる。王気と申しましょうかただならぬオーラを感じます。さぞやお強くそして賢いお人であらせられるのでしょう、そのお人柄が滲み出しておりますね」

「カイン。崇め奉り褒め称えよとは言ったが、そこまで褒めなくても良い。いっそ悪口を言われているかのようだ」

「そうですか」

「今日から同室だ、かしこまらなくて良い。ジュリアンと呼ぶことを許す。私もカインと呼ぶ」

「かしこまりました、ジュリアン様」

カインの知っている王族は王妃殿下とアルンディラーノだけだったが、そのどちらとも違う方向に王族らしい王族が出てきたなぁとカインは思った。

そして、王族も寮生活な上に同室なのかと、この国の方針の徹底ぶりにカインは感心したのだった。

「ところでカイン、お前に姉か妹はいないか？」

「いません」

なんてことない顔をしてカインは嘘を吐く。ジュリアンがこの国の第一王子だというのであれば、攻略対象の一人である『隣国の第二王子』の兄のハズだ。ということは、正妃も側妃もいるくせにディアーナとまで結婚しようとする不届き者である。ディアーナは弟が兄に押し付けた形ではあるが。

そんな女たらしにディアーナの存在を知られるわけには行かない。目にも映させない。

王族だけあって見た目はとても良い。きっとモテるのだろう。カインを女性と間違えてかけてきた言葉からして、モテるしチャラいのだろう。

カインは心の警戒レベルを上げた。

「いないのか、残念だな。お前の姉か妹ならさぞかし美人だろうに」

「そうですね。私の見た目は美しいですから」

カインは自分の容姿を謙遜しない。今のカインの顔にもだいぶ慣れてきたが、前世の自分の姿を知っているのでカインは今の自分の姿は美しいと素直に思っているし、武器に出来る場面では武器にしている。

「先程のは、ブレイク国の挨拶だな。ユウムでは挨拶の時は手を握る。お互いに武器を持っていない事を証明し、利き手を相手に預けることで信頼しているということを表すんだ」

そう言ってジュリアンは右手を差し出してきた。なるほど握手ね、とカインは思って自分も右手を差し出すとグッと握られた。ギュッギュッと握られながら軽く上下に振りながら、ジュリアンは先程までのチャラ男顔ではなく、男の子らしい無邪気な顔でニカっと笑ったのだった。

「よろしくカイン。二人で学校の女子生徒どっちが多くモノにするか競争しようぜ」

「よろしくおねがいします、ジュリアン様。謹んでお断りします」

カインの、サイリユウム王国での友人第一号は第一王子殿下ということになったのだった。


「飛竜の値段？」

「はい。里帰りに飛竜を使ったらいくらくらいかかるのか知りたいのです。ジュリアン様ならご存じではないでしょうか」

「ああ、運賃ってことな。飛竜が欲しいのかと思ったぞ」

「流石に、面倒を見られません。散歩に行く手間も餌代も馬鹿にならないではないですか」

寮の食堂で、カインはジュリアンと並んでお茶を飲んでいた。食堂のテーブルがとにかく長くて広かったので、向かい合わせに座ると会話どころではなかったのだ。

「王国騎士団のドラゴンライダー隊と辺境各地に辺境騎士団の飛竜隊がそれぞれ飛竜を持っているが、一般用の移動手段としての飛竜は今三匹しかいない。とんでもなく高いがそれでも予約でいっぱいらしいからお金があっても都合の良いときに乗れるとは限らんぞ」

「目安がわからないと貯金のしようもないですから。目標は有ったほうが良いでしょう」

「なるほどなぁ。今度聞いておいてやろう。私は利用したことがないからな」

「王族でも、中々乗れないものなのですか」

それほどまでに高価で貴重な移動手段なのかとカインは渋い顔をした。予約を取ってしまって自分を追い込み、予約日までになんとか金を貯めるか……しかし、たまらなかった時に違約金などが発生してしまえば次の予約が遠のいてしまう……などと、思案をしかけたカインだが、ジュリアンの続いた言葉に更に顔を渋くした。

「王族を舐めるでないぞ。飛竜に乗りたければ騎士団のドラゴンライダーを駆り出せばよいのだ。私くらいになれば飛竜など乗り放題だからな。わざわざ市井の貸し飛竜など借りる必要がない、というだけの話だ」

「……そうでしたか。さすがジュリアン様。第一王子殿下は器が違いますね」

「ははは。感情がこもっていないぞ、カイン。褒めすぎても馬鹿にされているようで嫌だが、投げやりに褒められるのも傷つくからな、覚えておけ」

「繊細ですね」

これなら、飛竜乗り場もしくは飛竜を貸し出している店舗に直接行って話を聞いてきたほうが良かったかもしれない。そもそも、飛竜乗り場が何処にあるのかもわからない。学校が始まって初めての休息日にはこの王都を見て回るのが良さそうだ。ディアーナへ手紙を送るための便箋《びんせん》も買わなければならない。ディアーナが喜びそうな雑貨を置いてある店を探さなければならない。手紙を出す方法についても調べなければならない。

「やらなければならないことが山積みだ」

「ん？　ブレイク語だな、なんと言ったのだ？」

「ジュリアン様は凛々しいですねと言ったのです」

「ははは、それが嘘だということぐらいはわかるぞ。面白いやつだな」

思わず独り言をつぶやいてしまったカインだが、ジュリアンはそれを拾い上げて質問してきた。思うよりも自己中ではなく、周りを気にしている人間なのかもしれない。

明日の朝の段取りなどについて会話していたら、食堂に一人の少女が入ってきた。寮は男女別棟になっているが食堂は共有しているため、別段珍しいことではなかった。

まだ入学式前で、昼食時間はとっくに過ぎ夕飯まではまだ間がある時間帯だ。人はまばらで席は沢山空いていた。それでも少女はカインとジュリアンの方へまっすぐと歩いてきた。

カインの知り合いではないので、ジュリアンの知り合いだろうと考えたカインは、ジュリアンに後ろを向くように促した。

「おお、シルリィレーアではないか。久しいな」

「ジュリアン第一王子殿下に置かれましては息災のようで何よりでございます。馬車でほんの十分ほどの距離しかございませんのにお会いすること叶わず、実に一月ぶりのご拝顔まことにうれしゅうございますわ」

「うむ。嫌みだな？　シルリィレーア、それは嫌みなんだな？」

「わかっていただけて何よりですわ」

シルリィレーアと呼ばれた少女は可愛らしく首をかしげてカインの方をちらりと見ると、ジュリアンに視線を戻してニコリと微笑んだ。

「ジュリアン第一王子殿下。御学友ができましたのね？　ご紹介いただけますかしら？」

その声を受けて、カインは立ち上がった。シルリィレーアがジュリアンに紹介しろと言ったのだから、ここでカインが勝手に自己紹介するのも失礼に当たる。カインはジュリアンが紹介してくれるのを待った。

「寮で同室になったカインだ。隣国のリムートブレイクから来た留学生であっちの公爵家の長男だ」

「カイン・エルグランダークと申します。まだサイリユウムの言葉と文化に慣れておりません。失礼がありましたらご指摘ください。お会いできて光栄です、レディー」

「シルリィレーア・ミティキュリアン嬢だ。ミティキュリアン公爵家の長女で私の筆頭婚約者だ。仲良くしてやってくれ」

「シルリィレーア・ミティキュリアンと申します。お会いできて光栄ですわ、エルグランダーク様。ジュリアン第一王子殿下のご友人ですもの、私の事はシルリィレーアとお呼びくださいませ」

「ありがとうございます、シルリィレーア様。では私のこともカインとお呼びください」

「ふふふ。仲良くしてくださいね、カイン様」

シルリィレーアはニコリと笑って右手を出した。カインは自分も右手を差し出してシルリィレーアの手をギュッと握った。先程ジュリアンからこの国の挨拶は握手だと教わったからそのとおりにしたのだったが、シルリィレーアは目をまんまるくして驚くと、ツイっと視線を横に座るジュリアンに向けて釣り上げた。

「……カイン様。女性と男性がかしこまった挨拶をする場合、女性から差し出された手を男性が取り、軽く腰をおとして額を手の甲につけるのですよ。その後、今度は男性が手を差し出し女性はその手のひらの上に自分の手をのせてその手の甲に額をつけるのです。手のひらではなく手の甲を向けることで敵意がないことを示し、額をつけることで……頭を差し出すことで疑っていないということを表しているのだそうですわ」

「そうでしたか。手を握り合ってお互い武器を持っていないことを確認しあうのが挨拶だとつい先程教わったばかりでしたので。失礼をいたしました」

そう言ってカインは握っていた手を緩めてシルリィレーアの手を持ち上げると腰を屈め、その手の甲に額を付けた。その後、カインの差し出した手のひらの上に手を乗せて、シルリィレーアも自分の手の甲に額を付けた。

「手を握り合うのも挨拶ではないわけではありませんのよ。でも、男の子同士の友情の証としての挨拶……かしらね。女性に向けてはやらないほうがよろしいですわよ」

「ご忠告感謝します。シルリィレーア様」

挨拶が終わると、今度は体ごとジュリアンに向き合ったシルリィレーア。腰に手を当てて顎をツンと上げてジュリアンの事を見下ろしている。

「ジュリアン第一王子殿下。他国から来た留学生にあまりいい加減なことを教えるのはいかがなものかしら？　今後の外交も見据えて同室にするんだ！　とご自分で決めたことなのですからね。ちゃんと面倒を見て差し上げなさいな」

「シルリィレーア。悪かった。怒っているのだな？　一月ほど顔を見せなかったから怒っているのだな？　機嫌を直せ。ちゃんとカインの面倒も見る。シルリィレーアにも会いに行く。なにせ今日からはお互い寮に住むのだから頻繁に会えるぞ。会おうと思わなくても学校で会ってしまうしな。だから第一王子殿下などとよそよそしく呼ぶでない。ジュリアンと呼べ」

「会ってしまうとはどういう事ですか。まるで会いたくないのに会ってしまうという様に聞こえますよ、ジュリアン第一王子殿下？」

「言葉の揚げ足をとるなよ！　会いたくないなんて言ってないだろ！　どうしたら許してくれるんだよ！」

ついに、不遜な言葉遣いがなくなってしまった。おそらくジュリアンの素はこれなのだろう。顔が真っ赤になっている。それでも「もういい知らん！」とならずに許しを乞おうとするのだから、ジュリアンはシルリィレーアのことがちゃんと好きなのだろう。恋愛の好きかどうかは別にして。

シルリィレーアが「シルリィレーア愛してるって百回言ったら許してあげます」とかいい出したので、カインは退散することにした。

「ジュリアン様、私は先に部屋に戻ります。シルリィレーア様、また明日学校でお会いできるのを楽しみにしております」

そう言い残して食堂を後にした。

食堂からは「愛してる！」という叫び声が聞こえてきたが、友人の情けで聞こえないふりをしたカインだった。

カインは食堂を後にして部屋に戻ろうとしたが、思い直して寮を管理している監督官、いわゆる寮監のいる部屋へとやってきた。寮内で必要なものを販売している売店も兼ねていると寮案内に書いてあったのだ。

「こんにちは。監督官はいらっしゃいますか」

　廊下に面して小窓が設置されており、カウンターの様にテーブル代わりの板が窓の下に飛び出している。その小窓を開けて、中を覗き込みながら声をかけたが返事がなかった。まだ入学式前だから業務が開始されていないのだろうかとカインは考えたが、寮としてはもう稼働しているのだからそんな事はないだろうと思い直した。今日入寮してくる人が多いから忙しくしているのだろう。しばらく待ったが戻ってくる気配がなかったので、今日のところは諦めようとカインは小窓を閉めると自分の部屋へと戻っていった。

「遅かったな。帰ってきたところで悪いがカイン、しばらく席をはずしてくれ」

　部屋のドアを開けるなり、先に戻っていたジュリアンにそう言われた。ジュリアンはベッドの上に見知らぬ少女と並んで座ってその腰を抱いていた。

「何をしているのですか、ジュリアン様」

「見ての通り、かわいい女の子と楽しいおしゃべりをしておる」

「どちら様ですか？」

「それをこれから知るところだ。先程待ち伏せされてな、私と仲良くしたいと申すので連れてきたのだ。二人きりで過ごすのでしばらく部屋を空けてくれ」

　先程、シルリィレーアに愛してると百回言わされた男が何を言っているのか。カインは理解できなかった。

「婚約者のいる男性と未婚の女性を密室に二人きりにするわけには行きませんよ。そちらのご令嬢に婚約者がいらっしゃるのかは存じ上げませんが、いてもいなくてもジュリアン様にはシルリィレーア様がいらっしゃるのですから、見過ごすわけには参りません」

婚約者のいるジュリアンと二人っきりになろうとする令嬢も令嬢だ。一時の気の迷いでジュリアンのお手つきだなんて噂になったら婚約者がいれば婚約破棄、いなければあらたな婚約者探しの障害になるのではないか。

「そうか、カインの国は一夫一妻制なのだったな。ユウムは侯爵以上は第三夫人まで持てるし、王族は側妃を三人まで持てる。つまり、シルリィレーアが正妃であることは揺らぐ事はないが、あと三人の婚約者ができるまでは浮気にはならんのだ！」

「……そうですか」

「安心しろ。子をなすような不埒な真似はせぬ。ただお互いを知るために親交を深めるだけだ」

ジュリアンの言い訳を聞いても一つも安心できないカインだった。

そもそも、ディアーナという婚約者がいながらゲーム主人公と仲良くなり、やがて恋心を育ててディアーナを捨てたアルンディラーノという例があるのだ。シルリィレーアという婚約者がいるジュリアンに粉をかける令嬢にもいい気はしないし、あと三人は行けるとかいいながら婚約者以外の女とイチャイチャしようとするジュリアンにもいい気がしない。

「不埒な真似をせず、ただ親交を深めようというだけならば私を追い出す必要はないでしょう。私はおとなしく机に向かって予習をしていますから、どうぞ親交を深めてください。ドアは開けておきますからね。男二人がかりで襲いかかったなどと噂が立っても困ります」

「カイン……。融通が利かぬやつだな」

カインはドアを開けたまま部屋に入ってくると、ジュリアンの机の前から椅子を持ち上げて廊下まで持っていき、ドアが閉まらないようにドアストッパー代わりに椅子を置いた。そうして自分は自席へと座ると前もって配られていた教科書を手に取って中身をパラパラとめくっていく。

飛び級する気満々なので、一年でどれほどの勉強をするのかをざっくり知っておこうと思ったのだ。イアニス先生からは、基本は六年生レベルまで終えていると言われてはいるが、サイリユウムの貴族学校と教育水準が同じとは限らない。文学系の授業はもちろんカインにとっては外国語なので難易度は高くなる。歴史や地理も他の一年生と同じスタートと言って良かった。

「カイン……」

何より、サイリユウム人はほとんどの人が魔法を使えない。魔法が日常に馴染んでいたリムートブレイク国は魔法の授業が学校にあるはずだが、サイリユウムの貴族学校には魔法の授業がない。芸術系の授業はあるが、これらは参加することに意義があるので、飛び級にはあまり関係がなかった。

「おい、カイン」

家庭教師たちから、卒業できる程度に学習が進んでいると褒められていたが、それはリムートブレイクの学校に進んでいればの話だったようで、他国に行けば意外とアドバンテージを取れるほどではないとわかった。

それでも、算術や自然、物理、生物などの共通の教科もあるので、そのあたりでうまいこと勉強時間の確保が出来るかもしれない。そんなこんなでカインは今後の自分の学習予定について思いをはせていた。背中にビシビシと刺さっている視線を無視しながら。

「あの……わたくし、出直してまいります。ごきげんよう、ジュリアン第一王子殿下」

「うむ。また学校で会おう」

ついに、いたたまれなくなったのか令嬢が立ち上がって挨拶をすると部屋から出ていった。退出の挨拶にあっさりと頷くあたり、ジュリアンも強く引き止めるほど令嬢に興味があったわけでは無いようだった。

令嬢が出ていって足音が聞こえなくなると、カインは立ち上がってドアを開けていた椅子を持ってもとに戻し、また自分の席に座って教科書をめくり始めた。

「お前の国では一夫一妻で一人を愛する事が尊ばれるのかもしれないがな、ウチは違うんだよカイン。家どうしのつながりを持つために、政略結婚をしつつも恋愛も楽しめる素晴らしい決まりのある国なんだ。邪魔をするんじゃないよカイン」

ジュリアンが文句をいい出した。カインはため息をつくと上半身をひねって椅子の背もたれに腕を乗せ、顔をジュリアンの方へと向けた。

「女性も、複数の夫を持つことが出来るのですか？」

「出来ぬ。一人の男性が複数の妻を持つことができるだけだ。仕事をして家を盛りたて、稼いで家族や使用人を食わせるのは男の役目だからな」

「では、政略結婚をしつつも恋愛を楽しめるのは男性だけですね」

「む」

シルリィレーアがカインの中で「ゲームのディアーナ」と重なってしまう。ユウムでは多妻が認められているのであれば、婚約破棄やジジイへの下賜などはないのだろうけど。そもそも、第三夫人まで認められているのが侯爵家までならば、伯爵や子爵や男爵は一夫一妻ということだ。そこになにか理屈はあるのだろうが、偉い男は女遊びが合法でできる、という風にしか今のカインには受け止められなかった。

「そもそも、男子寮に女子は入寮禁止ですよ。逆もそうです。浮気だとか浮気じゃないとか以前の問題ですから」

「カインは頭が固いな……そのようにガチガチでいてはモテないぞ」

「モテなくて結構です」

隣国で恋人や婚約者を探す気はカインにはない。結婚相手を見つけたら帰ってきて良いとは言われているが、ディアーナを悪役令嬢フラグから守ると決めているカインが、帰国のためだけに女の子を見繕うなどという事を出来るわけがなかった。


入学式はつつがなく終わった。

留学生代表挨拶は、当然のごとくジュリアンが行った。

留学生としてカインも壇上で紹介されたが、当たり障りのない挨拶をしてやりすごした。

学校内では一応「学業上では身分を考慮せずみな平等である」という建前はある。それは身分をかさに着て宿題を押し付けたりテストで八百長を強要したりしてはいけないという話でしかない。

挨拶をするときは偉い人から、廊下ですれ違う場合は身分の高い人を優先して道を譲る、などの身分ルールは普通に存在している。

そのため、クラス分けは成績順ではなく身分順であった。そもそも貴族学校は入学試験がないので一年生のうちは成績順にしようが無いのだが、二年生以降も成績順になるわけではなかった。

カインはジュリアンとシルリィレーアと同じクラスになった。

「カイン様、一年間よろしくおねがいします」

「シルリィレーア様、こちらこそよろしくおねがいします」

入学式が終わり、講堂から教室へと入ってカインとシルリィレーアはお互いに挨拶をした。

代表挨拶後ずっと壇上に居たジュリアンは最後に教室へ入ってくると、二人の挨拶に割り込んできた。

「カイン、シルリィレーア。私もよろしくしてやるからな」

「おねがいします」

「ありがとうございます」

「お前達、もう少し私を尊《たっと》び敬ってもいいと思わないか？　もっとこう……うやうやしい挨拶とか」

「先生がいらっしゃいましたわ。カイン様、ジュリアン様、お席に着きませんと。ではまた後ほど」

「む」

席順は教室の前面にある黒板に記載されていたので、そのとおりに座った。

その日は授業はなく、クラスメート全員で自己紹介をしたり今後の授業の進め方を解説されたりして終わった。

カインは解散後、教壇へ駆け寄ると教師に話しかけた。

「先生、飛び級について教えてほしいのですがお時間よろしいでしょうか？」

「カイン君。もちろん構いません。飛び級ですか？」

「はい」

「では、この後帰寮準備を整えたら職員室にお寄りください、資料を用意しておきましょう」

「ありがとうございます」

カインは軽く会釈すると自席へと戻った。

自席へ戻るとシルリィレーアとジュリアンがカインの席に集まっていた。

「カイン様、この後用事がございますの？」

「職員室に寄って、資料をいくつか頂いて来ます。少し先生のお話も聞きたいと思っております。何かありましたか？」

「せっかくなので、学校周辺の街でもご案内させていただこうかとジュリアン様と話していた所なのです」

「ははは。私御用達の美味しい食堂を紹介してやろう」

「ジュリアン様御用達のお店は給仕に可愛い女性が多いだけで食事は脂っこいものが多いのですわ。カイン様のご用事が長引かないのであれば、お昼ごはんをご一緒しませんこと？」

二人の誘いは、外国から来たカインを気遣ってのことだろう。が、この友情はカインにはありがたかった。留学生だからと気を使って距離を取られても寂しい。

早く国に帰りたいとは思っていても、少なくとも一年はこの学校で過ごすのだ。授業によっては一人では出来ない事もあるだろうしボッチは辛い。

何より、可愛い便箋の売っている店が知りたかったので、街を案内してくれるというのはありがたかった。

「お気遣い感謝いたします。ぜひ、ご一緒させてください」

「では、一度寮に戻って着替えてから玄関に集合いたしましょう。カイン様のご用事もございますし、一時間後でよろしいかしら」

「ええ、それでお願いします」

「私の都合を聞かぬとは、不敬ではないか？」

「お忙しいのですか？」

「予定はないが」

「では、一時間後に玄関でお会いしましょう。ごきげんよう、ジュリアン様」

優雅に微笑むとシルリィレーアは颯爽と教室から出ていった。

シルリィレーアを見送った後、横に立つジュリアンの顔をそっと窺ったカインは思わず吹き出した。

前世で流行った「ペットカメラ」という、主人が仕事などで不在にしている間のペットの様子を録画するアプリ。そのペットの様子を動画であげる飼い主が沢山いたのだが、そこに良くいた「飼い主が出勤した後しばらく玄関でしょんぼりする犬」とそっくりな顔をしていたのだ。

「そんな顔するなら、寮まで一緒に帰ろうって声をかければよかったじゃないですか」

「そんな顔などしておらぬ。そんな顔とはどんな顔だ」

今度は、ふてくされたような顔をしてカインを軽く睨んでくる。

犬みたいな顔と言えばさらに機嫌を悪くするだろう。カインはそれ以上何も言わずに職員室へと足を向けた。

「カイン君。よく来たね、資料は揃えておいたよ」

「ありがとうございます」

職員室に入ると、担任の先生が手を上げてカインを呼んだ。隣の席の先生が不在のようでそこに座るようにと指示されてそのとおりに座って向き合った。

「しかし、せっかく留学に来たのですから六年しっかり勉強して人脈を作りコネを作り縁を結ばればよろしいのではないかと、愚考するのですが」

「はい。私もできればそうしたいのですが、事情がありまして」

「そうですか。では、飛び級についてですが。一年の終わりに進級テストがあります。その時に一つ上の学年の進級テストを一緒に受けることができます。それに合格すれば、翌年は二つ上の学年へと進級することが出来ます」

「一度に受けられるのは一学年上の分だけですか？」

「そうですね、一度に三学年分、四学年分の試験を受けることはできません。ですから、最短での卒業は三年後ということになります」

「三年……」

その後、教科書は学費に含まれている支給品ではあるが、一学年上のものが欲しいとなると別途代金が必要になることや過去問を入手してやり込むことは有効であることなどの有用な情報を教えてもらい、飛び級の申請に必要な書類などを貰って職員室を後にした。

部屋に戻ると、ジュリアンが着替えて待っていた。

カインもかばんを机に放り投げると、自分のクローゼットから普段着を取り出して着替えた。

「カインは、自分で着替えが出来るのだな。偉いじゃないか」

「女性の夜会用ドレスでもなければ着替えぐらい出来るものでしょう」

「そうでもない。寮に入るために頑張って着替えの練習をする、なんて貴族もおるのだ。そうでなければ、同じ年齢の乳兄弟を学校に入学させて金の力で同室にさせている貴族もいる。事実上の侍従の持ち込みだな。

「自立の精神とは……」

一緒に歩いて寮の玄関まで移動すると、淡い桃色のワンピースにつば広の帽子をかぶったシルリィレーアが待っていた。

玄関から出てきたカインとジュリアンに気がつくと、シルリィレーアはニコリと笑って手を振った。

カインは、ジュリアンがシルリィレーアを褒めるのを待っていた。

しつけ担当のサイラス先生から、婚約者のいる女性を婚約者より先に褒めてはいけないと習っていたからだ。イアニス先生からもくれぐれも婚約者のいる女性を褒めるときは注意するようにと言われている。結婚するはめになりますよと言われた。何があったのかは怖くて聞いていない。

しかし、ジュリアンはシルリィレーアを褒めることなく並び立つと、どちらのおすすめの店に昼食を取りに行こうかという話を始めてしまった。

これではカインまで女性を褒めない朴念仁《ぼくねんじん》である。

「シルリィレーア様、そのワンピース素敵ですね。明るい色の髪とあいます。帽子もつばが広くて小顔効果がばっちりです。美しいお顔が映えますすね」

慌てて褒めたので変な言葉を使ってしまった。小顔効果ってなんだ、褒め言葉じゃないだろう。カインは片手で顔を覆うともう片方の手を前に出して「ちょっとまってください」と言った。

「すみません。タイミングを間違えました。忘れてください」

「ふふふ。カイン様、お褒めくださりありがとうございます。お顔が小さく見える努力をわかってくださって嬉しいですわ。……でも、そうですね。それは心に秘めておいてくださるともっと嬉しいかもしれませんわ」

「そうですよね……すみません」

「シルリィレーアはいつだって美しいし服装のセンスも良い。それがわかるとはカインも中々やるではないか」

「そう思っているのであれば、シルリィレーア様を褒めてあげてくださいよ」

「シルリィレーアが美しいのはいつもの事である。当たり前の事は特段褒めることでもないのではないか？」

だめだこの王子早くなんとかしないと。カインは眉間を押さえてゆるゆると頭を左右に振ったのだった。

サディスの街

シルリィレーアの案内で行った食堂は、窓が大きくて明るい店内の可愛らしいお店だった。テーブルごとに小さな花瓶が置かれていて細やかな花が飾られており、パステルカラーのテーブルクロスがかけられている。

料理も沢山の種類が少しずつ盛られたプレートで提供され、パンはおかわり自由との事だった。

カインとシルリィレーアが別々のプレートを頼み、ジュリアンは肉の塊を焼いたものを頼んだ。

「そんなもので足りるのか？　私達は育ち盛りなんだぞ？　男なら肉を食わんか、カイン」

「せっかくユウムに来たのですから、色んなものを食べたいのですよ」

「カイン様、よろしかったら種類違いの物を半分こずつにしませんか？　倍の種類を食べられますよ？」

「シルリィレーア様、よろしいのですか？　お言葉に甘えます」

「うふふ、では、半分食べたらプレートを交換いたしましょう」

「わ、私も肉を一切れずつやるから一番美味しいおかずをそれぞれ分けるが良い！」

　リムートブレイク国の料理は全体的に素材の味を大切にした料理が多かった。端的に言えば、茹でただけ、焼いただけ、切っただけ。それか、牛乳を入れて煮込んだクリーミー系。塩と胡椒は存在していたし高価でもなかったのだが、それだけだった。油と酢と塩胡椒でドレッシングを作るという発想もあの国には過去にもなかったようだった。

　サイリユウム国の料理は、潰してこねて成形するというのが多いようだった。肉団子や海鮮のシンジョやマッシュポテト団子やマッシュパンプキン団子みたいなものがプレートに多く載っていた。ちぎった野菜を載せたサラダのようなものや、果物を飾り切りしたものなんかも載っていて、見た目はとてもカラフルだった。

　食事が終わると、学校からあまり離れていない範囲で色々と見て回った。そこで、カインは一つのことに思い当たるのだった。

「そういえば、私は自分で買い物をするのは初めてです」

「カイン様？」

カインは、王城の近衛騎士団の訓練場と西の孤児院と家を往復するばかりの生活をしていたし、必要な物はイルヴァレーノかパレパントルに言えば次の日には部屋に用意されていた。

ディアーナ中心の生活をしていたために、自分の趣味の欲しい物というものを父や母にねだったという覚えもない。ディアーナは時々父や母と街に遊びに行くことが有ったようだが、カインはそういった事をした覚えがなかった。

「カイン。お前は箱入り息子だったのだな。王族である私よりよっぽど世間知らずなのではないか？」

「お金はお持ちですの？　今日のお買い物はわたくしが立て替えてもよろしいですけれども」

ジュリアンとシルリィレーアが心配そうな顔でカインの顔を覗き込んでくる。

前世の記憶があるので、買い物そのものにはあまり心配はなかった。しかし、貨幣価値や物価については自信がなかった。カインは、買い物する時にボッタクリされても分からない自信がある。

「お金は持ってきました。でも、価値がわからないかもしれません。高すぎるとか、安すぎるとかあればおしえてください。ジュリアン様、シルリィレーア様」

今日はディアーナに出す手紙用の便箋が欲しい。できればこの国の可愛いものを贈りたいとも思っていた。

少し困った顔をして二人をみれば、ジュリアンもシルリィレーアも大きくうなずいてニコリと笑った。

「まかせておくが良い。王族ではあるが私も市井にまぎれて買い物をすることは良くあるのだ。買い物の仕方も値段の相場も教えてやろう」

「ジュリアン様の良く行くお店は、それでも高級店が多いのですわ。女の子達の間で人気のお手頃なお店ならわたくしがご案内できます。今日は色々とご一緒いたしましょう」

ふたりとも、快く今日は買い物に付き合ってくれるという。カインは感謝して二人に頭をさげた。

「では、まずは何処に行くか。カインは何か欲しい物があるのか？」

「便箋が欲しいと思っています。家族に手紙を書きたいので……。あとは、本屋でしょうか。二年生の教科書は本屋に売っていますか？」

「便箋ですね。では文具屋か雑貨屋にまいりましょう。教科書は街の古本屋にはあるかもしれませんが、新品が良ければ寮監室で買えると思いますわ」

「三年生に知り合いがいれば譲ってもらえる可能性もあるが、私は長男であるがゆえ三年生に知り合いがおらぬでなぁ」

ふたりとも、王族と公爵令嬢なのに古本屋だの上級生のお下がりだのという選択肢が普通に出てくるのが不思議だった。カインは素直にそれを聞いてみると、ふたりともなんてこと無い顔で答えたのだった。

「古い物には価値があるのだ。たとえば、三年生のお下がりの教科書には授業を受けた際の書き込みがある。古着屋の革靴はこなされて柔らかくなっておるので靴ずれしない。もちろん、古すぎれば情報も古くなるので使えない場合もある。古い靴では水虫をうつされる可能性もあるしな。だが、それを見極めてこれぞという中古を手に入れるのがセンスというものなのだ」

「数年前に、はるか古代の書物が見つかった事がございますの。そこには、伝承が途切れてしまっていた技術についての記載があったということです。もちろん、技術を磨いた職人たちの最新の技術で作られた新品はかけがえのないものですわ。でも、古くても良いものは良い、というのはまた別にある価値観なのですわ」

サイリユウムの貴族は考え方が柔らかいのかもしれないとカインは思った。二人の言葉にあまえて文具屋と雑貨屋の後に古本屋に寄ってもらうことにした。

最初に入った文具屋は質実剛健なものが多く置いてあり、便箋も白や灰の無地の物ばかりだった。無地だとしてももう少し明るい色の物が欲しかったので、そこでは何も買わずに次の雑貨屋へと向かった。

雑貨屋には花柄の便箋や小鳥やうさぎのイラストが添えられている便箋なども置いてあった。カインが小鳥とうさぎで迷っていると、ジュリアンはクマがいいと勧めてきて、シルリィレーアは花柄のものを勧めてきた。

カインはうさぎの絵がスミに描かれている便箋を購入した。

その後、古本屋に行ったが二年生の教科書はあいにく売っていなかった。

せっかく来たので店内を見て回っていたら、『うさぎのみみはなぜながい』というタイトルの絵本が売っていた。ディアーナが幼い頃に大好きだった絵本がサイリユウム語で書かれているものだった。

カインはそれを購入しようと店主のところまで持っていった。会計するのに、小金貨を出したらお釣りがないと言われてしまったので、シルリィレーアに両替してもらって支払った。

「カイン、そんな小さな子向けの本を買ってどうするのだ？」

「実家に送ります。この本が大好きな子がいるんです。こちらの言葉で書かれているので、めずらしいかとおもいまして」

「ふぅん」

飛竜乗り場は学校の近くではないらしく、今日のお散歩代わりの買い物では行けないらしかった。

便箋と絵本を買ったカインたちは、その日はそれで寮へと戻ったのだった。

ディアーナの決意

カインが隣国へと旅立っていき、三日ほど経ったある日。ディアーナはサッシャの目を盗んでイルヴァレーノの使用人部屋へとやってきた。

「だから……ここに入ってきてはいけませんと何度言えば」

「イル君に内緒の話があるからここに来たのよ。ねぇ、イル君。サッシャを仲間に引き込みましょう」

「はぁ？」

カインはいなくなったが、イルヴァレーノは相変わらずカインの私室の隣にある隠し部屋で寝起きしている。カインはいつか帰ってくるからだ。

ディアーナも二年前から自分の部屋で過ごすようになり、それはカインの部屋の真下にある。ディアーナの部屋の隣にも使用人用の隠し部屋があり、そこにはサッシャが寝起きしていた。

「引き込むって、どういうことですか？」

「淑女な私は世を忍ぶ仮の姿だって事を明かすの。何から何まで身近な世話をするのがサッシャであるかぎり、ずっと騙し続ける事はできないよ」

「それはそうかも知れませんが」

「あと、イアニス先生にサイリユウム語のお勉強を増やしてもらおうと思うの」

「まさか、追いかけて留学する気じゃありませんよね？」

「そのまさかよ！　我慢をしないのよ！　我慢しなくて良い努力をするのよ！」

それは、カインが良く言っていた言葉だった。

しかし、それをすればカインの卒業後の三年はディアーナだけがサイリユウムに残ることになる。一緒にいられるのは三年だけだ。六年間の離れ離れが三年ごとにわかれるだけだった。

「学校入学までは三年あるので、準備をするのは良いかもしれませんね。実際に留学するかどうかはまた別に考えましょう」

「うん！」

ディアーナはいつも返事は良い。うんと言ったが、おそらく留学する気はなくなっていないのだろうとイルヴァレーノはわかっていた。

「サッシャにバラすにしても、上手にバラさないとお父様とお母様にバラされて台無しになるよね」

「そうですね。うーん。サッシャに、ショコクマンユウのお話や遊び人に扮装する王様の話を聞かせてみるのはどうでしょうか」

「いきなり、昔々のお話です……と話しかけるのも難しいよ？」

イルヴァレーノとディアーナで二人そろって頭をひねっているが、なかなかいいアイディアは出てこなかった。

こんな時、カインがいれば「いいことかんがえひらめいた！」と言って何か良いアイディアを出してくれるのに、とふたりとも思っていたが口には出さなかった。口に出してしまえば寂しい気持ちが言葉と一緒にでてきてしまうからだ。

「サッシャの身の回りについて調べてみましょう。サッシャの趣味とか、友人関係とか……。好きな物や嫌いな物を知って、付け入るスキがないかを探るんです」

「イル君、お願いできる？」

「お任せください。少々お時間をいただきますが、お調べいたします」

「さすがニンジャだね」

「ニンジャではありません」

イルヴァレーノの部屋は狭く、家具もすべて最低限の物が一人分あるだけなので椅子も一つしか無い。なので、ディアーナは椅子に座りイルヴァレーノはベッドのヘリに座っていた。

サッシャについては今すぐにどうこうは出来ないという結論になったので、ディアーナはもう席を立つだろうとイルヴァレーノは思ったのだが、ディアーナは椅子に座ったまま立とうとしない。

「まだなにかありますか？」

「お父様とお母様の、お兄様に対する誤解を解きたいとおもうのだけど、どうしたらいいと思う？」

「誤解とは？」

妹を溺愛しすぎている、という事については紛れもなく真実で誤解ではないとイルヴァレーノは思うのだが、それ以外になにか誤解されていただろうか？

ディアーナは足を組むとその上に肘を乗せて腕で顎を支えた。サッシャが見たらはしたないと言われる姿勢だが、イルヴァレーノは特に咎めない。カインからディアーナのストレス発散に付き合ってやれといわれていたからだ。

「お兄様のお見合いについてよ。お兄様が一方的に女の子たちにひどい態度を取ったと思っているみたいだけど、それは違うのよ」

「違うのですか？」

「……違わない子もいたけど、殆どは違うよ」

ディアーナは足を組み直して、今度は腕組みをする。唇を突き出してンームと喉を鳴らしている。とてもじゃないが淑女のする態度ではない。

「けーちゃんって女の子がいるんだけどね。王妃様の刺繍の会で初めて会って一緒に遊んだ子なの。その子もお兄様のお見合い相手としてお茶会に来たけど、ずっと私となぞなぞのお話をしていたの。お兄様は私達の様子を笑って見てただけで会話に参加しなかったのよ。けーちゃんは、お父さんにどうだった？　って聞かれてずっとディと喋ってたって言ったらしいよ」

「カイン様とお話しなかったと伝わってしまったんでしょうか」

「別に無視されたとは言ってないと思うけどね、けーちゃんは良い子だし。あと、王妃様の刺繍の会で良く顔を合わせる子たちとは三人きりのお茶会でも普通に喋っていたよ。次回の刺繍の会についてとか、今やっている刺繍の話とか、お花の話とかお菓子の話とかだけど」

カインがアルンディラーノを攻撃しようとして謹慎になり、その後参加していた子どもたちに謝罪文と一緒に刺繍したハンカチを贈ったことがある。一部はイルヴァレーノが刺繍した物だったが、表向きはすべてカインが刺繍したハンカチという事になっている。

そのハンカチをきっかけに、おもちゃで遊ぶのではなく刺繍をするために会に参加する様になった子どもたちが何人かいるのだ。

学校入学前の幼い子どもたちが、刺繍の会で集まって拙い刺繍を練習したり見せ合いっこしたりする様子には王妃様も喜んでいた。

カインとディアーナも隔月で開催される王妃様主催の刺繍の会はずっと通っていた。カインが刺繍の会に参加するときは騎士団の訓練を休むため、なぜかアルンディラーノも刺繍の会に参加していた。

そこですでに仲良くなっていた令嬢たちは、カインがディアーナを溺愛しているのを知っている。

なので、お見合いを兼ねた顔見せのお茶会にカインがディアーナと一緒に現れても驚かなかった。

殆どの令嬢はいつもの刺繍の会の延長のような会話を楽しんで解散したが、一部の令嬢はそれでもお見合いだからと親から言われた通りの質問や反応にチャレンジしていた。するとディアーナを絡めない話題だとカインがそっけない態度だったのでショックを受けたのだが、その後の刺繍の会で再会したときには普段通りのカインだったのでホッとしていたのだった。

「お兄様は、お見合いだったからそっけない態度を取っただけなのよ。その後は刺繍の会では普通に友人として接していたし。刺繍の会で面識のないご令嬢には、ただただ冷たい男性に映ってしまったとはおもうけど」

「はぁ……。お見合いだから冷たかったんですね」

「というか、はじめましてなのに馴れ馴れしい相手に冷たかったのよ」

「カイン様なんだから、もうちょっとうまく出来たでしょうに」

「ほんとうにね」

普段のカインを知らない令嬢が、お見合いにだけ出向いて顔を合わせてそっけなくされた。貴族の令嬢であれば、普段はちやほやされているのだろうから、その態度には大層ショックを受けたに違いない。親御さんへお見合いの様子が伝わって苦情が来たというところか。カインのしたことを思えば誤解とはいい難い事案ではあるが、ただのお茶会だと騙してカインを参加させていた後ろめたさを衝く事はできるかもしれない。

そもそも、お見合いなんてものは学校が始まってから、友人関係が出来てからすればそういった問題にもならなかっただろうに。三歳差と年齢が近い王太子殿下がいるのだから、王太子殿下の婚約者が決まってからお見合いしても良かったはずなのだ。

「サッシャを巻き込む。お父様とお母様の誤解を解く。この二つをやりとげるよ。イル君も協力してね」

「お嬢様の思うままに」

カインを追いかけて留学する。そして、カインが気持ちよく帰ってこられるように環境を整える。

そのためにディアーナは裏で暗躍する。勉強と、仲間づくりを頑張るのだと強く拳を握りしめた。

花祭り

ジュリアンが女生徒の腰を抱きながら寮の部屋へ戻ってくると、部屋の勉強机でカインが手紙を読んでいた。

窓際にある勉強机には午後の日差しが降り注いでおり、カインの絹糸のような金色の髪に日が透けてキラキラと輝いていた。手紙を読むために少しうつむいた顔には慈愛に満ちた微笑みが浮かんでおり、長いまつげが落とす影で儚さも漂っている。

隣に女生徒を抱いているのも忘れてジュリアンはカインに見惚れていた。ジュリアンに腰を抱かれている女生徒もカインに目を奪われていた。

「ジュリアン様？」

カインが部屋の戸が開いていることに気がついて顔を上げた。部屋の入り口に立ち尽くすジュリアンと女生徒に気がついて、目尻が上がり眉間にシワが寄る。女神を描いた絵画のような顔が一瞬にして不機嫌そうな友人の顔へと変わってしまった。

「男子寮は女性の出入りは禁止ですよ」

「カインは今日はアルバイトじゃなかったのか」

「先日急用が出来た友人と代わった分、今日が休みです。……私のいない隙に女性を部屋に連れ込もうとしたんですか」

カインは、学内斡旋アルバイトをしている。

飛竜の値段を調べて全然足りないのは想定内だったが、帰省するための馬車の乗り継ぎと中継点での宿泊などを改めて調べてみたところ、パレパントルが置いていったお金では全然足りないのだ。

学生生活を満喫するお小遣いとしては十分な金額だが、実家へ帰省は出来ないという絶妙な金額だった。

しかも、三日置きに出しているディアーナへの手紙の便箋代と郵便代も馬鹿にならない。

寮監室へ学内アルバイトの申込みに行った時に「隣国の公爵家嫡男がアルバイトですか？」と驚かれたが、ユウムの文化にいち早く馴染むため、友人を多く作るためにも経験としてアルバイトをしてみたい、などと口八丁でごまかした。

もちろん、もともと裕福な家の子はアルバイトしてはいけないという規則も無いので言い訳せずともアルバイトは紹介してもらえるはずなのだが、やはりお金が欲しいのでとは言い難かった。

「いや、そんな事はないぞ。たまたま、たまたま寮の玄関で声をかけてきたのでな。一番近いのはやはり自室だろうと思って来たのだ」

「私が在室していようと、留守にしていようと、規則は規則ですよ。おかえりいただいてください」

「……すまない、レディー。私は寮が女人禁制だったことを失念してしまっていたようだ。今日のところはここでお別れとしよう。また明日、学校で会えることを願っているよ」

「あ、はい。ジュリアン第一王子殿下、また明日……」

女生徒の腰からするりと腕を離すと、ジュリアンは肩を掴んでくるりと女生徒を方向転換させた。

女生徒の方は、カインの顔をしきりにチラチラと見ていた。中々足を踏み出そうとしなかったが、ジュリアンがカインを紹介してくれる素振りもなく、カインが自己紹介をする様子もないのがわかると諦めて廊下を歩いて行った。

「声をかけられれば誰でも良いんですか？　ジュリアン様」

「誰でもいいわけではない。声をかけられても断っているおなごもおるぞ。口が堅そうで、おっぱいの大きい子を選んでおる」

「最低ですね」

「んな！」

部屋の戸を閉めて部屋に入ってくると、ジュリアンはベッドの上にどかりと座った。

カインは読んでいた手紙をたたむと封筒へと戻して机の引き出しにしまい込んだ。

「家族からの手紙だったか？」

「はい。皆元気でやっているようです」

「そうか、家族といえばカインは花祭りには実家に帰るのか？」

「いいえ。二週間の休みでは行って戻ってこれませんので、アルバイトして過ごします」

（帰省する金もないしな、あのクソ親父め）

ディアーナからの手紙を読んだ後は明日の予習でもしようと思っていたカインだが、ジュリアンが戻ってきたので椅子をベッドに向けると足を組んでその上に手を組んだ。

「そもそも、学校が始まって一月半しか経っていないのに、もう二週間の休暇があるということに驚いているんですが」

「ああ、我が国は農業や酪農で生計を立てている領地が多いのでな。三月中旬から下旬にかけては畑の土起こしや種まき、育苗などをするために領地に帰らねばならん生徒が多いのだ。半数以上居なくなるのに授業をしていても仕方がないからな」

「領主の子ども自ら農作業するんですか？」

農業で生計を立てている農地ということであれば、カインの父が持っているネルグランディ領も半分は農地だ。そういえば、毎年春のはじめに父ディスマイヤが一月ほど領地に行っていたなとカインは思い出していた。

「クワ入れ神事や、豊穣祈願祭り、豊作祈願祭など地域によって名前は違ってくるが、収穫祭で神に奉納する為の作物の種を蒔くという祭りがこの時期は各領地で行われるのだ。神に捧げる農作物を育てるのは領主の畑と決まっておる。途中の面倒は小作人に任せることが出来ても畑を起こしてタネを蒔くのは領主がやらねばならぬのだ。神事用の畑といえども中々に広かったりするのでな、一家総出での仕事になるのだ」

「なるほど。ところで、そのお休み期間に王都で行われる祭りが花祭りと呼ばれるのは何故なのですか?」

王都サディスに残るのは、領地の売りが農業ではない貴族や領地を持っていない貴族たちだ。農業に関係ないので別に祭りをやる必要は無いとカインは思うのだ。

ジュリアンはベッドの上で腕を組むと、顎を上げて偉そうな顔をした。

「街に残るのは城勤めの役職を持った貴族や商業や貿易、運送業で身を立てている貴族たちだ。その貴族たちにも活躍の場を与えようというのが、花祭りだ。温室で育てられた花が町中に飾られ、花びらを模した布飾りが町中にばらまかれる。街道には露店が立ち並び、四つ辻ごとにある広場では演奏が行われ、皆が歌い、踊るのだ。経済が回るぞ」

「特に謂れのないお祭り騒ぎということですか?」

「王都での仕事を休み、領地に帰るのは出費がかさむ。王都の子ども一人二人を領地に戻すだけでも中々の出費だ。それでは不公平なのでな、街に残る貴族にも金を使わせようという意味合いが大きいな」

「なるほど。でも、それだと商業をやっている貴族にはプラスになるのでは?」

「まぁ、結果的にはな。だが『花祭り』という名前は伊達ではないのだ。街に飾られる花を無償提供させられているのだ、街に残る貴族たちは。あとは庭を一般開放する様に通達が出る。留守宅は免除だが、残る貴族たちは庭を開放し、軽食を振る舞わねばならぬ。当然、庭をきれいに整えなければならないし振る舞う軽食がショボければ一般市民から軽んじられる。手を抜くことはできんのだ」

「なるほど……。意外とえげつないですね」

ははははとジュリアンはいい顔で声を出して笑った。

花祭りまで後わずか、長期休み前のソワソワ感が漂う学校の中。その中にあって第一組は特にざわついていた。

ジュリアンはことあるごとに吹き出し、両手で口を押さえて声を出さないようにしているが肩がずっと震えている。

級友の前ではいつも朗らかな笑顔を崩さない留学生のカインが珍しく不機嫌を隠さないような顔をしている。

シルリィレーアは、斜め前で揺れている大きな赤いリボンを困惑した顔で眺めている。

級友たちは、その赤いリボンを見ても良いのか見ない振りをした方がいいのか判断が付かず、目を泳がせている。

シルリィレーアの斜め前の席に座っているのはカインである。

「あの……。カイン様？　その……今日は髪型を変えていらっしゃいますのね？」

「はい。コレには事情がありまして。決して、決して、けっっっして、好んでリボンを付けているわけではないのです」

「そ、そうですのね」

午前の授業が終わり、食堂へと移動する廊下でシルリィレーアが意を決してカインの大きな赤いリボンについて問いかけた。

食堂に移動する時には、いつもは我先にとダッシュする男子生徒も今日ばかりはゆっくり歩き、いつもは何を食べようかかしましくお喋りしながら歩く女生徒達も静かに周りを歩いている。

この時、第一組の生徒たちは（シルリィレーア様ナイス！）と心がひとつになっていた。

「アーハッハッハ！　カイン！　食後にシルリィレーアに相談すると良いぞ！　長髪同士で解決策が見つかると良いな！」

「……言われずともそのつもりでしたよ！」

「怒るでない。私が悪いわけではないのだからな、男のくせに髪を伸ばしているからそんな事になるのだ」

「魔法使いは髪の毛を伸ばすものなんですよ……」

食堂につくと、シルリィレーアは気を使って壁側の席を選んで着席した。

ジュリアンが「私が食事をとってきてやろう」と偉そうに言いながら定食を二人分運んできてくれた。

学校の食堂は寮の食堂と違って四人掛けの丸テーブルと六人掛けの四角いテーブルがランダムに置かれている。

壁際の丸いテーブルに着いた三人はしばらくは黙々と食事に集中していたが、先に食べ終えたジュリアンが手持ち無沙汰になり、カインの後頭部に手を伸ばすするりとリボンを解いてしまった。

「あ！」

とっさにカインは両手で後頭部を隠す。手に持っていたナイフとフォークがそのせいで床に落ちてしまい、カラーンと高い音をたてる。一瞬、食堂にいる生徒たちの視線を集めてしまうが、カインが壁に背を向けて座っていることもあり、王子であるジュリアンの座るテーブルでもあるのですぐに皆自分の食事をする作業に戻った。

「ジュリアン様、人の装飾品をそんなに勝手にとってはいけませんよ。解いたリボンを戻せるのですか？」

「何を言うか。朝、カインにリボンを結んでやったのも私だぞ」

「あら。ジュリアン様はリボンを結ぶのがお上手なのですね？」

「当たり前だ。脱がすためには、着せられねばならぬだろう？　練習したのだ」

「……へぇ？　私は脱がされた事もリボンを結んでいただいたこともございませんわね。……どなたの服を脱がせて、どなたの服を着せたことがあるのでしょうか？」

「………今朝、カインにリボンを結んでやった。今、カインのリボンを解いた」

シルリィレーアはジト目でジュリアンを見ているし、ジュリアンは目を泳がせている。カインはため息をつくと、シルリィレーアに背中を向けて、手をどけた。

「シルリィレーア様。ご覧ください」

「まぁ、まぁ」

カインの後ろ髪は、首の少し上あたりで引っ絡まってゴチャゴチャと鳥の巣の様になってしまっていた。そこだけボワッと膨らんで、猫が遊んで絡まってしまった毛糸玉の様になっていた。そのインパクトの凄さに、シルリィレーアは怒っていたことを忘れてしまった。

「どうなさったの？　この……鳥の巣のような状態は」

「髪をブラシでとかしたら、こうなってしまったのです……」

カインはしょんぼりとうなだれると、絡まってザリザリとする後頭部を手でさする。ほどこうと頑張ったのか、ところどころ切れ毛になってしまってピンピンと飛び出している毛もあった。

「いつもは、ちゃんと編んで登校なさっているではありませんか。なぜ今日だけこのような事に？」

「いつもは、入浴後に梳かしてからゆるく編んで、布でくるんでから寝ているんです。でも、昨日はちょっと時間がなくて入浴してから手ぐしで梳かしてそのまま寝てしまいまして」

「それにしたって……」

梳かして編んで、くるんで寝るのはイルヴァレーノから重々そのようにして寝るようにと言い含められていたからだ。実家にいた頃はイルヴァレーノが全部やってくれていたし、時折手を抜いて寝てしまっても翌朝イルヴァレーノが髪を梳かせばこんな鳥の巣にはならなかった。

「カイン様、もしかして頭のてっぺんからブラシを通しましたか？」

「はい。髪は上から下へ梳かすものでしょう？」

「濡れ髪や洗髪直後なら良いですけれど、乾いた長い髪を梳かすときは、下から梳かすのですよ。毛先から少しずつ梳かして行って、だんだんブラシの位置を上げていくのですわ」

「そうなの……ですか？」

「なんていうのかしら……。こう、一番上から梳かしてしまうと、ゆる〜く絡まっていた部分が寄せられて行って、あるところでギュッと結ばれてしまうのです。えぇと、伝わりますかしら」

シルリィレーアが身振り手振りで髪を梳かすジェスチャーを一生懸命している。ゆらゆらとわかめのように腕をくねらせて、右腕と左腕を絡ませてギュッと力を入れて左右に引っ張って見せる。

その様子がおかしくて可愛らしくて、カインは思わずふふふと微笑んだ。

「絡まってしまった毛糸をほぐすのに、端からゆるめながらやらないといけないのと同じですね。引っ張ってしまうと固結びになってしまう」

「そう！　それですわ！」

伝わったのが嬉しいのか、シルリィレーアもパァと明るい笑顔を顔に浮かべて手を合わせて喜んでいる。ジュリアンが面白くなさそうな顔をしていた。

「ジュリアン様。とりあえず今はブラシもありませんし、もう一度カイン様にリボンを結んで差し上げてくださいませ」

「シルリィレーアが結んでやれば良かろう」

完全に拗ねている。面白がってリボンを解いたのは自分のくせに、交ざれない話題で盛り上がっていたカインとシルリィレーアに嫉妬しているのだ。

「婚約者のいる女性に髪を触らせるわけにいきません。ジュリアン様が結んでくださいませ」

「解くのも結ぶのもお上手なのでしょう？　ジュリアン様は」

カインが今度はジュリアンに背を向けて椅子に座り直す。二人から言われて仕方なくリボンをカインの髪に結び直すジュリアン。目の前にある鳥の巣のようなカインの髪をみて、また吹き出した。

「とりあえず、今絡まってしまった毛に関しては後でトリートメントクリームをお分けいたしますから、今夜入浴する時にそれを使って少しずつブラシで梳かしてみてくださいませ」

「下から、少しずつ上に向けてですね」

「そうですわ。濡らして、クリームを浸透させて、少しずつ、ですわよ」

「かしこまりました」

「結べたぞ」

いつもはゆるく三つ編みにしてあるカインの髪は、今日は首の上で一本に結ばれて大きな赤いリボンが結ばれている。鳥の巣部分を隠すために、幅の広い大きなリボンが付けられているのだ。

ジュリアンが午後の授業中にもう一度リボンを解いてしまい、カインの鳥の巣頭はクラス中の皆に知られてしまった。

入学して一月半ほどしか経っていないが、他国の言葉であるはずのユウム語を話し、いつも朗らかに微笑んで誰にでも優しく接していたカインはクラスの皆から「王子様より王子様」と言われていた。

クラスメート達は、王子様より王子様なカインのドジな一面に親近感を持つと同時に、クラスの王子様の鳥の巣頭という不祥事については心にしまい、絶対に他のクラスに知られてはならぬと一致団結したのだった。


いよいよ、明日から花祭りの休暇である。連休前最後の授業日である今日は午前で学校は終わる。領地へと帰る者は荷造りに忙しく、王都に残る者も実家が近い者は帰宅するためにやっぱり荷造りに忙しい。

ジュリアンとカインの二人は食堂で昼食をとっていた。

「ジュリアン様は、どうなさるのですか。明日からの二週間」

「うむ。私は初日に父上、母上、弟妹たちと一緒に花祭り開始の挨拶をするからな。城に帰るぞ。二日目以降も各貴族の開放されている庭を巡って挨拶回りだ」

「お忙しいのですね」

「うむ。褒め称えて良いぞ。まだ学生だと言うのに勤勉に働く私を崇め奉るが良い」

「王族としての役目を果たし、勤勉に働くジュリアン様の素晴らしさは言葉に出来るものではございません。初日挨拶ではその美しきお姿を見た王都の民が感動し、惜しみない拍手を送る事でしょう。これほどに国民を大事にし、国事を大切になさるジュリアン第一王子殿下であれば未来のこの国も安心であると心の底より安堵し、泣きむせぶに……」

「カイン。褒め過ぎはいたたまれなくなるからよせ」

「そうですか」

ポットごとテーブルに持ってきていたお茶を二つ並べたカップに注ぐと、カインは一つをジュリアンの前に置き、もう一つはそのまま自分でもって口にいれた。

リムートブレイクのお茶よりも、香りが高くて渋みが深い。カインはサイリユウムのお茶をとても気に入っていた。

「カインはどうするのだ？　アルバイトをして過ごすと言っていたが」

「それなんですよね。学校が閉まってしまうのでアルバイトもなくなってしまったんですよ。迂闊でした」

学内斡旋されるアルバイトは、図書館の司書の手伝いや、教師の手伝いで資料室などの整理整頓などが主だった。それに加えて、寮の大浴場の掃除や食堂の下ごしらえの手伝いなどである。

お金を払うからには働け！　ということで、手伝いなんていう言葉では表しきれないほどこき使われる。当然、学校が休みになり、寮からもほとんどの人が居なくなるとなればそれらのアルバイトはなくなってしまうのだ。

「あら、カイン様はお体が空きますの？」

声をかけられ、カップから目を上げればシルリィレーアが立っていた。お盆にケーキとお茶の入ったカップを載せている。

「ご一緒してもよろしいかしら？」

「もちろんです、どうぞ」

カインが了承してジュリアンの隣の席をすすめる。シルリィレーアはお盆を置いてから自分で椅子を引き、座る。カップから一口お茶を口に含んで落ち着くと、改めてカインに向き合った。

「カイン様、アルバイトの当てがなくなってしまったんですのよね？　それで、お体が空いていらっしゃるのですよね？」

「そうですね。級友のみんなのお庭にお邪魔するのでも良いのでしょうけれど、まだこの国の作法にも不慣れですし、ホストとして忙しいみんなの手を煩わせるのも申し訳ないですし。寮で勉強でもしていようかと思っております」

本音は、家に帰ってディアーナと遊びたかったが片道七日間の場所では帰ってこられない。飛竜を借りるお金はまだ無い。

「それでしたら、我が家のガーデンパーティーにて給仕のアルバイトをしていただけませんこと？　少々人手が心もとないんですの」

シルリィレーアは頬に手をあてて首を傾げて困ったわという顔をしてみせる。可憐な貴族令嬢らしいポーズである。ジュリアンはそれをみてむっとした顔をしてカップをテーブルに置いた。

「カインは隣国の公爵家令息だぞ。この国で給仕の真似などさせては問題だろう」

「普段は寮のお風呂掃除なんかもやっていただいているのに、今更何をおっしゃるのですか。ジュリアン様、我が家が来客を迎える時の給仕はみな上級使用人ばかりですもの。みな伯爵以上の家の出身ですわよ。それに、カイン様が来てくださるのなら、執事と一緒に準ホストとして過ごしていただきますもの」

「しかしだなぁ」

何故かジュリアンは不機嫌な顔をしている。

「シルリィレーア様。是非、お言葉に甘えさせてください。ですが、仕事は普通の給仕で構いません。あまり立派な立場を与えられても恥をかいてしまいますから」

そう言ってカインは苦笑いをする。立場をおもんぱかってくれるのはありがたいが、他家のパーティーの仕切りなど出来るはずもない。

「決まりですわね。では、明日の朝我が家へいらしてくださいませ。門番には話を通しておきますし、来ていただければ仕事なども わかるようにしておきますわ。カイン様の他にも花祭りの間だけのアルバイトがおりますので気楽にきてくださいませ。衣装の貸与もいたしますので、普段着で構いませんからね」

「何から何まで、ありがとうございます」

さて話は一旦終わった、とばかりにシルリィレーアはフォークをとってケーキを食べ始める。

それを見て、ジュリアンがオホンと空咳をしてかしこまった。シルリィレーアの方を向いてぎこちない笑顔を作った。

「時に、シルリィレーア。花祭りの最終日はどうするつもりだ?」

ちょうど口に入れた一切れを、もぐもぐと上品に咀嚼しながら、流し目でジュリアンの顔色を窺うシルリィレーア。ゆっくりと飲み込むと、カップを手にとってお茶で口の中をさっぱりとさせ、またゆっくりとカップをテーブルに戻す。すべてがもったいぶった動きだった。

「ジュリアン様は、どのようなご予定ですの?」

「私か？　私は、アチラコチラから誘われておるからな。引く手あまたで困っておるところだ。悩ましいところでな、まだ決めかねておる」

ジュリアンがニヤニヤといやらしい顔でそう言いながらシルリィレーアの顔を覗き込んだ。

カインは、前世で同じ会社のお母さん社員たちが言っていた「子どもの頃は女の子のほうが精神年齢高いのよね～」というセリフをふと思い出していた。

「そうでございますか！　わたくし、最終日はお兄様と回りますわ！　ジュリアン様はよりどりみどりなお好きな女性とお過ごしになられませ！」

お上品の範囲を出ない程度に大きくてきつい声でそう言うと、シルリィレーアはまだ半分しか食べていないケーキと飲みかけのカップを載せたお盆を持って立ち上がった。

キッとジュリアンをひとにらみすると、カインに向かってニコリと笑って「では明日よろしくおねがいします」と言って使用済み食器置き場へと歩いていってしまった。

「………ジュリアン様。つかぬことをお伺いしますが。花祭りの最終日というのは何があるのですか？」

「最終日は家族や仲の良い友人や、……婚約者や恋人と花のあふれる街を歩いたり四つ辻で踊ったりする日」

「ジュリアン様は本当にアホですね」

「ミティキュリアン家の庭園へようこそ！」

黒いパンツに白いシャツ、ダークグレイのベストを身に付けたカインが笑顔で来客たちを迎え入れる。

公爵家の門が開くと同時に、街の人々が庭へと入ってきた。庭に設置されている複数の丸テーブルには軽食がすでに用意されており、カインや他の給仕達はトレイに飲み物を載せて人々に配って歩く。

空いた皿があれば下げて、新しい料理の載った皿を運んでくる。

朝一の時間帯は城で王族が花祭り開始の挨拶をしているはずであるが、初っ端からこちらに来ている人たちは花より団子という人々なのかもしれない。

「カイン様、あっちのテーブル全体的に料理減ってるから一皿に寄せて片付けてくれ」

「マディ先輩。承知しました」

朝、シルリィレーアの屋敷に到着すると一階入り口から一番近いサロンが使用人達の休憩室として用意されていた。そこで用意されていたお仕着せに着替えていると、学校のアルバイトで良く一緒になる先輩のマディに声をかけられたのだ。自分以外にも休み中まで働く貴族学生がいるとは思っていなかったので驚いたが、見知った顔がいることに安堵もしたカインである。

「失礼いたします。お皿を交換しますね」

「あ、まってまって。それ食べちゃうから！」

「こっちもこっちも」

カインが残り少なくなっている皿を手に取ると、片付けられてしまうと思った人たちが取り皿を差し出してくる。カインはサーブ用のトングを優雅にあやつって、順に肉団子のトマトソース煮やサンドイッチを取り分けていく。

空いた皿を腕の上で重ねて、使用済み食器置き場の方へと向かう。取り皿を持て余している人からついでに受け取りつつ、困っている人や案内の必要な人が居ないかを気にしながら歩いていると、ドンと太ももに軽い何かがぶつかってきた。

片手で持っていた皿を落とさないように両手で持ち直して足元を見ると、五歳ほどの女の子が尻もちをついて転がっていた。

「大丈夫？　怪我はない？」

「う。ごめんなさぁい……」

皿を持ったまましゃがんで声をかけると、泣きそうな顔で謝られてしまった。周りをみると、テーブルクロスの下から別の子供の足が見える。

どうやら、何人かの子どもがこの庭でかくれんぼをしているようだ。

「ねぇ、ここで走ったりかくれんぼしては危ないよ」

「怒られるよね……」

「違うよ」

今日は市民一般に開放されているが、給仕していたり案内している人間が貴族であることはこの小さな子でも理解しているようだ。少女は、貴族にぶつかってしまったから怒られると思っている様子だった。

「ねぇ、あっちをみてごらん」

「う？」

カインが一度皿を片手で持ち直し、空いた手で別の給仕を指差した。

少女は素直にそちらをみて首をかしげる。

「あのお兄さんは何を持っている？」

「お盆に飲み物のせてはこんでる」

「うん、そうだね。もし、あの人にぶつかってしまったらどうなると思う？」

「怒られると思う……」

「違うよ。お盆が傾いて、飲み物がおっこちてきちゃうんだよ」

「飲み物ダメにしたって怒られる？」

「違うよ。君に飲み物がかかっちゃうんだよ。もしかしたらコップもぶつかってたんこぶができちゃうかもしれないよ」

カインがそう言うと、少女はパッと両手で頭のてっぺんを押さえた。たんこぶが出来るのを想像したのかもしれない。その様子を見て、カインが懐かしそうに微笑んだ。

「あのお兄さんは飲み物を運んでいたけど、おかわりの熱々の料理を運んでいる人もいるよ。そうすると、やけどしちゃうかもしれない。僕みたいに、お皿を持っている人とぶつかったら、おっこちて割れたお皿で手や足を切ってしまうかもしれない」

「いたーい！」

今度は、自分の手をさすり始めた。カインとしゃがんで少女が話し込んでいるのを見て、少女が怒られているかもしれないと思ったのか、テーブルの下に隠れていた少年も出てきてソロリソロリと近づいて来ていた。

「ね、ここでかくれんぼしたりかけっこしたら、君たちが怪我をしてしまうかもしれないんだ。もしかしたら、ぶつかったのが君たちでも、食器のおっことし方で全然別の人に怪我をさせてしまうかもしれないよ」

「……ごめんなさい。お食事はこんでる所ではあそびません」

「ごめんなさい。おれが遊ぼうって言ったんだ」

素直に謝る子どもたちに、カインは笑いかけると頭を撫でてからもう少し奥の花壇のある方を指差した。

「あちらの方はテーブルも出ていないし人も少ないから、あちらで遊ぶと良いよ。ただし、花壇に突っ込んだりしないようにね。危ないから」

「お花あぶないの？」

「外側からきれいにまぁるく見えるように、飛び出したところを切った枝が隠されているんだよ。とんがってるんだぞ～突っ込んだらぶっスリささるんだぞ～」

「いたぁ～い！」

「いたぁ～い！」

カインが低い声を作って刺さるんだぞぉと脅すように言うと、子どもたちは笑いながらこわぁいと言って頭を手で隠す動作をした。

じゃあねとカインに手を振ると、わざとらしく抜き足差し足でゆっくりと花壇の方へと移動していった。

改めて皿を両手でもって立ち上がると、カインは使用済み食器置き場まで皿を運んでいった。

「なんだい、いやに子どものあしらいがうまいな。カイン様は下の兄弟でもいるんかい」

「いませんよ」

食器置き場でマディと一緒になった。カインは息を吐くように嘘を吐く。何処からディアーナの存在がジュリアンにバレるか分からない。アルバイト仲間である程度気心のしれた先輩であるが油断は禁物である。

「そうだ、花祭り後の休暇は流石に実家に戻るからよ。去年の教科書もってきてやるよ」

「ありがとうございます！　助かります」

マディは今年三年生の生徒だ。学内斡旋アルバイトで顔を合わせるうちに、その事を知ったカインは教科書を譲ってくれないかと頼んでいたのだった。

学生寮の部屋は狭いのでもう処分したとか実家に送ってしまったという生徒が多くて半分諦めていたのだが、学校始まってすぐに長期休暇があるおかげで教科書が手に入ることになった。

「教科書代を出せなんてせこいことは言わねぇけどよ、学校始まったら昼飯のデザートおごってくれや」

「よろこんで」

「さ、そしたらまずはここの現場でキリキリ頑張って稼ごうぜ！　カイン様！」

「ええ、マディ先輩。キリキリ働きましょう！」

マディは爵位の関係でカインをカイン様と呼ぶが、その他の部分ではほぼタメ口だった。カインはそれが面白くて気に入っていた。

花祭りも三日目になり、最初は遠慮がちに庭へと遊びに来ていた近所の人達も遠慮がなくなりつつある。また、王都の外にある村や町からやってきた人がぼちぼち到着し始めていて来客数は日に日に多くなっていた。

特に、ミティキュリアン家の庭にはなぜか子どもたちが集まるようになってきていて、急遽低いテーブルを用意したり、芝生の上に薄手のラグを敷いてピクニックのように子どもたちを案内していた。

カインも、給仕仲間たちと仲良くなり楽しくアルバイトをこなしていた。朝早くの会場準備から日が暮れる頃の後片付けまでやる代わりに、三食賄い付きなのだがそのまかないがとても豪華なので仲間たちと当たりのアルバイトだったな、などと話し合っていた。

中日でもある、三日目の今日。王家の挨拶兼視察と称してジュリアンがやってきた。一緒にディアーナと同じ歳ぐらいの少年を連れてきている。

「ようこそお越しくださいました、ジュリアン様。ジャンルーカ様」

「うむ。ミティキュリアン公爵、ミティキュリアン公爵夫人。息災そうでなによりである。庭園も沢山の人が来ておるようだな」

「おかげさまで、沢山の人に我が庭園をご覧いただいております。両殿下も是非ご覧になっていってください。奥の芝生広場の方にシルリィレーアがおります」

「うむ」

ジュリアンが、鷹揚にうなずくと軽く片手を上げてシルリィレーアの両親に背を向けた。ジャンルーカと呼ばれた少年もおとなしくその背中について歩いていく。設置されている丸テーブルの間を軽やかに歩き、平民でごった返す人混みの間を優雅にすり抜けていく。

貴族であることはひと目で分かる服装をしているが、飛び抜けて派手な格好というわけでもないので誰もジュリアンがこの国の王子であることに気がついていないようだった。

貴族が庭を一般開放し、同じ街に住む庶民に軽食を振る舞うという祭りなので貴族だからといちいちかしこまったり平伏したりする必要はないとされている。

一応みな、ジュリアンとジャンルーカに対して軽い会釈はするものの、それよりは次々にテーブルに置かれる美味しそうで高級そうな菓子や軽食に気をとられているので注意を払ったりはしていない。

「あ、ジュリアン様」

一番最初に気がついたのはカインだった。カインの前には芝生の上に敷かれた広いラグと、その上に靴を脱いで座ったり寝転がったりしながらおやつを食べる子どもたちが転がっていた。

カインと並んでシルリィレーアも子どもたちに新しいおやつの皿を渡そうとしているところだった。

カインの声を聞いて、シルリィレーアはおやつの皿を持ったままシャキッと背筋を伸ばしてくるりと優雅に振り向いた。

「ジュリアン様、ごきげんよう」

「ああ、シルリィレーア。息災そうでなにより」

シルリィレーアがジュリアンに向かって手の甲を出そうとして、その手にお菓子の載った大きな皿を持っていたことに気がついて動揺している。カインがそっとその手の上からお菓子の皿を取り上げて、一歩さがって改めて子どもたちの真ん中に皿を置いた。

中途半端な量のお菓子を一つの皿にまとめて、空いた皿を端に寄せて新しい皿をラグの上に乗り上げながら子どもたちの真ん中に置く。小さい子らが我先にとお菓子を手にとろうと寄ってくるのを落ち着けといなしながら、年長の子らが空いた皿を手渡してくれるのを受け取る。ということをしているカインの背中でシルリィレーアとジュリアンが手の甲に額をあてるという挨拶をしているのを気配だけで感じる。

空いた皿を持って立ち上がると、ジュリアンがシルリィレーアの手を離して姿勢を戻したところだった。

「カイン、元気にしていたか？」

「寮で別れてから三日しか経っていませんよ」

カインに紹介したい者を連れてきたのだ。……とりあえず皿を片付けてくるがよい」

カインが空いた皿を重ねて持ったままなのをみて、ジュリアンがそう声をかけると近くに居たマディが皿を受け取って去っていった。給仕を三日もやっているとお互いに気が利くようになってくるものらしい。

カインの手が空いたのを見て、一つ大きく頷くとジュリアンは後ろに控えていた少年の肩を押して自分の横に立たせた。

「ジャンルーカという。私のすぐ下の弟だ」

「こんにちは。ジャンルーカと申します。お兄様からお話を色々聞いていて、お話してみたかったんです」

ニコリとわらってジャンルーカが手を差し出してきた。シャラリと手首のブレスレットが音を立てて揺れる。カインはその手を握ってかるく上下に振った。

「はじめまして。カイン・エルグランダークと申します。お会いできて光栄です。ジャンルーカ殿下」

「……あの、カイン殿はリムートブレイク王国からの留学生で、魔法が使えるのですよね」

(名前忘れていたけど、これで思い出した。ジャンルーカってこの国の第二王子だ。ド魔学に留学してきて攻略対象になるヤツだ)

ジャンルーカは、基本的に魔法が使えないはずのサイリユウム国内で魔力を持って生まれてきた王子だ。そのため、魔法の制御を学ぶためにリムートブレイクに留学してくるという設定のはずだ。

「カインで結構ですよ、ジャンルーカ殿下。おっしゃるとおり、私はリムートブレイク出身ですので魔法が使えます。ジャンルーカ殿下は魔法に興味がお有りなのですか？」

「……ええ、まぁ」

すこし、うつむいてしまった。

サイリユウムではあまり魔法使いが歓迎されていないのかもしれない。この国に来てようやく二ヶ月が経つかというカインでは、そのへんはあまり感覚としてはわからなかった。

「後で、時間を作ってジャンルーカと話してやってくれ。私もカインに話があるのでな」

「承知いたしました」

軽く頭をさげると、仕事中なのでと子どもたちと向き合ってしまうカイン。カインの後ろでシルリィレーアがジュリアンに温室の花がきれいに咲いていると声をかけていたが、ジュリアンが興味なさそうに生返事をしているのが聞こえてくる。

カインはしゃがみ込むとポケットからナプキンを取り出して子どもたちの手を拭いていく。子どもたちはカトラリーを使わずに手づかみでお菓子を食べているので、手がよだれでベチャベチャなのだ。

手を拭いてやり、別のナプキンを取り出して小さい子の口の周りを拭いてやると、手をひいてジュリアンのそばへと連れて行った。

「ほら、ジュリアン様だよ。握手してもらうと良いよ。触っておくと運気が上がるかもしれないよ」

「カイン、人を縁起物の様に言うでない」

「じゅりあんさま、こんにちは！」

「あ、あぁ……」

カインが手をひいた子どもも以外の子どもたちもわらわらとラグから降りて集まってきた。小さな子どもたちに囲まれて、どうして良いかわからずたじろぐジュリアンに、カインはそっと耳打ちする。

「ジュリアン様。小さい子どもと小動物に優しくすると……モテますよ」

「う……そうか？」

カインにモテると言われて、ジュリアンは恐る恐るといった感じで一番近くにいる子どもの頭をそっと撫でる。ジュリアンが撫でる手の力がかかる方に簡単に首をコロンコロンとかしげていく子どもにジュリアンは「ヒィッ。もげる！」と顔を青くすると手を急いで引っ込めてしまった。

「し、シルリィレーア。温室の花を見せてもらうとしよう。見頃なのだろう？」

「えぇ！　ご案内しますわ。カイン様、こちらはおまかせしてもよろしいかしら？」

「えぇ、子どもたちの面倒はちゃんと見ます。ジャンルーカ殿下も、ジュリアン様がお戻りになるまで一緒にお菓子でもいかがですか？　毒味しますよ」

「……そうですね。いただきましょう」

ジュリアンの差し出した肘に、シルリィレーアがそっと手を添えて二人で歩いていく後ろ姿をカインは子どもたちと一緒に見送った。

「兄上は、シルリィレーア姉さまが『一緒に温室に行きましょう』って誘ったってわからないのかな」

「普段、わかりやすいお誘いばかりされてるから、控えめな誘い方ではわからないのかもしれませんね」

ジャンルーカの相手をしていることで、カインは給仕の仕事をサボっていても何も言われなかった。それどころか、きっちりお相手しておくようにとの伝言がマディ経由でもたらされたのだった。

お言葉にあまえて、カインは芝生に敷かれたラグの上で子どもたちやジャンルーカ王子と一緒にのんびりお菓子を食べて婚約者どうしの二人が戻るのを待ったのだった。

カインが一口食べてからジャンルーカにお菓子を渡しているのを見ていた子どもたちが、僕も私もと一口かじったお菓子を我先にとジャンルーカに押し付けてしまい、一時期ジャンルーカのほっぺたはハムスターの様にパンパンになってしまったのだった。


花祭りの最終日は、貴族の庭園開放はない。つまりカインのアルバイトも昨日までで、今日は休みである。

最終日も、街道の出店はやっているらしい。

一番大きな四つ辻では王宮から派遣された王宮楽団が演奏をしているらしいし、その他町中の四つ辻では市民が趣味でやっている市民楽団、音楽を嗜んでいる貴族有志のグループや王都に残っている音楽部に所属している学生などなど、目立ちたくて演奏したい人たちが勝手に出張って演奏していてとてもにぎやかだという。

親しい友人や家族、婚約者や恋人などと出かけていって食べ歩きを楽しんだり音楽に合わせて踊ったりするのだというが、カインにはまだそれほど親しい友人は居なかった。

級友はみな親切で優しく、会話もするし一緒に昼食をとったりもするが、休日に一緒に踊りにいくほどの仲ではなかった。

アルバイト仲間で先輩のマディは、今日は何処かの出店の手伝いをしているらしい。もちろん賃金付き。彼は子爵家の子息であるとカインは聞いていたが、何やらやたらとお金をためているようである。

さて、今日は寮内も静かだし勉強を進めてしまおうと机の上にブックエンドで立ててある教科書を手に取ろうとしたその時である。

「カイン！　割の良いアルバイトを紹介してやろう！」

とドアを開けると同時に大きな声でそんな事を叫びながらジュリアンが入ってきた。カインは眉をひそめてジュリアンの顔色を窺うが、ニヤニヤと笑うそのいやらしい顔からは嫌な予感しか感じられなかった。

「嫌な予感がするので、できれば断りたいのですが」

「王族には貸しを作っておいたほうが良いぞ。今日一日、夕方までの拘束で大金貨三枚やるぞ！」

大金貨三枚は、リムートブレイクの王都までの馬車代と乗り換え地での宿代片道分である。それだけあれば、もう次の長期休暇には一度実家に帰れるし、飛竜のレンタル代への道のりもだいぶ短縮できる。

それだけの金額を提示されて、嫌な予感はますます膨らんでいく。カインは、正直その大金は欲しいがどれだけ理不尽な事をさせられるのかの怖さで迷っていた。

「そんな大金だして、何をやらせようというのですか」

「なぁに。今日一日、私と一緒に街をあるき回って花祭り最終日を楽しむだけだ」

「……ジュリアン様も友達いないんですか？」

「失礼なことをいうでない」

「というか、シルリィレーア様をお誘いしたらいいじゃありませんか。あちらはお兄様と回るとおっしゃっていたのですよ。身内ですから、当日の急な予定変更も問題ないでしょうし。相手は婚約者なのですから」

「こちらが折れる事などできぬのだ。今更シルリィレーアを誘いに行ってみろ、ミティキュリアン家総出の場所で愛してると百回言わされるに決まっておる。そんな事出来るわけがなかろう！」

「邪魔なプライドですね……。良いじゃないですか、愛してるって百回言えば」

「プライドを引っ込めたら王家は成り立たぬよ」

どうしても自分からはシルリィレーアを誘わないぞ、と強い意志を持って駄々をこねるジュリアンに対して、カインはついに折れてアルバイトを受けると頷いてしまった。街を一緒に歩くだけで大金貨三枚も貰えるのは破格の条件ではあるし、もし街でシルリィレーアと会うことがあったら無理やり二人をくっつけて帰ってきてしまえばいいと考えたのだ。

街を歩くだけで大金貨三枚。そんなうまい話があるわけはなかったのだ。


「ははは。ほら、肉団子の串揚げはどうだ？　いも団子の串揚げもあるぞ、あれはタレを付けて食べるとうまいんだぞ」

「けっこうですわ」

「遠慮するでないぞ、全て私のおごりだからな。カリン」

「チッ」

「はっはっは。令嬢が舌打ちなどするものではない」

布で作られた花吹雪が舞い散るなか、ご機嫌で歩くジュリアン。その腕にそっと手をかけてエスコートされる美少女は、きれいな金色の髪に夏空のような深く青い瞳をしていた。

口角を上げて笑顔の形を作っているが、目が笑っていなかった。

空色の裾の長いワンピースに踵の低いブーツという姿で、ジュリアンの隣に寄り添うように立つ姿はとても可憐だった。通りすがる人がみなカリンと呼ばれた少女を振り返り、その美少女を連れているのがジュリアンだと気がついてため息を吐いていた。

「このうらみはらさでおくべきか」

「なんの呪文かわからぬが、文句を言っていることはわかるぞ、カリン。ちゃんとした対価を支払ったアルバイトなのだ、しっかり役割を演じよ」

「チッ」

「はっはっは。だから、令嬢が舌打ちするなというに」

カインの不機嫌とは反対に、ジュリアンは何故かごきげんである。色々とカインに食べさせようとしたり、物を贈ろうとしたり、ダンスに誘おうとしてくる。そのことごとくをカインは断っている。食事ぐらいは破産するぐらい食べてやろうと思っていたのだが、ワンピースのウエストが思ったよりも苦しくて大して食べられそうになかったのでやめたのだった。

「大体、沢山のご令嬢たちから引く手あまただったんじゃないんですか。それらの中からどなたかとご一緒すればよかったじゃないですか。もしくは、多数のご令嬢を同時に引き連れたって良かったでしょうに」

なにせ、あと三人までは浮気ではないと豪語したのだ。お気に入りの娘三人引き連れて歩き回れば良かったのだ。

「シルリィレーア以外の婚約者が決まっていないからまずいのだ。花祭りの最終日を特定の娘と歩いてみろ。第一側妃決定か!? なんて言われてしまうし、その娘もその気になってしまうであろう。その気もない、ちょっと味見してみたいだけの娘を花祭りの最終日に連れ歩くわけには行かぬ」

「そういうものですか。花祭り最終日がそれほど重要なのだとは思っていませんでした……でも、それなら男友達と連れ立っても良かったのではないですか？　家族や友人と歩く日でもあるのでしょう？」

カインが周りを見渡せば、学校で見た顔が男同士や女同士で連れ立って楽しそうに買い食いをしていたり、母親が幼い子供を連れて芸を披露している道化を見ていたり、父親が娘を肩車して舞い散る花びらをつかもうとして行ったり来たりしていたりする。

「カインと、もしくはジャンルーカと連れ立って遊んでいれば、見かけた娘が『殿下ぁ～わたくし一人で来ていたんですぅ～ご一緒しませんかぁ～』って近寄ってくる。女性から誘われて断ることなんて私は出来ぬからな」

「いや、断りなよ」

「それに、他の娘と連れ立って歩くところをシルリィレーアに見つかってみろ。怒られるぞ。静かに、怒るんだぞ、シルリィレーアは」

後三人決まるまでは浮気にならないとか言っていた人物の発言とは思えなかった。というか、やっぱり最初からシルリィレーアを誘えば良かっただけじゃないかとカインはため息を吐きかけて、かろうじてとどめた。

カインの隙をついておっぱいの大きい子を部屋に連れ込もうとする割には、シルリィレーアには知られたくないと言う。シルリィレーアに花祭りは女の子からのお誘いがいっぱいだと自慢したかと思えば、女の子と歩くところをシルリィレーアに見られたくないという。

ジュリアンは年頃なりの異性への興味とシルリィレーアへの愛情とがこんがらがって、色々と行動が矛盾してしまっているようだった。

「何故私なのですか？　城の親しい親戚でも何でも良いではありませんか。シルリィレーア様に後々言い訳が出来る女性が一緒であれば良かったのでしょう？」

例えば、乳母の娘だの姪だのといった親戚みたいな知り合いとか、年若いメイドや家庭教師などでも構わなかったのではないか。ジュリアンを狙う女子生徒が知らない程度の知名度の女性であれば誰でもいいだろう。

「カリンほどの美少女であれば、誰も『あれなら私のほうが！』と思い上がって割り込んでくるツワモノもおらぬだろう？」

「そんな人いるんですか」

「世は、思うより怪奇なものだぞ、カリン」

そんな人がいるのかと、カインは頭が痛くなった。第一王子が特定の女性と歩いているのを「私のほうがふさわしい」と思って割り込んでくるとかどんだけ心臓が強い人間なのか。

カインとジュリアンが並んで歩いていると、王城前の一番大きな四つ辻にたどり着いた。そこには王宮から派遣された王宮楽団が王城を背にするように陣取っており、明るい曲を演奏していた。みんな楽しそうに音楽を聞いているが、踊っているものはまだ誰もいなかった。

「ジュリアン様。良いところに」

楽団から、バイオリンを片手に持ったまま一人の男性が近寄ってきた。カインを見ると小さく会釈して、この楽団の今日のリーダーだと名乗った。

「せっかくのダンス曲を演奏していても、みな王宮楽団の演奏だからと遠慮して踊らないんですよ。最初の一組が踊りだせば、皆が踊りだすと思うんですよね。ジュリアン殿下。ファーストダンスお願いします」

カインは思い切り眉を寄せて眉間に深い谷間を作った。ジュリアンに踊れということは、この場ではその相手はカインしか居ないのである。

「はっはっは。いいぞ、せっかくの花祭りで踊らぬのもつまらぬからな、皆が踊れるように先導してやろう！　カリン、踊れるか？」

「もちろん、おどれますとも」

少女騎士ニーナの絵本の中で、男の子が意地悪して踊ってくれないと泣いている女の子を立たせてニーナが踊りの相手になってあげるシーンがあるのだ。当然、それを読んだディアーナは男性パートを踊りたがった。

そして、ディアーナがやりたいと言った事を、カインがさせないわけがないのである。

故にカイン、ディアーナ、イルヴァレーノの三人は全員男女両パートのダンスが踊れるのだ。

腕に手を添えるタイプのエスコートから、出された手に手を乗せるタイプのエスコートに切り替え、ジュリアンとカインは優雅に歩いて辻の真ん中まで歩いていった。そして、ダンスの為のホールドをビシッと決めて音楽を待つ。

バイオリンのリーダーが、片手を上げて楽団員に合図を送ると、靴で石畳を叩いてカウントをとった。

タン、タン、タンタンタン！

楽団から音楽が溢れてきた。それに合わせてカインとジュリアンが踊りだす。最初はお手本通りの優雅なダンスを踊っていたが、ジュリアンがわざと大股でステップを踏むと、カインが無理やり腕をひいて強引にターンをさせる。一応男女パートに分かれてホールドポーズをとっているが、結局はどちらも男の子である。負けてたまるかと段々とエスカレートしていき、ターンはこれでもかと大きく勢いがよくなり、ストレートにステップを踏むときは徒競走かと言うほどに速くなっていった。途中でお互いに足を踏むふりをして蹴りを繰り出してはジャンプして避けるといったことをするため、もはやワルツなのかタンゴなのかクイックステップなのか、はたまたラテンダンスなのではないかというわけのわからなさになっていった。

「ジュリアン様。せっかく恥を忍んで踊っていると言うのにだれも参加してきません。こうなったら、一旦別れてお互いに沿道の見物人を強引にダンスに引きずり込みましょう」

「面白そうだが、一組が二組になるだけではないか？」

「誘った人と少し踊ったら、その人にも同じ提案をしてまた別れれば良いのです」

「うむ、なるほどな？　しかし……」

「では、また後で……そりゃぁ！」

まだ何か言いかけているジュリアンを無視して、カインはジュリアンの腕をグッと掴むと強引に回転させて、沿道の見物人にまぎれて立っていたとある人物めがけて放り投げた。

ジュリアンが悪代官に帯を解かれる町娘のようにくるくる回りながら見物人の前までたどり着くと、目の前にはシルリィレーアが兄の腕を掴んで立っていた。

カインは、ダンス中に目の端に捉えていた少年の前までステップを踏みながら移動すると手を差し出してダンスに誘った。

「マディ先輩、ダンスを踊りましょう」

「……君、カ」

「カリンです」

カインは強引に手を取ると広場に引っ張り出して、くるくると回りだす。

ジュリアンの時とは違ってスタンダードにダンスを踊る。

「屋台のバイトは終わったんですか」

「おかげさまで完売したからもう終わったよ。あー、悪いんだがカリン様？　あまり長く踊っていたくないんだが」

「気持ち悪いですか」

「いや、美人すぎてまずい。すぐそこに恋人がいるんだ。嫉妬されたくない」

マディがちらりと見物人の一部に視線を投げた。カインもそちらを確認すると、栗色のボブヘアの少女が立っていた。胸の前で自分の手を握り込んでハラハラした顔をしている。

どう見ても平民がよそ行きの服装を着ているといった風体で、一緒に屋台の店番をやっていたのかサロンエプロンのような腰から下だけのエプロンを着けていた。

「なるほど。ではこの後あっちの方に先輩を投げますんで、彼女をダンスに誘ってください。楽団の人から沢山の人をダンスに誘い込めって言われてるんですよ」

「ちょっとまて、投げるって……」

「ふんぬぅっ」

カインはマディの腰に手をあてると、力いっぱい彼女のいる方へと突き出した。

「おわぁああ」

マディはたたらを踏みながら見物人の壁に向かって足を進めていった。

カインがちらりとジュリアンの方をみると、まだダンスに誘っていなかった。小さく舌打ちすると、リズムにのって軽いステップを踏みながらそちらへと移動する。

「美しいお嬢様。私と踊ってくださいませ。お祭りですもの、女性同士で踊ったってよろしいのではなくて？」

強引にジュリアンの前に割り込んで立つと、カインはそういってシルリィレーアの手をとった。

ジュリアン、マディと男の子の手ばかりを握った後だったので、シルリィレーアの手の小ささと手首の細さにびっくりしながら、優しく見物人の壁から引っ張り出すと肩甲骨の下に手を添えて強引にターンする。

「そろそろ、ジュリアン様を許してあげてください。私が被害を受けますので」

「……カイン様？」

「シー！　カリンとお呼びください」

くるりくるりと回りながら、時々つないだ手を高く上げてシルリィレーアをコマのようにくるくるまわす。

「あの、カリン様。その……その御姿は」

「シルリィレーア様をお誘いできなかった殿下の苦肉の策ですよ。いい迷惑なのでなんとかしてください」

「それは、ふふふっ。申し訳ありませんでしたわ」

「女性と男性では精神年齢が三歳～十歳ぐらい違うと言われています。ジュリアン様は自分からは声をかけられないから大きな声を出して気をひこうとする子どもと一緒なんですよ」

まるで、五歳の時のアルンディラーノと同じである。女性にモテモテなんだぞ！　と言って気を引こうとする。自分から誘う勇気がないだけ。伝説の樹の下で待っているだけで告白してもらえるのは、それまでの学園生活で女の子たちに気を配って優しくして頑張って好感度を上げて行った実績があるおかげなのだ。

「だからといって、子どもでいて良いわけではありませんわね」

「そのとおりです。シルリィレーア様、お仕置きは反省していますと口で言わせるよりも、反省文を書かせるほうが効果的です」

「良いことを聞きました。愛してるって千回書いてもらうことにしますわ」

シルリィレーアには、しっかりとジュリアンを抑えていてもらわないとならない。側妃を娶るのが半ば義務なのだったとしても、シルリィレーアをないがしろにしない男になってくれれば、押し付けられるように嫁がされようとするディアーナをきちんと断ってくれるかもしれない。

なにせ、ディアーナは将来ボンキュボンのナイスバディレディーになる予定なのだ。おっぱいで女を選ぶような王子におっぱいで選ばれてはたまらない。

たとえ嫁ぐことになったとしても、ないがしろにしない、ちゃんとディアーナを幸せにしてくれる王子であってくれなければ困るのだ。

「反省文を書いていただく前に、ジュリアン様と踊るのはなんだか先に許してしまうようで気が乗りませんわね」

「では、もう少しだけ意地悪をしましょうか」

カインは意地悪そうな顔でニヤリと笑うと、こそりとシルリィレーアの耳元で作戦を伝えた。それを聞いたシルリィレーアは最初目を丸くして驚いていたが、やがて声を出して上品に笑い出した。

「うふふふふっ。カリン様。いいアイディアですわね！　では、決行いたしましょう。良い花祭りを！」

「良い花祭りを！」

くるりとターンを一つ決めてカインとシルリィレーアは別れると、それぞれ近くにいた見物人の女性を誘って広間に連れ出し、踊りだす。

シルリィレーアは見知った貴族夫人や学園の友人の女性などを次々に誘ってダンスを踊る。女性同士なのでちゃんとしたホールドではなく、お互いに向かい合って両手をつないだ状態でくるくる回るだけ。

カインは、いかにも平民のおばちゃんという感じの女性を誘うとダンスなんか踊れないというので後ろと前を向いた状態で右腕同士を組んでくるくると回るだけのダンスをした。曲のきりの良いところで腕を変えて反対回りにくるくる回り、最後にハイタッチして別のおばちゃんを誘う。

シルリィレーアの誘った夫人が娘を誘って踊りだし、友人の女生徒が別の女生徒を誘って踊りだした。

カインの誘ったおばちゃんたちも、子どもや夫を引っ張り出して踊りだした。

カインは何人かのおばちゃんを広場に引っ張り出した後は、子どもを数人さそって電車ごっこの要領で前の子の肩を掴むように一列に並び、広間の見物人達の前を音楽に合わせながら早足で歩いていく。見物人の前を通るのに、手拍子をしている人の手に強引にハイタッチしながら前を通っていくと、二周目ぐらいからは子どもトレインが通る前からハイタッチ用に手を出して待つようになった。

楽団の演奏が最高潮になるころには、広場となっている四つ辻の中はダンスを踊る人であふれるようになっていた。

カインは楽団の演奏に紛れて口の中で風魔法の呪文を唱えると、一度地に落ちて積もっていた布製の花びらが一斉に空へと舞い上がり、そしてゆっくりと広場へと舞い降りてきた。

作り物の花びらが舞い散る中で、貴族も平民も大人も子どもも男も女も関係なく笑顔で踊る様はとても幻想的だったと皆が声を揃えて語るのだった。

領地に帰っていた学生たちが来年は帰省するのやめようかなと本気で言い出すほどに、その年の花祭りは後々まで話題になった。

ディアーナの暗躍

サッシャは二年前に魔法学園を卒業している。

子爵家の三女で、卒業後は行儀見習いと婿探しをかねて王宮へと出仕していた。

婿探しというのを考慮されて騎士棟へ上級メイドとして配属されたが、汗臭い・泥臭い・むさい・うざい・でかくてこわい、という男所帯の現実を見てしまい結婚願望を失ってしまう。

サッシャはそこで将来の夢を方向転換し、可愛いお嬢様のお側にお仕えしてスーパー侍女として人生を全うすることを決意、ちょうど募集があった公爵家長女の侍女募集に応募して今に至る。

読書と観劇が趣味で、女性ばかりの歌劇団のファンクラブに入っている。どうやら、歌劇団の騎士と姫様の悲恋劇のファンらしく、「男装の麗人が演じる騎士の姿を夢見ていたのではないか」と学園時代の友人が語っていた。

「というのが、サッシャに関して調べた内容です、ディアーナ様」

「ありがとう！　イル君」

イルヴァレーノからのサッシャの調査結果を聞いてディアーナはガッツポーズをする。

人のいる場所ではちゃんと淑女として過ごしているので、イルヴァレーノはひと目のないところでのガッツポーズぐらいはもう何も言わない。

「男装の麗人が演じる騎士がお気に入りなら、女性騎士は大好物だと思わない？」

「大好物という言い方はどうかと思いますけど……まぁ、そういう可能性はあるかもしれませんね」

「少女騎士ニーナのご本を貸して、読んでもらったら味方になってくれないかな？」

「それはちょっと短絡的じゃないですかね……。ディアーナ様は表立って少女騎士を名乗れるわけではありませんし」

「うぅーん」

ディアーナは腕を組んで首を倒しながら唸る。サッシャを味方に引き込むために、淑女なのは世を忍ぶ仮の姿で本当は少女騎士（を目指している）というのをなんとか打ち明けたい。しかし、サイラス先生並に礼儀やマナーに厳しいサッシャだ。

「仮の姿と真の姿を受け入れてもらうためには、もっと仲良くなるとかサッシャの弱みを握るとかしないとダメだよねぇ」

「弱みを握るのはどうでしょうかねぇ。あまりおすすめしません。信頼関係を築きにくいので、いざという時に裏切られる可能性が出てきます」

「弱みを握っているのに？」

「もっと強大な存在に同じ弱みを握られた時にこちらを裏切る可能性がありますよね。もしくは、弱みを解決してやるとそのかす存在が現れれば、やはりこちらを裏切るでしょう」

「うぅーん。そうしたら、やっぱり仲良くなる方がいいのかな」

「観劇が趣味ということなら、一緒に劇場に行ってみるのはいかがでしょうか？　ディアーナ様のお付きとして観劇に行くなら費用は公爵家持ちになりますから、サッシャも喜ぶでしょうし」

観劇はお金のかかる趣味である。一公演あたりのチケット代がそこそこ値が張るのもあるが、劇場のランクによってはドレスコードもあり普段着で行けるというものでもないらしい。観劇が趣味の女性同士で「あらあの人前の公演と同じドレスだわおほほ」「今日の公演は悲劇なので悲しい青色のドレスですのよおほほほ」という観劇とは関係のない見栄はり合戦のようなところでかかる金もあるという。

女性主人の侍女として付添観劇ということであれば、お仕着せのメイド服で観劇していても当たり前だし公爵家の長女が観劇となれば良い席で観ることになるので、自然と付添の侍女も良い席で観ることになる。

休憩時間のお茶の用意などの主の世話は当然しなければならないが、観劇が趣味であればメリットのほうが多いと言えるだろう。

「ショコクマンユーするゴローコーの劇とかあるかなぁ」

劇どころか、カインが話して聞かせた世直し話は本もない。ディアーナとイルヴァレーノはカインの本棚、邸の図書室、王都の図書館を調べてみたが世直し話の本は見つからなかった。ネタ本もない話が観劇の題材に為ることはありえない。

「いいことかんがえひらめいたー‼」

ディアーナが目を見開いてそう叫びながら手を叩く。カインが何かアイディアを思いついた時にこれを口にしていたので、ディアーナにも感染ってしまっている。イルヴァレーノは今やディアーナからこのセリフを聞くことのほうが多い。

「一応お伺いします。どんな案ですか？」

「欲しい物がなかったら、作れば良いんだよ！」

「……劇を作るんですか？」

「うん！」

「劇を作るのは難しいのではないでしょうか……」

「だから、まずは本を作るんだよ。お兄様に教えてもらった世を忍ぶ仮の姿のお話を、本にしよう」

そういうと、ディアーナは机の上から勉強用に使っている紙の束を一辺で紐綴じしたものを取り出した。

「お兄様がお話してくれた物語を、まずはちゃんと思い出すのね。そんで、写本用の白本を買ってもらって書き写せば本に出来るよ」

「ああ、なるほど。サッシャに読ませるための一冊だけできれば良いんですね」

「そうだよ！」

イルヴァレーノから賛同を得られたディアーナはニコニコとしながら紙の束を一冊イルヴァレーノに手渡した。

「……嫌な予感がしますが、これは？」

「ゴローコーと遊び人ゴールデンはディが書くから、暴れん坊な王様はイル君が書いてね」

「えぇー……」

紙束を無理やり手に持たされて、仕事を仰せつかったイルヴァレーノは不服そうな顔である。

「白本への清書はディアーナ様がなさるんですよね？」

「イル君は字がきれいだから大丈夫だよ！」

「えぇー……」

「さぁ、そろそろサッシャが帰ってきちゃうよ。片付けて片付けて！　お勉強しているふりしなきゃ！」

サッシャは、ディアーナから用事を言いつかって外出している。

スーパー侍女を目指しているだけあって、サッシャはディアーナの礼儀作法にも厳しいが自分の侍女としての役割に対しても厳しい。

ディアーナの欲しいと思うものを先取りして用意したり、その日のディアーナの気分に合わせた服を用意したり、そういった気が利いた事がしたいらしく、良くディアーナの事を観察している。

しかし今の所、ディアーナの「アレ取って」のアレがわかる率はイルヴァレーノが百％でサッシャは四十％ほど。そのためにイルヴァレーノはサッシャからライバル視されてしまっている。

ディアーナから外出の用事を言いつかると、サッシャは「言われた用事以外にもこんな用事を済ませてきましたよ」というのを示したいらしく、帰りは若干遅くなる事が多い。

「今日は、サッシャは何をしてきますかね」

「お手紙を出してきてほしいってお願いしたから、次に書く用の便箋を買ってくるかな？」

「カイン様へのお手紙用の香り付きインクが残り少なくなっていましたし、それの買い足しかもしれません」

「あ、そうだった。買ってきてくれたら嬉しいね。沢山お手紙を書くからすぐなくなっちゃうね」

噂をすれば影。ディアーナとイルヴァレーノがサッシャの話をしていると「もどりました」と言ってサッシャが部屋へと帰ってきた。

サッシャは、勉強とお手紙の書き過ぎでペンだこが出来てしまっているディアーナの指のために、ハンドクリームを買ってきた。

ディアーナとイルヴァレーノは「そっちかぁ」と声を出さずに目だけで会話をして、サッシャには「おかえりなさい」と声を出して迎え入れた。

カインを連れて行かないで！

花祭りは終わったが、学校の休暇はあと七日ある。

領地に帰省している学生はまだまだ帰ってこないので寮の中はとても静かだ。カインはサイリユウムに来ても日課として続けていたランニングを済ませて着替えると、朝食を取ろうと寮の食堂へやってきた。

「そういえば、食堂のおばちゃんいないんだっけ」

食堂のカウンターの向こうにある厨房には誰もいなかった。休み期間中は厨房が開放されているので残る生徒は自炊することが出来る。ただ、貴族の子息令嬢ばかりが集められたこの学校で自炊できる生徒は少ない。

先に食堂に来ていた生徒たちは、厨房の食料棚から取り出したパンや果物などのそのまま食べられそうなものをかじっていた。

その様子を見て、カインは王都に実家のある生徒はそりゃあ実家に帰るわなぁと苦笑した。

前世では一人暮らしサラリーマンだったカイン。薄給だったこともあり基本的には自炊していたのだが、米は無洗米を炊飯器に仕込んでスイッチを押すだけだったし、鶏の唐揚げはオイルスプレーをかけてオーブントースターでチンして作っていた。煮物も味噌汁もＩＨクッキングヒーターで温度調整も自動で出来たしタイマーをかければ煮すぎて吹きこぼれるという事もなかった。前世の自炊は文明の利器に助けられてのことだったので、ここで前世と同じ程度の自炊が出来るとはカインも思っていなかった。

しかし、卵を焼くくらいは出来るだろうと厨房へ入ってみたのだがそれも無理だと考え直した。厨房の調理器具が全部業務用サイズなのだ。当たり前だ。普段は寮生全員分の料理を作っているのだ。鍋も大きければかまども大きい。何より、かまどやオーブンに火を入れるのだけでも苦労しそうだった。

「マディか？」

厨房の道具類を眺めていたら後ろから声をかけられた。人違いではあるが、現在厨房にはカイン以外の人間がいなかったので、自分に向かって問いかけられたのだとカインはふりむいた。

「カインです。マディ先輩はいませんよ」

「あー、悪い。休日に厨房に入るなんてマディぐらいかと思ってたから。で、カイン？　君は料理ができるのか？」

声をかけてきたのは、体が大きいので上級生だと思われる男子生徒だった。頭をボリボリと掻きながら厨房の入り口に立っていた。

「簡単なものなら作れるかなと思って見てみたんですが、道具や機材が大きすぎて難しいですね」

「あぁ、それならあっちの戸棚の向こうを見てみろ。賄いや今日みたいな生徒の自炊用のコンロがあるんだ。……そういえば見たことあるな。カイン、君は厨房の手伝いアルバイトをしてなかったか？」

「私は、下ごしらえや煮込みをかき混ぜるとかばかりでしたから。戸棚の向こうまで見たことありませんでした。ありがとうございます。ちょっと見てみますね」

男子生徒に礼を言ってカインは戸棚の後ろに回り込む。確かに、小型のコンロが設置されていた。前世で言うところの、魚焼きグリルがついたガステーブルのような形で、グリル部分に薪を入れて燃やすと、ガステーブル部分で調理ができる様になっている。

丸い穴が二つあいていて、そこに五徳のような脚付きの台が設置されている。この大きさなら薪に火を付けて鍋を熱するのもさほど時間がかからなそうだ。

壁にぶら下がっている鍋やフライパンも普通のサイズだった。

「マディが良くここで料理してるんだよ。ときに、君は料理ができるのか？」

調理道具を眺めていたら、後ろから声がかかってカインはビクリとしてしまった。振り向けば、先程の先輩男子生徒がついてきていた。てっきり厨房には入ってこないものだと思っていたので不意を衝かれてしまったカインである。

「簡単なものなら。えーと、卵があるならオムレツでも焼こうかなぁとか……」

「そうか！　一個作るのも二個作るのも同じだな⁉　同じだよな！　な！」

「え、えぇー……」

勝手に決めつけると、先輩男子生徒はうきうきと食料庫に消えていき、卵を十個も持って戻ってきた。

カインは壁際に積んである薪を取るとコンロの下穴にポイポイと投げ込んでいく。業務用よりは使いやすそうではあるが、カインもこの世界の住人になってからは料理するのは初めてである。どれくらい薪を入れれば足りるのか分からない。とりあえず入るだけ入れておいて、火力が強すぎたら薪を抜き取ることにした。足元に火消し用のバケツを寄せておく。

「火種わかるか？　たしかマディがあっちの…」

「あー……。大丈夫です」

カインはお腹が空いていた。朝からランニングをして戻り、いつもなら食堂に来るだけで食べられる朝食がまだ食べられていないのだ。火種からコツコツと火熾しなどしていられない。

「小さき炎よ我が手より出て我が指示する目標を延焼せよ」

カインが薪に手を向けて呪文を唱えると、指先に炎が現れてコンロの下穴へと飛び込んでいった。

ボボボと音を立てて薪に燃え移るとやがてコンロの上の穴からチロチロと火が漏れてくるようになった。

「おおお。魔法か？　今のは魔法なのか？　……あ、君がアレか！　ブレイクからの留学生っていう」

「カイン・エルグランダークと申します。お見知りおきください」

「俺はティボー・キンティアナだ。魔法っていうのは初めてみた。便利なもんだな」

カインはフライパンを五徳の上に乗せるとボウルに卵十個を割り、調味料を適当に入れてかき混ぜた。フライパンから煙が出てきたのを見て一旦おろして底を水桶に付けてジュワっと言わせた。コンロに戻す前にバターをこれでもかとフライパンに載せて溶かすと溶き卵を半分入れてかき混ぜた。

そこでようやくコンロの上に戻して木べらの端でかき混ぜながら少しずつ形を整えて端によせていく。

「いっちょあがり！」

焼き上がった大きなオムレツをフライパンをひっくり返して皿にボテッと載せると、コンロに戻す前にまたバターをこれでもかとフライパンに載せた。

「初めての道具なので少し端が焦げてますが、よければティボー先輩お先にどうぞ」

残り半分の溶き卵をフライパンに入れてかき混ぜながら、カインはコンロに向かって自分用のオムレツを焼く。二個目なのでフライパンを浮かしながら火加減を調整してみたら、今度はきれいなオムレツが出来た。

さて皿に盛って自分も朝ごはんにしようと振り向くと、卵と皿を持った生徒が行列を作っていた。

「……あの」

「バターの焦げるいい匂いがして、覗いてみたらティボーが熱々のオムレツ持っていたもんだから」

「今日はマディがいないからパンしか食べられないと諦めていたんだ」

「ティボーが良くて俺らがダメってことはないだろう？」

「卵を割って混ぜるぐらいは手伝うから、な？　な？」

花祭り休暇に寮に残っている生徒は少ない。すでに食べ終えて食堂から居なくなっている生徒もいたはずだ。

それでも行列には十数人が並んでいる。

カインは、お腹が空いていた。

「君が食べ終わってからでも構わない。僕らは温かいごはんが食べたい！」

そう言われても、十数人にジッと見守られる中で自分だけオムレツを食べるのは、想像しただけでも、味がわからないに違いないことが分かった。

「自分の食べたい量だけ溶き卵作って並んでください。塩コショウは好きなだけ入れてください。僕は焼くだけですから、味の保証はしませんからね！」

カインのオムレツは決して上手なわけではない。一人暮らしサラリーマンの自炊の域を出ない。表面は少しボコボコしているし茶色く焦げてる部分もある。薪の火で焼くのでフライパンそのものの熱ムラもある。

しかし、パンと果物だけで朝ごはんを済ますしかないと思っていた生徒たちにはごちそうであった。貴族しか通っていないこの学校で、入学前は本当のごちそうを食べていた人たちだろうに、人によっては泣きながらオムレツを食べていた。

カインは、フライパンを振り続けてヘロヘロになった腕で冷めたオムレツを食べることになってしまったが、かわりに三年生と四年生の教科書を手に入れることが出来たのだった。


「カイーン！　出かける準備をするがよい！　泊まりの準備だぞ！」

カインが冷えたオムレツを半分ほど食べたところで、食堂にジュリアンが入ってきた。それに対して、反応したのは食堂に居たカイン以外の生徒たちだった。

「ジュリアン第一王子殿下！　カイン君を泊まりで連れ出すというのですか⁉」

「なんの権利があってそんな事を⁉　カイン様の自主性を重んじるべきです！」

「カイン君は二年生、三年生の勉強や授業の様子を我々から聞くという約束があるのですよ⁉」

「出かけるなら殿下お一人で出かけるか、シルリィレーア様をお誘いしてはいかがですか⁉」

「カイン君を連れて行かないで！」

まだオムレツを食べている者、食べ終わって食器を厨房で洗っていた者、食べ終わって友人と談笑していた者たちが、一斉に立ち上がって入り口付近に立っていたジュリアンに向かって叫んだ。

思いもよらぬ事態にジュリアンは思わず足を止めて身を引いてしまった。

「な、何なのだおぬしら。そもそもカインとさほど親しくもなかったのではないのか？」

「今朝、仲良くなりました！」

「これから仲良くなります」

「せめて、マディが帰ってくるまでは連れて行かないで‼」

昼食と夕食は、街の食堂が開いているので寮に残っている者たちもちゃんとしたご飯が食べられる。しかし朝食の時間帯はやっている店がほとんどない。そのため寮に残っている者たちは自分たちでなんとかしなければならない。これまでは、寮の食堂が休みの日にはマディが皆の朝食を作っていたらしい。有料で。

「マディ？　マディというのは三年生の、卒業後は定食屋を開くと言っている彼か」

ブーブーとジュリアンに文句を言っていた生徒の一人に聞けば、「そうですよ」と返事がきた。それに対して、ジュリアンは「そうか、彼はもう始めているのだな」と勝手に納得して頷いていた。

カインは、マディが実家に戻っているのは二年生の教科書を取ってくるためであることを知っている。つまり、マディが今ここに居ないのはカインの為なのである。それを思うと、カインは冷えたオムレッツに対して文句が言えなくなってしまったのだった。

「マディ先輩はおそらく明日の朝には帰ってきますよ」

「そうなのか？」

カインがティボーにマディの予定を伝えると、背の高いティボーは見下ろすようにカインの顔を覗き込んだ。

カインはオムレッツをスプーンにすくいながら、マディから聞いている話を伝える。

「実家に置いてあるものを取りに戻るだけと言っていましたので。実家に長居はしないとも言っていましたし」

「そうだな、実家に帰ると見合いをさせられるから嫌だといつも言っているもんな」

「うん？　マディ先輩には恋人がいますよね？」

「街の食堂の看板娘な。自分はやがて家を出るから、とアイツは言っているがなぁ。三男とはいえ子爵家の息子だからな。家からは反対されているらしいな」

「……そうだったんですね」

カインはスプーンを口に入れてオムレッツを食べる。塩コショウでしか味を付けていないのに、苦い気がした。

「でも、サディスの街で食堂ひらこうとすれば金がいるだろう？　城郭の中で空き家を探すのも大変だし、あったとしても賃料がバカみたいに高いからな。ほどほどに実家に媚をうるっつうか、顔だしておかねぇとならんのが辛いところだよな」

ティボーが眉毛をさげて同情気味にそんな事をもらすが、ジュリアンは逆に自信ありげに腕組みを

して顎をそらして、

「三年生なら卒業は四年後であろう？　二年どこかで修行するなどして、遷都《せんと》に合わせて新しい王都で定食屋を開けば良いのだ。新都であれば、現王都より地代も安く空きもあろう」

と言ったのだった。

「新都ったって、結局百年前の旧王都か、二百年前の旧旧王都じゃないですか。王都よりは安いかも知れませんが、いい場所は古い貴族家におさえられちまってますよ」

ティボーは渋い顔をして反論したが、ジュリアンはそれに対してニヤリと笑っただけだった。

「で、カインを連れて行って良いのか悪いのか。どうなのだ」

カインの隣の席までやってきて、どかりと座りながらジュリアンが言う。一応、皆の反対を押し切って無理やり連れては行かないようだ。こういうところは物分りが良いと言うか、人が好いと言うか。

カインは口にオムレツが入っているので黙っている。ジュリアンとはカインを挟んで反対隣にすわっているティボーがテーブルに半分身を乗り出してジュリアンを覗き込むと、ニヤリと笑った。

「マディが帰ってくるなら、カイン君は連れて行っても構わないと思いますよ、殿下」

「マディがいれば良いのか？……もしかして、皆が食しているオムレツはカインが作ったのか⁉」

「うまかったですよ」

ティボーがますますニヤニヤと笑いながらジュリアンに言う。ジュリアンは無言でカインの残り半分のオムレツを見つめてくるが、カインはとにかくお腹が空いている。ジュリアンの無言の圧力を無視してきれいに皿を空にした。

「カインの意志は中々に固いのだな……」

「普段良いものを食べている王子様に食べさせるようなものではありませんよ」

カインはスプーンを皿の上に載せると、ジュリアンに向き合った。

「それで、何処か行くんですか？」

「ああ、バイトだ。ちゃんと賃金を払ってやるぞ。魔法を使える準備をして来い」

「私は、何処に行くんですか、と聞いているんですが」

「喜べカイン、飛竜に乗せてやるぞ」

「飛竜に乗りたいんじゃなくて、飛竜で実家に帰りたいだけです」

「飛竜酔いしないか事前に確認するチャンスだぞ？　いざ大金払って飛竜酔いが酷くて帰れんなど言うことになったら目もあてられぬぞ」

カインは振り向いてティボーの顔を見た。

「飛竜って酔うんですか？」

「俺は乗ったことないからわからんな」

ティボーの返事はそっけなかった。カインは再びジュリアンの方に向き合うと腕を組んで顔をしかめた。

「私は、休みの後半は勉強したいんですけど」

「三日で帰ってくる。休みの後半の後半は勉強すればよかろう」

何を言っても結局は連れて行かれそうなジュリアンの態度に、カインはため息を吐いた。

「わかりました。準備しますから、何処に行けば良いんですか」

「寮の門前に馬車を待たせてある。部屋まで一緒に行って荷造りを手伝ってやるぞ？」

「けっこうです。馬車で待っていてください。出先でパーティーなどはありませんよね？」

「ナイナイ。行くのは北の国境近くの平地だ。なにもないからな、寒くないように防寒だけしっかりしておくがよい」

使った皿と食器を洗って棚に戻し、カインは寮の自室に戻る。

三日ということは二泊なので、下着を二セットとタオル二枚をくるくるとまるめてナップザックに突っ込んで背中に担いだ。

魔法を使える準備をしてこいと言われていたので、ティルノーアから貰ったローブを羽織る。裾が花びらのようにビラビラとしているこのローブは、空気を通さないので防寒の役にもたちそうだった。

ファビアンから貰った細身の剣は、迷ったが今回は置いていくことにした。

自室の鍵を閉めて、寮の門まで歩いていけば王家の紋章が入った立派な馬車が待っていた。

「おお、カイン。魔法使いっぽいな。良いぞ良いぞ。さぁ、乗るがいい」

カインが近くまで寄ると中からジュリアンが馬車の戸を開けて手招きしていた。カインが馬車に乗り込むと、中にはジュリアンの他にジャンルーカも乗っていた。

「こんにちは、ジャンルーカ殿下」

「こんにちは、カイン。僕も、兄上と同じく殿下とかしこまらなくて良いですよ」

「では、ジャンルーカ様。ジャンルーカ様も一緒に出かけるのですか？」

「はい。ご一緒できてうれしいです」

ジュリアンが王族らしい王族というか、王族っぽい言葉遣いなのに対して弟であるジャンルーカはとても丁寧な話し方をする。座り方も、ジュリアンが膝を開いて腕を組んで座っているのに対してジャンルーカは膝を揃えて手も膝の上に乗せておとなしそうに座っている。ジュリアンには悪いがなんとなく弟のほうが賢そうなイメージだなとカインは思った。

「今日、これから向かうのは新都の予定地だ」

「新都、ですか？」

馬車が動き出すと、ジュリアンが今日の目的地について説明を始めた。

「この国は、百年毎に王都を移動しているのだ。三年後が次の百年目なんだが、きりが良いので私の卒業に合わせて遷都することになっている。だから六年後だな」

「三年ずれるのは構わないのですか？」

「誤差の範囲だろう。儀式的に百年きっかりという期間そのものに意味があるわけではないからな」

「そういうものですか」

「新都で王になるのは私だからな、新都を作り上げる諸々は私に一任されておるのだ。今回はその予定地の視察だ」

寮から王宮はさほど遠くはない。

ジュリアンの話を聞くうちに馬車は城の門を通り過ぎていく。馬車は城の敷地内の石畳をしばらくはまっすぐに進み、やがて右に折れた。

この先には騎士団の詰め所があり、飛竜を離着陸させるための広場があるという。

「予定地が、ちと訳アリの土地なのでな。魔法が使えるブレイク人のカインに見てもらいたいのだ」

「訳アリですか？」

馬車が到着して、待っていた騎士が戸を開ける。

一番入り口に近い席に座っていたカインがまず降り、ジャンルーカ、ジュリアンの順で馬車から降りる。

馬車から降りてすぐ目の前の広場には、ガントリークレーンほどの大きさの竜が三匹翼を納めて立っていた。

カインはそれを見上げて、異世界に転生したんだなぁと改めて感慨深い気持ちが胸に滲んだのだった。

魔女の国

ガントリークレーン程もある大きな飛竜は、一匹あたり四人乗りだった。首の付け根と胴体にハーネスのようにベルトが通されていて、布団のような多少クッションの利いた大きな座布団が羽の間に固定されていた。

竜は飛び立つ時こそ激しく羽ばたいたが、上空に上がってしまえば気流に乗るのかほとんど羽は広げたまま動かさなくなった。

それでも、時々大きく羽ばたいて高度を上げたり気流を乗り継いだりするのだが。

「……飛竜酔いって、コレが原因ですか」

「わははは。なかなか気持ち悪いだろ」

飛竜が翼を動かす時に、連動して背中の筋肉がうねるのだ。そのうねりが、座布団ごと乗っている人を揺らす。まるで大きな波を小舟で乗り越えたみたいな揺れ方をする。あまり羽ばたかないとは言え、羽を動かすのは竜次第なのでいつ来るかも分からない。見えている波とも違って予測もできない。

「それでも、風が吹き抜けていく気持ちよさと、高い位置から見下ろす景色の良さが上回っていますね。なんとか大丈夫そうです」

「それなら良かった。カインはドラゴンライダー隊に入れるな」

「入りませんけどね」

他国の騎士団になど、入れるわけもない。平民や下級貴族の次男以下であれば無い話ではないだろうが。

「しかし、ドラゴンライダーと聞いていたので飛竜はもっと小さいものかと思っていました。馬くらいの大きさの竜に一人ずつ乗って空から剣を振るのかと」

「そういった運用をしている部隊もありますよ。辺境の飛竜隊などは一人騎乗での運用が主ですね。相手にするのが魔獣や野獣なので、その方が有用なのです」

カインに飛竜について説明してくれるのは、ジュリアンの専属近衛騎士のセンシュール。

カインの乗る竜にはカイン・ジュリアン・ジャンルーカ・センシュールの四人が乗っている。手綱はセンシュールが握っているが、念の為に握っているだけのようで操縦をしている気配はまったくなかった。

「一人乗りの飛竜は、馬に比べて小回りが利かないんです。その上、三メートルから五メートルほどしか高度が取れないので合戦などでは弓の良い的になってしまう。乱戦になれば敵と味方を分けて竜に攻撃させるのも難しくなる。対人戦争ではこちらの大竜に弓兵を乗せて上から射るという戦い方になります」

「なるほど。得意不得意があるんですね」

魔法が使える魔導士を竜にのせたら強そうだとカインは思ったが口には出さなかった。サイリユウムに魔法が使える人間が少ないのはリムートブレイク王国にとっては幸運なのかもしれなかった。

「とはいえ、ここ数百年戦争は起こっていません。馬よりも馬車よりも速いのでもっぱら移動手段として活用しています」

「山も川も無視してまっすぐ飛べるのですから、便利ですよね」

カインたちを乗せた竜は、山も川も越えて真っ直ぐに北へと飛んでいく。障害物が無いのもそうだがそもそも移動速度が速い。フードの中にしまっておいたカインの長い三つ編みの髪の毛が真後ろになびいてバタバタと揺れている。

「目的地は半日ほどだ。まだ王都から予定地までの街道も整っていないのでな。日程に余裕があったとしても馬車では行くことが出来ぬ場所だ。今はな」

「この大きさでは中々散歩にも連れ出してやれませんので、第一王子殿下の視察は飛竜たちにとっても良い運動になります」

「そうですか」

「見えてきましたよ」

カインの隣でずっとおとなしく座っていたジャンルーカが、右前方を指差した。

しばらく前から竜の下にはずっと森が広がっていた。前方の奥には高い山が連なっており、その裾野のあたりまでずっと森が広がっていたのだが、ジャンルーカの指し示す先に、丸く開けた場所が見えた。

「新都の予定地だけ、先に整地してあるのですか？」

「いいや。あそこには村があったのだ。はるか昔の事だがな。その名残だ。だいぶ時間が経つというのに草一本生えてこない」

「呪われてでもいるんですか？」

カインは冗談のつもりで言ったのだ。森の中にあって森に飲み込まれない土地ならば、昔小規模の火山があって溶岩で地表が固められているとか、昔あったという村がコンクリート精製技術を持っていたとか、廃村だと思っていたけど実はまだ人が住んでいて伐採しているとか、そういった理由も考えられる。そこだけ魔脈が非常に濃いという可能性もある。

呪いだなんてそんなのは、ただの冗談だったのに。

「そうだ。あそこは呪われているんだ」

ジュリアンははっきりと言った。そして振り向いてカインの目を見ると、ニヤリと笑った。

「あそこは、昔魔女の村があったところなんだ」

ジュリアンのセリフとほぼ同時に、飛竜が高度を落としながら翼をゆっくりと動かした。

目前に迫ったその場所は、きれいに丸く開けていた。そしてその円形の土地には大きく魔法陣が描かれていた。円の中に五芒星《ごぼうせい》が書かれているだけの単純なものだが、たしかに魔法陣だった。

バサリバサリと翼の動きが速くなり、背中に乗るカイン達は筋肉のうねりで上下左右に揺さぶられる。ぐわんぐわんと頭が揺れる状態で、サイリユウム王国の次の王都予定地、元魔女の村へとカイン達は到着したのだった。

少々の胃のむかつきを感じながら、だだっ広い土地をぐるりと見回した。空からだと五芒星が見えていたが、地上からではわからなかった。

「六年後に遷都すると言うには、何もなさすぎではないですか？」

「そうだな。でも、私は私の王都を一から作ってみたかったんだ」

ジュリアンはまっすぐ前、開けたなにもない土地を眺めて口を開く。

「楽をしたければ、前々回あたりの旧王都へ王宮のみを移して遷移先とする方法だってあるんだ。実際百年前の遷都は三百年前の王都へ戻しただけだった。だから、今の王都はどれもコレも……良く言えば伝統的な建築方法で造られた歴史ある建物ばかりだろう？」

ジュリアンはザクザクと硬い土を踏みながら歩いていく。ジャンルーカがそれに続き、カインも後ろをついていく。

「ここは過去のどの旧王都とも近くない。背中にある連峰を越えれば今後国交を深めたいと思っている隣国センディルだ。場所は悪くない。王都を移す意味を考えれば最適の地といえる」

「王都を移す意味とは？」

「それは帰ってから教科書を読め。四年生あたりの経済の授業でやるはずだ。どうせ四年の教科書ももう手にいれているのであろう」

ジュリアンが立ち止まって地面を靴の先で蹴って穴をほっている。

「ここが呪われた土地という事以外、遷都には最高の場所だ。今まではジャンルーカしか魔力を持つ者が身近にいなかった。呪われた土地の存在をおおっぴらにするわけにも行かなかったから、国内から魔力持ちを募集するわけにもいかなかった。……半分、諦めていたんだが……」

五芒星の線は、ジュリアンが靴先で穴をほったところで消えなかった。校庭に石灰で白線をひいたような簡単なものではないのは明らかだった。

「全然予定になかったカインの留学は、神の配剤だと思うじゃないか」

ジュリアンはカインとジャンルーカの下へ戻ってくると、二人の手を取って握りしめた。

「この土地を浄化するのに手をかしてくれ」

ジュリアンが真剣な顔をして見つめてくる。カインは、ジュリアンの真面目な顔は初めて見たんじゃないかと過去を思い出す。入学から一月半しか経っていないが、その間ジュリアンはずっとふざけた顔しか見せていなかったのではないだろうか。

「すぐには返事出来かねます」

すでにこんな僻地に連れてこられてしまっているカインには、そう答えるのが精一杯だった。


実際問題として、カインに出来ることは何もないだろうとカイン自身は考えていた。

攻略対象の身体《いれもの》の能力の高さを活かして、鍛錬と勉強を欠かさなかったおかげで現在の優秀な『カイン』という存在があるものの、それでも十二歳の学生である。

目の前の敵を倒すとか、手が届く範囲で策略を巡らすとか、目が届く範囲で困った子に手を差し伸べるとか。

そういったことには力を発揮できるが、呪われた大地を浄化せよというのは流石に規模がでかすぎる。

そもそも、カインは聖属性の魔法を持っていない。ゲーム主人公を退けるために覚えたかったが、結局聖属性は覚えられなかったのだ。

「カイン、お兄様は騎士たちと今夜の野営について打ち合わせをしに行きました。ねぇ、魔法についいて色々おしえてください」

　ジャンルーカが、カインのローブの端をつまんでツンツンと引っ張ってくる。振り向いて見下ろせば、だいたいディアーナやアルンディラーノと同じぐらいの背丈だなと思う。ジャンルーカは今彼らと同じ九歳。当たり前といえば当たり前か。

「そういえば、ジャンルーカ様は魔力があると先ほどジュリアン様が言っていましたね。ユウムの人としては珍しいですよね」

「うん。僕のお母様のお祖母様がブレイクのお姫様だったと聞いています。それで、僕に魔力が現れたんじゃないかって言われています」

「そうだったんですね」

　サイリユウム国の人は基本的に魔法が使えないが、まれに魔力を持って生まれる人はいるとイアニス先生は言っていた。特に、サイリユウムとリムートブレイクの国境にある街では魔法を使える人はそこそこ居るらしく、魔法が使えるかどうかというのは血統によるのではないかとイアニス先生は言っていた。

「ジャンルーカ様は得意な魔法などはありますか？　僕は炎系の魔法が得意です」

　カインが話を広げようとして話題を振ったが、ジャンルーカは悲しそうな顔をして頭を横に振った。

「僕には魔法を教えてくれる人がいないので、きちんと魔法が使えません。ですので、魔法が使えないようになっているんです」

　そういって、カインに右手首を見せてくれた。手首にはきれいな青い石が連なったブレスレットが装着されていた。

「きれいなブレスレットですね？」

「これは、魔力制御装置です。ユウムでは、魔力を持って生まれるとこの装置を付けて魔法が使えないように制御されるんです」

「はぁ？」

カインは、王子相手であるのに思わず素で声がでてしまった。魔力を持って生まれたのに、魔力を制御される。王子という立場なんだから、魔法を教えてくれる人なんてどうとでもなるだろうに。それこそ、リムートブレイクに指導ができる魔法使いの派遣を要請したって構わないだろうに。

「それは外せないのですか？　せっかく魔力を持って生まれたのに、魔法が使えないなんてもったいないです」

「魔法が使えない人達の国で、魔法が使えるというのは一つ間違えたら恐怖の対象になってしまうそうです。だから、僕は魔法が使えないほうが良いんです……」

嘘だ。

魔法が使えないほうがいいなら、カインに魔法について教えてくださいなんて言うものか。魔法使いのいない国で、少数だけの魔法使いがいれば、それは確かに脅威になるのだろう。

カインの前世は魔法なんて全く無い世界だった。あの世界で、火炎放射器も無く炎を撒き散らすことが出来る人物とか、液体窒素ボンベを持っていなくても目の前のあらゆる物を凍らせることの出来る人物なんて、テロし放題の危険人物である。

しかし、まだ何もしていない善良な人物に対して枷をはめるというのはいかがなものか。しかも、隣の国ではそれが当然のように行われている程度の能力なのだ。

「このブレスレットは、外せないのですか？」

　カインはもう一度聞いた。ジュリアンは二人に頼むと言ったのだ。この場でブレスレットを外す事ができる可能性は高い。

「今回は、兄上が外す為の鍵を持ってきています。僻地で何かあったときのために」

「では、外してもらいましょう」

「でも……」

　ジャンルーカがまた、カインのローブをつまんで引っ張る。不安そうな顔で見上げてくる。

　カインは、ついジャンルーカの頭を撫でてしまった。頭の位置がちょうどディアーナやアルンディラーノと同じ位置にあるのだ。

「せっかくこんな僻地に来たんですから。魔法を試すには絶好のチャンスですよ」

　にっこり笑ってもう一度ぐしゃぐしゃっと強く頭を撫でると、ローブをつまんでいたジャンルーカの手を取り、騎士と何事か相談しているジュリアンの下まで歩いていく。

「ジュリアン様。ジャンルーカ様のブレスレットを外してください」

　ジュリアンのそばまで行くと、カインは前置きもなしにそう話しかけた。

「それはできぬ。そのブレスレットはいざという時にのみ外して良いと言われておる」

「そもそも、魔法使いは危険だというのであれば、私に魔力を制御する腕輪を着けないのはおかしいですよ」

「カインは隣国からの客人だ。そもそも、ブレイクではきちんと魔法について教育されておるではないか。制御不能になることもあるまい？」

「私は今年十二歳で初めて学生になるのですよ。ブレイクも学園入学は十二歳からで変わりません。家庭教師の質なんてあてになりませんよ？」

「公爵家だろう。しかも国内筆頭の。そこの家庭教師が怠慢などあってはならぬだろう。そもそも、素性調査は一応やっておるし、カインが暴走しないかどうかを見張るために私が同室になっておるのだ。そのうえで枷までつけようものなら、国際問題になってしまうだろう」

「コレが枷だとは思っているんですね」

ティルノーア先生が、魔法の技術力は大人になってからの方が伸びるが、魔力は子供の頃にどれだけ練るか使うかが肝だと言っていた。ジャンルーカが魔力持ちであることが判明して以降ずっと枷を付けられていたのであればそれはどれほどもったいないことをしていたのかという話だ。

「ここは最果ての地なのでしょう？　騎士九名と私達しかいません。こんな僻地では覗き見するものだっていないでしょう。魔法の練習をするには最適だとは思いませんか、ジュリアン殿下」

「カイン……」

ジュリアンは顎に手を添えて思案顔だ。カインはもうひと押しかなとジャンルーカの顔を見下ろす。

「ジャンルーカ様は魔法を使ってみたいですか？」

「使ってみたいです！　魔法使いファッカフォッカみたいに、みんなを幸せにする魔法使いになりたいのです！」

魔法使いファッカフォッカとは？　という顔でカインがジュリアンの顔をみる。ジュリアンは深い溜め息をついて片手で眉間を押さえた。

「この後、森で食料調達をする。その間はジャンルーカの腕輪をはずそう。カインに責任を持たせるわけにもいかぬから、騎士を二名つける。見事うさぎでも捕らえてみせよ、ジャンルーカ」

「はい！　兄上！」

「ちょっと待ってください。いきなり本番は無いです。今すぐブレスレットを外してください。本番前に僕が出来うる限りで魔法を教えます。どうせこんななんにもないただの平原に来たんですから、暴走したって被害もクソもないですよ」

「クソとか、貴族の言葉ではないぞカイン」

カインは譲らない。

いきなり本番をやらせて、ほらなやっぱり出来ないじゃないかというのは前世でよく見た。特に幼稚園や保育園に営業で立ち寄った時に男の子たちが言い争っている場面で良く遭遇する。出来るもん！　出来ないだろう！　じゃあやってみろ！　という売り言葉に買い言葉であることがほとんどだが、その場でやろうとすると大体出来ないのだ。

ただの意地っ張りで本来出来ない事を出来るもん！　と言ってしまっている場合も多いが、前日まで普通の状態ならちゃんと出来ていたのに売り言葉に買い言葉で勢いでやると出来なかった、という子も確かにいたのだ。

子どものメンタルは思うより脆い。いつだって営業に来たカインに体当たりをしてくる年長組のガキ大将だって、好きな保育士さんの前だと何故かうまく走れなくなることだってあるのだ。

「練習時間をください。そうしたら、僕とジャンルーカ様でみんながお腹いっぱいになるほど食料調達してみせますよ」

ジュリアンは、この場にいる誰かに危険が及ぶようなことがあればすぐに枷をはめる事を条件に、ジャンルーカのブレスレットを外したのだった。

草木の生えていない土地をずんずんと歩いていく。

野営準備をしている人たちから程よく距離を取ると、カインとジャンルーカは向かい合った。

「ところで、魔法使いファッカフォッカというのはなんですか？」

「ファッカフォッカはすごいんですよ！　魔法でみんなを幸せにするんです。お腹の空いている子に、好きな食べ物が出てくる魔法をテーブルクロスにかけてあげたり、大事なものを木の上に飛ばしてしまった子の背中に魔法で羽をはやしてあげたりするんです」

ジャンルーカがキラキラとした目で一生懸命説明してくれる。カインの知るリムートブレイクの魔法とはジャンルが違うようだった。好きな食べ物が出てきたり背中に羽をはやしたりという魔法は聞いたことがなかった。とても便利そうな魔法なので師事できる機会があれば話を聞いてみたいと思った。

「魔法使いファッカフォッカは絵本ですよ。子どもたちに人気のシリーズで十作ぐらい出てます」

種明かしをしてくれたのは、センシュールだ。ジュリアンの専属だが念の為の護衛としてカインとジャンルーカに付いてきていた。

十二歳と九歳の子どもにニコニコと笑いかける騎士のセンシュールは機嫌が良さそうだった。

「魔法使いファッカフォッカは、ほとんどの子どもが読んでいます。おかげで、我が国の魔法使いに対する印象が悪くないと言っても過言ではないんですよ」

「みんなを幸せにする魔法使いだから？」

「ええ」

センシュールはコクコクと頷いて、手を広げながら同意する。

「いやぁ。ジュリアン殿下もああは言ってましたけどね、本当は魔法を間近で見たいんだと思いますよ。やっぱり、魔法って憧れですから。ささ、魔法の練習ですよね。危なくなったら止めますからどうぞどうぞ」

体のでかい騎士のセンシュールが、どうぞどうぞという手振りをしながら三歩さがって立ち止まった。

魔力を持って生まれたら枷がはめられて魔法が使えない……つい先程そういった話を聞いたばかりでこの対応をされても、カインはどういった感情を持って良いのかちょっとわからなかった。

なんなの。どういうことなの。

「まぁ、いいや。ジャンルーカ様。まずは体の中の魔力を意識しましょう。僕と手をつなぎましょう」

「はい！　よろしくおねがいします！」

カインとジャンルーカで右手と左手をそれぞれつないで輪を作る。カインは自分がティルノーアに一番最初に習ったことを思い出しながら魔法を使うための基礎を教えていく。

一時間ほどアレやコレやとやっているうちに、ジャンルーカは魔力を体内で循環させることと練ることが不安定ながらも出来るようになっていた。

「それでは、僕の後に続いて呪文を唱えてみてくださいね」

「はい！」

「小さき炎よ我が手より出て我が指示する目標を延焼せよ」

「小さき炎よ我が手より出て我が指示する目標を延焼せよ」

カインが前に突き出した手の先からは、大人の腕の太さほどの炎の柱が渦を巻いて前方へと飛び出し、三メートルほど先の空中で爆ぜて消えていった。

ジャンルーカがカインの真似をして突き出していた手の先からは、ポンと可愛い音を立てて握りこぶし大の炎が飛び出して三十センチほど前まで進んで消えていった。

「カイン、見ましたか⁉　炎が出ましたよ！」

「ええ、見てましたよ。すごいですね！　一発で成功させるなんて、素晴らしいですよジャンルーカ様」

カインはジャンルーカの頭を優しく撫でながら褒める。ジャンルーカは頬を赤らめながら照れくさそうにえへへと笑った。

「じゃあ、次は水の塊を出してみましょう」

「はい！」

そうやって、色々な属性の最低レベルを順にやっていくと、ジャンルーカは炎と風と土に相性が良さそうだということがわかった。そして、カインと一緒で聖と闇の属性とは縁がなさそうだった。

「聖と闇は、僕が使えないからうまく教えられていないだけかもしれませんので、機会があれば出来る人に教わってみてください」

「魔法が使えるのって楽しいね、カイン。もっと練習してもいい？」

ジャンルーカがワクワクとした笑顔でカインの顔を見上げてくる。ティルノーアから魔法を教わって、初めて魔法を使った時のディアーナと同じ顔だ。懐かしさに、カインは目を細めて微笑んだ。

「ジャンルーカ様。この後、森で夕飯の食材調達をしなければなりません。沢山獲物を取ってジュリアン様をギャフンと言わせないといけませんからね。魔力を温存しつつ魔法の練習をしましょう」

「兄上を、ギャフンと」

「そうですよ、ちゃんと制御できるから枷は必要ないんだ！　って見せつけてやりましょう。なので、今日はこれから炎の魔法に絞って練習しましょう」

「はい！」

ジャンルーカはとても素直だ。ゲームでディアーナとの婚約話が出た時に、女たらしの兄に譲るというエピソードも何か裏があるのではないかと勘ぐってしまうカインである。

ヒロインと結婚したいからという理由だったら、ディアーナとの婚約は断るだけでも良かったのだから。そのへんの事情をなんとか解明して、ディアーナとジュリアンとの婚約を阻止したいカインである。

「小さき炎よ……我が手より出て、我が指示する……目標を延焼せよ！」

ジャンルーカが詠唱を噛まないように、間違わないように慎重に唱えながら魔法の練習をするのを眺めているカインのそばに、センシュールが並んで立った。

「魔法が当たり前の国から来て、あの魔力を抑える道具は不快に思ったでしょう。申し訳ございません」

そういって、かすかに頭を下げる気配がした。カインはまっすぐジャンルーカを見ているので、隣に立つセンシュールがどんなポーズを取っているのかも分からない。

「ブレイクとの国境近くの村なんかは、魔法が使える国民に対しても枷なんかはしてないんですよ。国境を越えた交流も頻繁ですしね。ただ、王都に入るときには簡易的な枷を付けてもらったりはしてますが」

「あなたが謝罪するような事ではありませんよ。便利な力ですから、その力を持つ人たちを奴隷のように使わないだけ良識的だと思っています」

便利な能力をみんなが持っていれば、それは当たり前の能力である。しかしそれを持つのがごく一部でしかないとなると、それは特権階級になるか道具として使用されるか。極端な話だがどちらかに偏ってしまうことは良くある話である。

「異能はやはり忌み嫌われやすいですから。能力を持った人に能力を発揮させず、普通の人として過ごさせることで差別や搾取から守っているという側面もあるんです。魔法使いファッカフォッカもプロパガンダの一種ですし」

カインは寮で薪に火をつけるのに魔法を使ったが、便利だなという感想だけで忌み嫌われるようなことはなかった。実は寮の風呂掃除でも水魔法を使ったりしたが、一緒に掃除していたマディからは「カイン様と一緒だと楽でいい」としか言われなかった。

それは、魔法使いによる犯罪や暴力がこの国から徹底して排除されてきたからこそなのかもしれない。人を幸せにする魔法しか使わないという絵本が広く普及している事の効果ももしかしたらあるかもしれない。

しかし、

「僕は、持っている能力が正当に評価される世界の方が良いです」

カインは、一生懸命魔法の練習をするジャンルーカを見ながらそうつぶやいた。

隣に立つセンシュールは「全員が公明正大な世界なら可能かもしれませんね」と寂しそうな声で返事をしたのだった。

一緒に来た騎士たちが野営の設営を終え、テントと簡易的なかまどが作られると、いくつかの隊に分かれて付近の探索と食料調達ということになった。

穀物や水、乾燥果物などの簡易的な食料は持ち込んでいるものの、新鮮な食肉などは現地調達ということだ。

近い将来ここが新しい王都となるのであれば、この付近でとれる食材や住民の脅威となるような野獣や魔獣についての調査が必要だということもある。

「カインとジャンルーカにはセンシュールとバレッティが付いていく。騎士二人をつけるが無理をするでないぞ。魔法では無理だと思えばさがって騎士に任せるがよい。あまり深くまで行かず近場を探索するように」

「はい、兄上」

カインとジャンルーカはあくまでお客さん扱いである。食料調達や現地調査員としては物の数にはいっていないのだろう。侮られているということは、チャンスである。

「ジャンルーカ様。甘く見られていますからチャンスですよ。見返してやりましょう」

カインがこっそりとジャンルーカの耳元でささやく。ジャンルーカも悪巧みをする子どもの顔をして強くうなずいている。

「センシュール殿、バレッティ殿、よろしくお願いいたします」

カインは付き添ってくれる騎士に頭をさげて挨拶をする。騎士二人は恐縮しながらこちらこそと慌てて頭をさげかえしていた。

カインとジャンルーカと騎士二人は、野営場所から西に向かって森に入っていった。振り向いて設営場所が見えるところまで、と言われているがそんな浅い場所で獲物が捕まるものだろうかとカインは顔をしかめる。

「あの広場がぽっかり空白地帯になっているだけで、ここは十分に森の奥地ですからね。ちょっと入っただけで魔獣と出会う可能性は十分にありますから。周辺への注意は怠らないでください」

カインの不審を感じ取ったのか、センシュールがそう解説してくる。たしかに、飛竜の背中から見たこの辺は見渡す限りの森だった。その森の奥地にポッカリと丸く開けているのがこの土地だったのだ。そしてこの土地は開けているだけで人も住んでいないのだから、野生動物が警戒して近づかないという事もないのかもしれない。

「であれば。いいですか、ジャンルーカ様。魔法は詠唱が必要な分、発動に時間がかかります。獲物を見てから呪文を唱えていたら間に合いません。なので、途中まで唱えておいて準備します」

「途中まで唱える……呪文の途中で間が空いても大丈夫なのですか？」

「集中力が切れなければ大丈夫です。途中まで唱えても、間に別のことを考えたり、何処まで唱えたのか忘れてしまったりしてはダメですが。明確に続きであると自分で認識できれば大丈夫です」

「うう……難しそうです」

ジャンルーカが眉毛をハの字にして情けない顔をする。

カインはその顔を見てフッと笑うと、ジャンルーカの手を握って大きく振る。手を大きく振ると、自然と歩幅も大きくなるので、歩く速度が速くなる。

「いい方法があるのです。『小さき炎よ我が手より出て我が指示する目標を、小さき炎よ我が手より出て我が指示する目標を、小さき炎よ我が手より出て我が指示する目標を』とずっと言い続けるんですよ」

「ずっとですか？」

「そうずっと。そして、獲物が出てきたら『延焼せよ！』って続けちゃえば良いんです」

指を振りながら、カインがしたり顔で説明する。ジャンルーカがなるほどと神妙な顔をしてうなずくが、騎士のバレッティが皮肉そうな顔をしてツッコミを入れてきた。

「それだと、ちょうど新しく唱え始めた時に獲物が出てきたらどうするんです。獲物を見てから呪文を唱えるのと同じになりませんか」

獲物の出現と呪文の唱え直しが同じなら意味がないのではないか？　と意地悪そうな顔でいってくる。それを受けて、ジャンルーカもそれはそうかもしれないと困ったような顔をした。

センシュールは真面目な表情でカインの顔色を窺っている。

「あ！　獲物だ！　魔法で対抗しなくっちゃ！　炎の魔法を使うぞ！　呪文はなんだっけ？　そうだ、小さき炎よ我が手より……」

カインは、年齢よりも幼いように聞こえる少し高い声で、わざとらしく芝居がかった口調でそう言った。前に手を出して、魔法を打つポーズだけ取る。三秒ほどポーズを決めて止まっていたが、スッと姿勢を正してバレッティの顔を見上げた。

「というわけです」

とだけ言ってバレッティの目を見つめ続ける。バレッティは「は？」という顔をしてカインの視線に視線で返すが、わけがわからずセンシュールの顔を見て助けを求めるような表情をした。

センシュールは、苦笑いをしてバレッティの肩を叩くと、カインの代わりに解説してくれた。

「心構えの問題だ。発見、確認、準備、行動というそれぞれは一秒から三秒ほどの瞬間的な作業でも、全部で十秒以上かかれば、魔獣に遅れをとる事だってある。それを、呪文をずっと唱え続けることで、たとえ呪文の頭からだったとしても発見の時点ですでに行動が開始できている状態にできるってことだよ」

「はぁ……。なるほど?」

魔法が使えないからか、バレッティには説明されてもピンと来ないようだった。

「ジャンルーカ様。呪文を唱えて魔法を出す、ということを繰り返しやっていくと、呪文を省略出来るようになっていきます。そうすれば、もっと短時間で魔法が出せるようになりますから。そうしたら繰り返し呪文を唱え続けなくても大丈夫になりますよ」

「そうなんだね。よかった。ちょっと間抜けだなって思っていました」

「ふふふ。おんなじ事をぶつぶつと呟き続けるのってちょっと危ない人っぽいですよね」

ジャンルーカとカインは、迷子にならないように手をつなぎながら歩いていく。手をふるリズムに合わせて一緒に呪文を途中まで唱えて最初に戻る、ということを繰り返していた。

それは歌を歌いながら手をつないで森を散歩する兄弟みたいなお気楽そうな姿に見えた。

「お気楽ですねぇ。お子様は」

「まぁ、食料調達や近辺調査は明日が本番だしな。他班の者たちやジュリアン王子がきっちりやるだろう」

何かあれば三歩で駆け寄り剣が届くという距離を置いて、大人二人は後から付いていく。

「炎の魔法は迷わず頭を狙ってください。動物は末端をやけどしたぐらいでは死にませんが、呼吸ができなければ死にます」

「……わかりました」

「狙いが付けにくかったり、まだ炎を出すだけで精一杯だったら胴体を狙ってください。的が大きい場所を狙えば外しにくいはずです。頭とか足とか的の小さいところを狙うより体のど真ん中を狙うんですよ」

「はい」

呪文の途中途中で、カインが物騒な指導をしている事は大人二人には伝わっていなかった。

「延焼せよ！」

「極滅の業火！」

「氾濫の激流！」

「ふははっはははは」

カインは、興奮していた。

公爵家でティルノーアに教わっていた魔法は、実践する時には威力を抑え目にして放っていた。公爵家に特別な訓練場があるわけではないので、実践するときは自室や中庭、邸のルーフバルコニーなどで行っていたので思いっきり魔法を撃つことはなかったのだ。

貴族の嗜みとして学ぶ魔法であれば、きちんと制御できることが第一なのでそれで良かったのではあるが。

カインは生前、ゲーム実況系動画配信者であった。ゲームが好きで、薄給だが定時に上がれて土日が休める会社に入社したし、ゲームでお小遣いが稼げないかと考えて実況配信を始めたぐらい、ゲームが好きなのだ。

カインとして、公爵家嫡男として十二年生きてきた。すっかり貴族の令息らしい態度も身についている。

しかし、しっかり前世の記憶が残っているのだ。そして、魔獣が出没する森。住民や民家などなにもない深い森の奥。

何も遠慮をすることがないこの状況で、興奮しないわけがなかった。

各属性の最大魔法を三発撃って魔力切れで倒れてから成長もしているし、自分の魔力残量にも気を配れるようになっている。カインは遠慮なく魔法を撃てる状況にタガが外れてしまっていた。

「ちょっと、ちょっと！　カイン君！　カイン君！」

「響激の雷轟！」

空気をビリビリと響かせて、大きめの牛のような魔獣に雷のような電撃が襲いかかる。ビリビリと体を痙攣させつつ、内臓が焼けただれたのか舌を出して白目を剥いたままその場で倒れてしまった。

「カイン君ってば」

センシュールに肩を掴まれて、ようやくカインは手をおろした。

「やりすぎ。っていうか、ジャンルーカ殿下の練習になりませんから。もっとジャンルーカ殿下に獲物を譲ってください」

「あ」

森に入った時にセンシュールが言ったとおり、広場から浅い位置でも魔獣は次々と現れた。

騎士二人が常に剣を構えつつも、相手との距離がある時点ではカインとジャンルーカに攻撃を譲り、背後など至近距離で襲ってくる魔獣には騎士二人が対応する。そんな役割分担で最初は行動していた。

途中からカインが暴走しはじめ、魔獣が目に入った瞬間に高威力魔法をぶっ放すという有様になっていた。

振り向けば、移動してきた道すがらに魔獣の死骸が転々と転がっている。

「すみません。我慢せず魔法が使えると思ったらちょっと興奮してしまいました」

「このままだと、枷が必要なのはカイン君ということになってしまいますよ。魔法がきちんと制御出来るというところを見せてください」

「はい。申し訳ないです」

センシュールが苦笑しながら声をかけ、カインが反省する。バレッティはドン引きしている。

「次に魔獣が出てきたら、ジャンルーカ様が攻撃しましょう。万が一外しても僕も居ますし、センシュール殿もバレッティ殿もいますから、遠慮なくいきましょう」

「はい。がんばります！」

カインが照れ隠しに咳払いをしつつ、次はジャンルーカにと話をふれば、ジャンルーカは素直に返事をした。

カインは思わずジャンルーカの頭を撫でてしまう。ジャンルーカも金髪のふわふわ頭なので、どうしてもアルンディラーノと同じのりで頭を撫でてしまうのだ。

「カイン……。僕はもう小さな子どもではないので、そんなに頭を撫でられてはこまります」

「ああ。すみません。ジャンルーカ様が素直で頑張り屋さんなので、どうしても褒めたくて。ことばでは足りないのでついつい撫でてしまいます。不敬でしたね」

「褒めているんですか？」

「褒めているんですよ。沢山魔獣を倒したので、ジャンルーカ様も私を褒めてくれても良いんですよ？」

そういって、カインがしゃがんで自分のあたまをジャンルーカに向ける。ジャンルーカは、戸惑うように手を上げ下げし、センシュールとバレッティの顔色を窺った。センシュールは苦笑いするばかりで、バレッティはグッシャグシャにしてやれと口パクとジャスチャーで言っている。

ジャンルーカは、改めてしゃがんでいるカインに向き直ると、恐る恐るといった様子でそっと頭に手を置くとゆっくりと毛の流れに沿って手を動かした。

「カインは、沢山魔獣を倒して偉いですね」

「ありがとうございます」

ジャンルーカの手が離れると、カインは立ち上がってにっこり笑った。

「褒めていただいて元気がでました。さぁ、バリバリやっていきましょう」

「はい！」

カインとジャンルーカが張り切って魔獣に向かって魔法を放ち、倒しきれなかった魔獣を騎士二人が剣で仕留めていく。サクサクと連携をとってやっていたところで、ジャンルーカが眠そうに目をこすっているのにカインが気がついた。

「ジャンルーカ様。そろそろ魔力が切れそうなのではないですか？」

「カイン？　ちょっと集中力が切れてきたかもしれないですけど、まだ大丈夫だと思います」

「集中力が切れてきたのなら、魔法の制御も雑になってしまいます。魔力は精神力に近いので、少なくなってくると眠くなるんですよ」

「そうなの？」

「そうなんですよ。僕も昔、魔力が空っぽになってしまって気絶してしまったことがあります」

「ふふふふ。たおれちゃったんだね」

礼儀正しく、丁寧な口調で話していたジャンルーカの口調がすこし幼くなってきていた。魔力の残りが少なくなってきているのだろう。魔法を封印されていて、殆ど使ったことがなければ魔力ぎれの兆候もわからないのは当然だった。カインは優しくジャンルーカの頭を撫でると、にっこりと笑った。

「頑張りましたね。魔力が少なくなるまでちゃんと魔法が制御できていましたよ。きちんと集中力を切らさずにやりきって偉いですね」

「えへへ。ほめられました」

カインはジャンルーカの手を取ると、つないで騎士の方へと歩いていった。

「センシュール殿、バレッティ殿。そろそろ戻りましょう。ジャンルーカ様の魔力が切れそうです」

「……。殿下はなんだか眠そうだな」

カインに手を引かれて目をしばしばさせながらついて歩いてくるジャンルーカを見て、センシュールが眉をよせた。

「魔力が切れそうになるとそうなります。集中力が落ちて当たらなくなりますし、完全に魔力が切れると意識を失います」

「魔法って意外と不便なところがあるんだな」

「剣は刃こぼれしてもぶん殴れば相手は倒せるからなぁ」

カインが解説すれば、騎士二人は肩をすくめながらそういった。

「じゃあ、一旦もどるか。……ところで、カイン君や」

「なんでしょうか？　センシュール殿」

センシュールは後ろを振り返り、これまで進んできた道すがらに落ちている魔獣の死骸を指差した。

「魔獣の死骸を圧縮して格納できる便利な空間魔法とか、浮かせて移動できる重力魔法みたいなものはないもんかね？」

「残念ながら、私は使えません。もしかしたら何処かにあるかもしれませんけれど、私は聞いたことがないです」

「そりゃあ、残念だ……バレッティ、お前頭の方を持て。俺が足の方を持つから」

「え⁉　頭の方が重いじゃないですか！」

今回の視察は生態調査も兼ねている。倒した魔獣を野営地まで持って帰らねばならない。食べる分だけ持ち帰るというわけにはいかないのだった。

「ジャンルーカ様。僕たちはあの角の生えたうさぎとか牙の生えたたぬきを持っていきましょうね」

「うん」

眠そうなジャンルーカの手にうさぎを持たせ、自分はたぬきを持って、手をつないで広場の方へと戻っていった。


「おお。戻ったのか、カイン。ジャンルーカ」

広場まで戻れば、すでに運び込まれた魔獣が並べられていた。騎士の一人とジュリアンが二つ折りの革のバインダーに載せた紙へ色々と書き込んでいたが、カインとジャンルーカが戻ったのを見て、片手をあげて声をかけてきた。

「大口叩いて出ていったのだ、成果は上々なのだろうな？」

腕を組んで挑発的な顔をしてジュリアンが成果を聞いてきた。カインは右手に持っていた牙の生えたたぬきを持ち上げた。ジャンルーカは、カインと手をつないでいない方の手を持ち上げて角の生えたうさぎをジュリアンに見せた。

「おにいさま。つのうさぎさんをやっつけましたよ」

だいぶ眠たそうな声でジャンルーカがそう言うと、ジュリアンはわずかに眉をひそめたのだった。ジャンルーカの口調はだいぶ幼くなっている。

「啖呵を切った割にはそれだけなのか？　毛皮が焦げているから騎士達の分け前ではなく、魔法でやったのは確かなようだが」

「小さな目標に魔法をあてるのは技量が必要なんですよ」

「学校に入ったばかりと学校に入る前の子どもの魔法ではそのくらいということなのであろうな」

ジュリアンがため息を吐きつつそう頷いたときだった。カインとジャンルーカが出てきた森の出口からセンシュールとバレッティが焦げた牛の魔獣を二人がかりで運んで来た。

「おぉーい！　手が空いてるやつがいたら手伝ってくれ！　まだ奥に転がってるんだ」

「センシュールさん重い！　そっち持ち上げないで！　重い！」

センシュールが牛を運びつつ大きな声を出して仲間の騎士に声をかけている。調査済の魔獣の解体を始めようとしていた騎士が数人そちらにかけていき、森へと入っていった。しばらくすると、数十匹の魔獣が広場へと運び込まれ、並べられていった。

並べられている魔獣達は、焦げていたりぐっしょりと濡れていたり、剣ではない鋭い刃で切られていたりしていた。

「的が大きいと、当てやすくて助かります」

「おにいさま。あれ、あれです。あのおおきなぶたさんは、ぼくがやったのですよ」

「意地が悪い!!」

ニヤニヤと笑いながら言うカインと、眠そうながらも嬉しそうに豚の魔獣を指差すジャンルーカ。

それに対して呆れながら悪態をつくジュリアンであった。

「カイン。ジャンルーカが眠そうなのは魔法のせいか?」

「そうですね。体力を使いすぎれば体が動かなくなるのと同じで、魔力を使いすぎると意識が動かなくなります」

「あちらの奥が私達用のテントだ。ジャンルーカを連れて先に休むが良い。まさかとは思うが、カインは獣の解体も出来たりするのか?」

「流石に、獣の解体は経験がありません。機会があれば学んでみたいとは思いますが」

「そうか。明日も解体するからその時に騎士に頼んでやろう。今はジャンルーカを頼む」

ジュリアンの言葉にカインは頷くと、ジャンルーカとつないでいる手をひいて、指定されたテントへと移動した。いくつか立っているテントのうち、ジュリアンが指差したのは一番大きなテントだった。

「さすが王族だね。これ、靴脱いだほうがいいよね」

もう限界に眠そうなジャンルーカをテントの入り口に座らせると、カインはしゃがんでジャンルーカの靴を脱がす。両足を靴から抜きだすと、そのままコロンと転がすようにテントに押し込んだ。

靴を出船で揃えてテントの入口脇に置くと、自分もテントの中に入っていった。

「ジャンルーカ様、偉いですね。魔法を使った上に自分で起きて拠点まで戻ってこられましたね」

「えらい？」

「偉いですよ。ちゃんと拠点まで戻ってくることが出来て一人前の魔法使いですよ。魔法を使いすぎて倒れてしまうなんていうのは半人前なのです」

「カインが手を引いてくれたからです。眠くて一人ではあるけませんでした」

カインがテントの隅に寄せてある毛布を広げてジャンルーカの背中にかけてやる。胸の前できっちり毛布を合わせて隙間なく巻いてやると、毛布から半分だけ出ている頭を優しく撫でる。

「手を引かれていても、自分の足で歩いていたのですから立派ですよ。僕は一番最初に魔法を連発した日は、気絶して大人におんぶされてしまいましたからね」

「あんなにすごい魔法を使うのに、カインも使いすぎてたおれてしまったの？」

頭がグラグラしているジャンルーカの体をそっと倒して寝転ばせると、カインも自分の分の毛布を体に巻いて横に寝転がった。

「そうです。僕も魔法の限界がわからずに使いすぎて倒れてしまいました。体が大きくなってくれば魔力も多くなっていくので、倒れにくくなります。でも『だんだん集中力が切れてきたからそろそろ魔力が少なくなってきたな』みたいなのは自分の体の感覚で覚えるしかないんです」

「かいん。また、まほうをおしえてください」

「もちろんです」

ジャンルーカからすうすうと寝息が聞こえてきた。魔力ぎれによる眠気なので、一眠りして魔力が回復してきたらすぐに目が覚めるだろう。ジャンルーカに対してお兄ちゃんぶっていたが、実はカインも張り切りすぎて中々の眠気に襲われていたのだった。

「最大MPと残りMPが数値で見えたりすれば、便利なんだろうけどね……」

（HPが残り四分の一になった時だけ使える高威力魔法とかあると、熱い展開だよな……）

そんな事を考えながら、カインもジャンルーカの隣で寝息を立て始めたのだった。

「お前たち、いくらなんでも張り切って倒し過ぎなのでは……な……いか？」

森で倒した魔獣がすべて広場に並べられ、大きさや種類とその数の記録を取り終えたのでジュリアンがテントに入ってきた。先にテントに入っている二人に文句を言ってやろうと話しかけながら入ってきたのだが、目の前で仲良く寝ている二人を見て文句が続かなかった。

「実績を残してもすぐこんなに無防備になるのでは、魔法もそれほど万能ということでもないのだな」

ジュリアンは肩をすくめてテントから出ていった。


「うぅーん」

カインは上体を起こして伸びをする。

魔力減少が原因の眠気は、魔力が回復すればなくなるので寝起きはスッキリとしている。毛布一枚を体に巻いて寝ていたので、体のあちこちが固まってしまっている方が辛かった。頭をぐるぐる回して首をほぐし、腕を伸ばしたり背中を伸ばしてほぐしている。

「カイン。おはようございます」

先に起きていたジャンルーカが声をかけてきた。カインは隣をみて吹き出した。

「おはようございます、ジャンルーカ様。お顔に床の痕がついていますよ」

ジャンルーカのほっぺたに、テントの粗い布目の痕がついていた。頭まで毛布をすっぽりかぶって寝ていたはずだが、寝ているうちに毛布がぬげてしまっていたようだ。

ジャンルーカは右手のひらをほっぺたに添えて撫でている。

「カインもほっぺたに痕がついていますよ」

ジャンルーカに言われて、カインも自分のほっぺたを撫でる。ザリザリとした細かいでこぼこがほっぺたにできているのがわかった。

「こういうのを治す魔法はないんですか？」

「治癒魔法という、怪我を治せる魔法はあるんですが…こういうのはどうでしょうね？」

「試してみますか？」

「残念ながら、私は治癒魔法が使えないんです。試してみたかったですね」

二人は毛布を簡単に畳んでテントの端によせて置くとテントを出た。

日はだいぶ傾いており、テント群から少し離れたところで焚き火が熾されていた。

「起きたのか、魔法使い二人よ。まもなく肉が焼けるから、思う存分食べて英気を養うが良い」

焚き火のそばにはジュリアンが座って居た。騎士たちは三分の一ほどが歩哨に立っており、残りは火を囲んで解体した魔獣の肉を焼いたり煮たりしていた。一部の大人はどうやら酒も飲んでいるようだった。

「私達はまだ酒を飲むわけにはいかぬからな。火が空けば湯を沸かして茶を淹れさせよう」

「お茶を持ってきているのですか？」

ジュリアンに勧められて、置いてあった折りたたみの椅子を広げて座る。ジュリアンの座る前に置いてある組み立て式の低いテーブルには、皿とカトラリー、それとカップなどの食器と、瓶詰めの琥珀色の物がおいてあった。

「普通の茶は、茶殻が出るのでな。果物の皮を刻んではちみつに漬けた物を湯で溶いた物を便宜上茶と言っているだけだが、コレがなかなか甘くて美味いのだ」

「なるほど」

留学前に、ティルノーアから出されたお茶と同じようなものらしい。カインはカップをジュリアンの前のテーブルに三つ置くと、瓶を開けて中身をカップに入れていく。

「こんなくらいですか？」

「もうちょっと入れるが良い。ケチると薄くてまずいのだ」

「じゃあ、このくらい」

準備が出来ると、カインはカップに向けて手を差し向ける。眉間にシワを寄せて、んむーとカインが唸る。

「な、何をしているのだ？　カイン」

「集中力がいるので、少し黙っててください」

「……」

やがて、三つのカップの上に握りこぶし大の水の玉が現れた。カインが差し向けていた手をグッと握ると水の玉もわずかに小さくなった。そして、すぐに湯気が出始める。

「水の玉のなかが、ボコボコ言い始めましたよ。兄上」

「う、うむ。湯を沸かしているのか？　これは」

「でりゃ！」

カインが気合を入れるように声をだすと、カップの上に浮いていた湯気を上げる水の玉はボチャンと音を立ててカップにおっこちた。

勢いを付けて落ちたので、水が跳ねてテーブルの上にびちゃびちゃとこぼれた。

「……便利だとは思うが、もう少し丁寧に出来ぬものか」

「これも魔法なんですね。すごいです、カイン」

カインは自分の手のひらをグッパグッパと握ったり開いたりして眺めている。ティルノーアに茶を淹れてもらったときには、雑だなぁと思ったカインだったが、いざ自分でやってみるとコントロールが難しい事がわかった。

カップの口というのは、思った以上に小さかった。テーブルの上をフキンで拭き、スプーンでカップの中をぐるぐるとかき混ぜると、ジュリアンとジャンルーカにカップを渡した。最後に自分のカップを手に持つと椅子に座ってふぅふぅと息を吹きかけて冷ましている。

「これは、水と風の複合魔法ですね。系統だてて整理されている魔法では無いんですけどね」

「水と風なんですか？　水をお湯にするのだから、火の魔法かと思いました」

「水と火は相性が悪いのですよ。合わせて使うのはとても難しいですし、失敗しやすいんです」

王都より北にあるこの呪われた土地は、日が暮れると気温がさがってだいぶ肌寒くなってくる。手の中でほかほかと温かい果物茶は心をホッとさせてほぐしていく。

やがて肉を焼いていた騎士が焼き上がった肉を山盛りに盛った皿を持って来た。カインとジャンルーカとジュリアンでもりもりと肉を食べて果物茶を飲み、飛竜の乗り心地や魔法を使ってみた感想、花祭りのダンスについて会話をして寝るまでを過ごした。


一夜明けて。

いつもの習慣で夜明けと同時ぐらいに目が覚めたカインは、同じテントで寝ているジュリアンとジャンルーカを起こさないようにそっと外へと出た。

森に囲まれた平地なせいか、うっすらとモヤがかかっている。空気は冷たくて深呼吸すると肺がキンと冷えてしっかりと目が覚めた。

「殿下のご友人。はやいですね」

「おはようございます。いつもこのくらいに起きているので、習慣で起きてしまいました」

テントの外には、不寝番の騎士が椅子に座って冷めた果物茶を飲んでいた。昨日焚き火をたいていたあたりをみれば、薪はほぼ燃えきっていてチロチロと小さな残り火が時折赤く光るだけになっていた。アレではもうお湯も沸かせまい。

出しっぱなしの食器類を水魔法で軽くゆすぐと、カップ二つ分の熱々の果物茶を淹れた。カインの手はびちゃびちゃである。

「よかったらどうぞ。朝は冷えますね」

「お、ありがとう。殿下のご友人。魔法というのは便利なものですね」

騎士は素直に受け取るとふぅふぅと息を吹きかけてから、そっと一口くちに入れた。ごくんと飲み込むとホッと息をはいて緩んだ顔をした。

カインもふぅふぅと冷ましつつ一口ずつ飲んでいく。

「毎朝ランニングをしているんですが、この辺を走ってきても大丈夫でしょうか？」

「一応、この魔法陣の上には魔獣は出ないということだが、内側の目が届く範囲なら走ってきても構わないよ」

「ありがとうございます」

だいぶ冷めて飲み頃になった果物茶を一気に飲み込むと、カインはテーブルにカップを置き軽く準備運動して走り出した。

視界の端にテントが入るように気にしながら、いつものペースで走っていく。三月も後半だが、王都より北にある地だからか空気はだいぶ冷えている。走っていくことで体温が上がっていくが、肌を撫でて後方へ流れていく空気が冷たくて気持ちが良かった。

（さて、呪われた土地の調査。そんなの流石に俺には無理だし）

これ以上行けばテントが見えなくなる、というところで円の内側へ方向転換をする。足元を白い線が真っ直ぐに前へと描かれている。

（でも、何もせずに無理ですわ～とか言っても納得しないだろうしなぁ）

カインは前世で営業職だった。顧客から何か無茶な提案された時に、すぐに出来ないとか無理ですとかいうとこじれるということを経験で知っている。一旦持ち帰りますね、とか検討しますねと言って時間を置き、他社で同じものがありましたよ、とか以前同じことをやってダメだった人がいますよ、などと説明すると大概の人は納得してくれた。

（一応、出来る範囲の調査をして、推測を述べた上でリムートブレイクに助けを求めるよう提案するか？）

この、ユウム人が呪われた土地という場所について他国にバラして良いのかが分からない。ただの留学生であるカインを連れてきたのだから、厳重に管理すべき秘密ということでもないハズではあるが。

（あと、魔女ってなんなんだ。ド魔学には魔女なんて出てこなかったはずだぞ。だいたい、ディアーナが闇属性魔法を使うんだから、魔女ってあだ名付けていじめるとかいう展開があっても不思議じゃない。あのディアーナをいかに陰険にざまぁするかに心血を注いでいた開発会社が、魔女なんていう美味しい設定を漏らすなんて考えられないだろ）

テント前まで戻ってきた。不寝番の騎士に会釈をして通り過ぎる。

（ティルノーア先生に手紙で魔女について聞いてみるか？　歴史に残っているのならイアニス先生でもいいか……。それも、聞いていいかをジュリアンに確認しないとまずいよなぁ……）

カインは、悶々と考え事をしながら走っていた。

何周かわからなくなりつつも走っていたら、ジュリアンからどなられた。

「いつまで走っているつもりだ！　朝ごはんだぞ！」

ジュリアンは、王族らしさを出したいためかわざとらしく芝居がかった物言いを普段しているが、時々素がでる。お腹が空いているんだろうなとカインは走るのをやめてテントの周りを三周ほどゆっくりと歩いてジュリアンとジャンルーカの下へと戻った。

「おはようございます。ジュリアン様、ジャンルーカ様」

「うむ。おはようカイン」

「おはようございます。カイン」

朝ごはんは、改めておこされた焚き火であぶられた丸パンと昨日の残りの肉を薄く切って焼いたものだった。薄切り肉は燻製もしていないし乾燥もさせていないのでベーコン風にパンと食べる…というわけにはいかなかった。

「ジュリアン様。今日の予定はどんな感じなのでしょうか？　最初に三日と言われていたので、もう一泊するんですよね？」

「うむ。騎士たちは引き続き、魔獣の出没地域や種類について調査をする事になる。合わせて、私達はこの魔法陣と周辺の調査をする。期待しておるぞカイン」

（あーやっぱり）

「魔法の調査をしながらで良いので、また魔法を教えてくださいカイン」

「ええ、喜んで。ジャンルーカ様」

カインが食後に果物茶を淹れようとしたところ、ジュリアンが丼のようなボウルのような道具を持ってきてこっちに入れろと言ってきた。

カインがボウルに湯を入れると、ジャンルーカが瓶からはちみつ漬けの果物をボウルに入れてかき混ぜてからカップに分けた。

お湯はテーブルにこぼれなかった。

「ジュリアン様。魔女というのはどういう存在なのでしょうか？」

「魔法を使える存在だと聞いておる。女性ばかりだったとも言うな。ただ、恐ろしい存在だったと聞いておる」

「恐ろしいとは、例えばどんな？」

「知らぬ」

「は？」

騎士たちは交代で食事を取っているため、カイン達はその間ゆっくりと食後のお茶を楽しんでいた。話題は今回の視察の情報交換がおもだった。

「あまり資料が残っていないのです。ただ、恐ろしかったという伝承と、この草も生えない土地が残っていることから、魔女は恐ろしいとか呪われているとか言われているのです」

「うぅーん」

カインは、腕を組んで眉間にシワを寄せた。この手の話は大体胡散臭いとカインは思っている。魔女が呪われているとか恐ろしかったというのは頭から信じないほうが良いかもしれない。

「ジュリアン様。魔女は国の機密事項ですか？」

「うん？」

「この魔法陣について、私にできる限りは調べてみます。けれど、おそらくご期待に添えるような結論は出せないと思うんです。リムートブレイクの魔法は呪文を唱えて発動させますが、魔法陣は使いません。魔法陣については全然全くこれっぽっちも詳しくないんです」

「……全然全くこれっぽっちも」

「ですので、リムートブレイクの魔法の師匠に手紙で教えを乞うことが可能であれば、知恵を借りようと思うのです。でも、国外持ち出し禁止の情報だとすれば、そういうわけにも行かないかと思いまして」

国を出る前に、大人を頼れ！　と言われたのでここで頼ることにしたカインである。努力をした攻略対象というチート性能を持つカインであるが、これは女の子から惚れられて女の子を守るのに必要十分である程度でしかない。国家レベルで歴史レベルの問題解決など、出来るわけがないのだ。

「魔女の存在については、積極的に宣伝しているわけではないが秘密にしているわけでもない。近い国の年寄りなどは知っておるだろうしな。この土地についてもそうだ。隠しているわけではない。魔法の師匠に手紙で問うぐらいは構わぬ」

「ありがとうございます」

果物茶を飲み終えた頃、騎士が森へ探索に行く事をジュリアンに報告しに来たのだった。

「ジャンルーカ様。速く走る方法を伝授いたします」

「カイン？　何ですか？」

「後ろ足でグッと地面を蹴るときは、踵・膝・背中がまっすぐになるようにします」

「え？　え？」

「腕は肘を直角になるように曲げて素早く前後に動かします。腕が速く動けば足も速く動きます」

「こ、こうですか？」

「前に出す足は、踵が蹴り足の膝と同じ高さになるまでグッとあげて、前に出します」

「う、うん」

「はい、ダッシュ！」

そう言うと、カインは全速力で駆け出した。

一瞬遅れてジャンルーカが駆け出し、ジュリアンは大きくため息をついて肩をすくめながら歩いて二人についていった。

「踵、膝、背中まっすぐ、踵は膝の高さまで……まっすぐ、膝」

ジャンルーカはブツブツ言いながら走り、先で立って待っているカインのところまで走っていった。

「前傾姿勢で空気抵抗をなくして大股で走ったほうが速いという説もありますけどね。足が地面を蹴るエネルギーを無駄なく使うほうがより速く長く走れると思います」

「ハァハァ。はい」

カインはにっこり笑ってジャンルーカに向き合う。

「姿勢を気にしたり、足の動きに気を配ったりして大変だったでしょう?」

「はい」

「コレを、繰り返し練習していれば意識しなくても速く走る姿勢と足運びで走れるようになります」

「ええっと。そうですね」

「魔法の呪文も、同じなんです」

ジュリアンが追いついてきた。まだ息が整いきっていないジャンルーカの背中をなでてやりながら、カインの顔を苦笑しながら軽く睨んだ。

「急に走らせるでない。準備運動もせずに走れば足を痛めることもある。ジャンルーカに無理をさせるでない」

「申し訳ありませんでした」

カインは素直に頭を下げる。

「で? 呪文と同じとはどういうことだ?」

「そういえば昨日も、反復練習で呪文を短縮できると言っていましたね」

「はい。呪文は魔力を体の外に魔法として出すための手順というか心構えと言うか、そういうものなんです。例えば、『小さき炎よ』で火の魔法を使うぞって宣言して、『我が手より出て』で手の先に出すぞって指定して、『我が指示する目標を延焼せよ』でアレを燃やすぞって指示しているわけです」

「姿勢は踵から背中までまっすぐにして、踵は蹴り足の膝まで上げる。意識しないでもコレができれば速く走れるのと同じで、手の先から炎を出して視界の中心に入れている目標にあてるぞというのを意識しなくて出来るようにするということか？」

「そうですね。もともとの魔法属性が単一の人は、前半を省略する人も多いようです。炎しか出せない魔法使いが炎を使いますって宣言する必要はありませんから」

「有能には有能の不便さがあるのだな」

カインは魔法使いのローブから右手だけを出して前にまっすぐ突き出してみせる。

「複数属性が使用出来る魔法使いは、属性の宣言は省略出来ません。が、手を差し出せばその前に魔法が出るというのを習慣化してしまえば魔法の出現位置の指定は省略できます。ジュリアン様のおっしゃったとおりに、視線の先を目標として習慣化すれば目標の指示も省略できます」

そう言うと、カインの突き出した手のすぐ前にボッと音を立てて小さな火の玉が現れて、消えた。

「今、手を出しただけで何も言わずに魔法がでましたよ？」

ジャンルーカが目を丸くしてカインの指先と顔を交互に見比べている。ジュリアンも顎をさすりながら思案顔をして首をかしげていた。

「今の説明が本当であれば、省略出来ないはずの属性の宣言を省略したことにならぬか？」

「目標を指示しなかったから、出てすぐに消えちゃったのですか？」

カインはローブの中に手を引っ込めて、二人に向き合うように立ち位置を変えた。ジャンルーカに近寄ると頭を優しくなでて微笑んでみせた。

「ジャンルーカ様、正解です。火は出しましたが、目標を指示していないのですぐに消えてしまいました。理解が早いですね。素晴らしいです」

ジャンルーカの頭を撫でながら、顔だけジュリアンに向けて今度は真面目な顔をするカイン。

「ジュリアン様のご質問にはまた今度。無詠唱については話せば長くなります。さぁ、調査をしましょう。本来はそのために来たのですから」

ジャンルーカの頭を撫でる手を戻し、パンパンと手を叩いてカインは話題を切り替えた。ジャンルーカは少し残念そうな顔をしていた。

「ジュリアン様。コレをみてください」

カインは、つま先で地面を蹴って小さな穴をほっていた。その穴をジュリアンに注目をするようにと指を差しながらしゃがみこんだ。

「土を少し掘ってみても、魔法陣の線が消えません。土の上にインクや白い石粉などで書かれたものではないということですね」

「……そこまではすでにわかっておる」

「基本から行きましょうよ。私はここに初めて来たんですから」

「再確認は大事ですよね」

「ジャンルーカはどちらの味方なのだ」

三人でしゃがんでカインの掘った小さな穴を覗き込む。そこには、空から見た時に五芒星に見えた魔法陣の一部。真っ直ぐに広場を横切っている白い線が走っている。

穴をほったところでも、線は途切れずに穴の中に白い線が引かれている。カインは手を突っ込んで白い線が引かれている土をつまんで持ち上げてみる。

「線の外に出しちゃうと、ただの土ですねぇ」

つまんだ土を反対の手のひらの上にパラパラと落としていくが、そこには普通の茶色い土が乗っているだけだった。

ジャンルーカも身を乗り出してカインの手のひらを覗き込んでほんとだーと指でつんつんと突いている。

「嫌な感じはしないんですが、私は聖魔法も闇魔法も使えないのでなんとも言えませんね……」

「そうか」

三人は立ち上がると、魔法陣の縁まで行くことにした。なんとなく、魔法陣の白線の上を一列になって歩いていく。

「白線だけが安全地帯。白線から落ちたらワニに食べられて死ぬ！」

「カインは何を言っておるのだ？」

「そういう遊びです。魔法陣は広いので。ただ歩いてもつまらないじゃないですか」

「カイン、ワニってなんですか？」

「口が大きくて、パクンと一口で人を丸呑みしてしまう動物です」

「こわっ」

「こわっ」

カインが急に立ち止まり、ワニの存在にびっくりしているジュリアンに軽く肩から体当たりをした。

油断していたジュリアンはふらついて左足を白線の外に出してしまった。

「はい、ジュリアン様はワニに食べられてしまいましたー」

「兄上ー。兄上の遺志はきっと僕が引き継ぎますので安心して食べられてくださーい」

「ばっか、まだ開始！　って言っていないから無効であろう！　今からだ！　今から始めることにするのだ」

魔法陣の端まで、三人で押したり引いたり駆けたりしながら移動していった。

魔法陣のひみつ

白線から落ちたら負けゲームは、小学校低学年ぐらいの子どもに受けが良い。

前世で、知育玩具の営業サラリーマンだったカインはジャンルーカの楽しそうな様子に心の中でガッツポーズをした。

足を引っ掛け、肩で体当たりをし、落ちないようにお互いの腰にしがみつきながら魔法陣の端までやってきた。

魔法陣を縁取る円を描く白線が、今まで歩いてきた直線と交わっている。円が大きいので目の前の白線は一見真っ直ぐに見えるが、遠くまで続くその先をみればゆるりとカーブを描いているのがわかった。

魔法陣の上は草も生えないとは言っていたが、魔法陣の縁の白線のすぐ外から草が生えているわけでもなかった。

白線の一メートルほど先からぼちぼちと草が生えはじめて、段々と密度があがってさらに奥へいくと背の高い草が増えてきてやがて木が生えだしている。

「この魔法陣の上には魔獣が出てこないんですよね」

「うむ。調査を開始してからこちら、魔法陣の上には魔獣は現れたことはない。森から出て、入ってくるということもなかったな」

「周りの森の魔獣はどうですか？　アレは一般的に多いのでしょうか？　少ないのでしょうか？」

カインが前世でプレイしたド魔学の聖騎士ルートの『魔の森』イベントでは、エンカウント式で魔獣との戦闘が発生した。騎士見習いのクリスがそこそこ強いので戦闘はさほど辛くはないが、主人公の聖魔法のレベルをあげておかないと回復が追いつかなくなりボスである魔王戦《ディアーナせん》が辛くなる。

「あ」

カインが突然声をあげたので、魔獣の量について答えようとしていたジュリアンが怪訝な顔をした。それに気がついたカインが頭を軽くふると「失礼しました」と謝罪して手でジュリアンの言葉の先を促した。

「こほん。この土地のまわりの森は他に比べて魔獣が多い。さほど強くはないが、戦闘訓練を受けていない一般人では襲われたらひとたまりも無いだろうくらいには強い」

「なるほど」

ド魔学の聖騎士ルートの魔の森は、それほどエンカウント率は高くなかった。あくまで恋愛シミュレーションゲームであってロールプレイングゲームではないから当然だ。しかし昨日のジャンルーカと一緒に軽く潜った時は魔獣との接敵回数は多かった。体感ではあるが、魔の森イベントの戦闘回数を遥かに超える数に出会った。うさぎやたぬきのような小型魔獣でいくつか見逃したものもあるから、魔獣の数そのものは相当多いのだろう。

「うーん。思いつきなんですけど良いですか？」

「何か考えがあるのなら申してみよ。採用不採用の判断をすぐにはせぬ」

カインの申し出に、ジュリアンは仰々しく頷いて見せた。カインは左手をゆるく握って筒の形を作って二人の王子に向かって軽く差し出して見せた。

「ここは確かに呪われた土地で、呪いだか穢れだかの悪いものが溜まっているのだとします」

自分の左手の筒の中を右手の人差し指で差し、そこがこの土地の呪いの湧き出る穴を模している事を示す。

「この魔法陣は、その呪いに蓋をする役割があるんじゃないでしょうか」

カインはそういいながら、右の手のひらを平らにして左手の筒の上にポンと乗せて蓋をした。

「悪いものを封じる魔法陣だから、この上には魔獣が発生しないし外からも侵入できません。でも、長い時を経て蓋の隙間から悪いものが溢れてきちゃっているのだとします。それが、魔法陣の周りの魔獣の多さの原因になっているのではないか……という仮説です」

最後に、カインは両手の指をうごうごとイソギンチャクのように動かしながら両手を広げていって、悪いものが漏れているのを表現してみた。

「うーん。なるほどなぁ。そうであれば、この魔法陣は良いものであるということになるな。それならばこの上に城を建てても問題ないということにもなるが」

「兄上。それでは城のまわりから悪いものが漏れ出る事になってしまいます。城下街に国民が安心して暮らすことができません」

「そこなのだ。いっそこの魔法陣が十倍ほども大きければよかったのだがなぁ。草も生えてこないし、整地にも金がかからず済むのだがなぁ」

「まぁ、あくまで仮説ですし、本当のところはわかりません」

ジュリアンはカインの言葉に頷きつつも、魔法陣の外に視線をやって森をしんみりと眺めた。テントを建てて中をランニングする分には十分に広い土地ではある。しかし王の住まう城を建て、国を動かす貴族たちの王都邸を建て、それらを支える国民達の住居や商店を建て、その他諸々の公共施設を設置して王都を作り上げるには狭すぎる。この魔法陣の広さはおそらく昔あったという魔女の村の大きさなのだろう。城を建てたら終わってしまう広さしかない。

「魔獣は騎士団や平民の兵士団などでもチームで取りかかれば遅れを取ること無く倒すことが出来るし食用にもなるのだ。これだけ豊富に発生しているのであれば食料に困ることはなかろう。そう思えば悪いことでもないかもしれぬ」

「兄上。お野菜も食べないといけません。魔獣がたくさんいると畑が作れませんよ」

「ジュリアン様。食肉は魔獣で良くても、卵や乳などを得るための家畜も魔獣をなんとかしないと育てられませんよ」

せっかく「良いとこ探し」をしていたというのに、現実的なツッコミを入れるカインとジャンルーカにジュリアンが口をとがらせた。

「悲観ばかりしていても仕方あるまい。……そうだな、次回の視察ではこの魔法陣の中で野菜が育つか試してみるか。草も生えない土地ではあるが、後から植えたものであれば育つかもしれぬ」

「兄上。ここを畑にしたら、魔獣がはびこる森の中に城を建てることになりますよ」

「でも、城は石造りで堅牢にすれば魔獣は入ってこれないかもしれませんし騎士が見回りをすれば倒せるわけですし。身を守るすべのない野菜と家畜に魔法陣を譲るのは良い案かもしれませんね」

まだ、魔法陣は害のない良いものだというのはカインの推測でしか無いのだが、それを基にアレやコレやと王都づくりに向けて他愛のない空想を話し合う。

「まぁ、せっかく来たのだから少しは版図を広げて帰ろうではないか。カイン、この辺の森の木を魔法で伐採することは出来ぬか？　魔獣は日の当たるところを好まぬというからな。森がなくなればいなくなるかもしれぬ」

「無茶を言わないでください。森を燃やして良いのなら大火事をおこして森を焼失させることは出来ますけど、明日帰るんですよね」

「仕方がない。次回は騎士団に斧を持ってこさせるとしよう」

太陽が上がりきる頃合いになっていた。三人はテントまで戻って昼食休憩にすることにした。

魔王ディアーナ

（例えば。例えばの話だ）

カインは昼食の肉を咀嚼しながら、午前中に思いついた事について思索する。

聖騎士ルートは主人公がクリスとディアーナと一緒に魔の森に行き、ディアーナが魔王に体を乗っ取られてクリスと主人公に倒されるというシナリオだ。

カインはこれまで、ディアーナを魔王にしないためにはどうすべきかを考えてきた。イベント発生前にカインが魔王を退治してしまうとか、魔の森イベントにカインが付いていって乗っ取られるのを阻止するとか。

主人公が持っているはずの聖魔法で、魔王を剥がすとか祓うといったディアーナを傷つけない倒し方が出来ないかとか。

（ディアーナが魔王になったとして、倒させなければ良いのでは？ 魔王ディアーナに支配されることの世界もありなのではないだろうか？）

カインは折りたたみの椅子に座ったまま、足をあげてくるりと後ろをむくとカップを持った腕を思い切り伸ばし、魔法でお湯を作ってカップに落とした。

「あちっ」

跳ねたお湯が手にかかった。カップを逆の手に持ち替えて、お湯のかかった手をブンブンと振ってしずくを飛ばすとまたくるりとまわってテーブルに体を向けた。

「横着だなぁ」

「水はねの被害を最小限にするためです」

果物のはちみつ漬けをカップに落としてスプーンでぐるぐるとかき混ぜて飲んだ。甘い。

（魔王ディアーナに支配される世界って、どんなだろう）

ド魔学では、魔の森を魔獣を倒しつつ進んでいくと洞窟があり、そこで体を失い弱体化していた魔王が現れ復活のためにディアーナに取り付くというシナリオになっている。

敵としての能力はディアーナの物で、魔の森でパーティーを組んで一緒に戦っていた時に使っていたスキル類と同じ物を使って攻撃してくる。魔王が入ったことで威力は増していたが。

（だから、もともとの魔王の能力が分からないんだよな……。復活のためとは言っているが、その後どうするつもりだったのかも、魔王が昔何をしたのかもゲーム内では語られていなかったはずだしなぁ）

魔王イコール悪者という先入観はいかんのではないか？　ディアーナが魔王になっても、別に悪いことをするとは限らないのではないか。

黒いゴスロリ衣装に頭には黒くて小さなねじれ角を付けたディアーナが、腰に手をあてて胸をはって高笑いをしている。

カインは燕尾服を着てすぐとなりで傅《かしず》いている。

「ふぅーはははは！　ディは魔王なのよ！」

「魔王ディアーナ様、魔王就任おめでとうございます！　まずは何をいたしますか？」

「んー。お兄様、魔王って何をするの？」

首をかしげて不思議そうな顔をしつつカインの顔を魔王ディアーナが覗き込んでくる。

カインは愛おしそうに微笑むとディアーナの手をとってレースの手袋の上から口づけを落とした。

「世界征服とかかな。王様よりもえらくなって、世界中が魔王ディアーナ様の言うことをきくことになるんだよ」

「じゃあ、世界征服する！　世界征服したら、女の子が騎士になっても怒ってはダメよってお父様とお母様に言える？」

「もちろんだよ、ディアーナ」

「夜寝る前にお菓子食べても怒られない？」

「怒られないよ。でも、虫歯になったら困るから歯は磨こうね」

「はい！」

ディアーナがピン！　と腕を伸ばして元気よく返事をした。

カインは優しく微笑むとディアーナの角の生えた頭を優しく撫でてやり、角の付け根をこしょこしょとくすぐった。

ディアーナがくすぐったいよと肩をすくめながらクスクスと笑う様は、とても愛らしく可愛くて愛らしい……。


「カイン、何を考えているのかわからぬが顔が気持ち悪いから帰ってこい」

「兄上、気持ち悪いとか言ってはダメですよ。あの……カインはお疲れですか？　午後は少しおやすみしますか？」

魔王ディアーナについて考えていたカインは、ジュリアンとジャンルーカに声をかけられて我に返った。九歳のディアーナで想像してしまっていたが、魔の森イベントは学園に入ってからだからディアーナはもっと大きくなっているはずで、想像通りにはならない。

「すみません。聖魔法と魔法陣について考え事をしていました。疲れていないから大丈夫ですよ」

「聖魔法と魔法陣……？　私はてっきりスケベなことでも考えていたのではないかと思ったぞ」

「兄上……」

また顔に出ていたらしい事について、カインは反省した。貴族たるもの感情をあまり表情に出してはいけないのだ。反省反省。

「ところで、やはり野菜はほしいですね。こうずっと肉ばかりなのもさすがに飽きるというか胃もたれしそうというか」

「うむ。森をひらいて畑を作れればよいのだがな。農業従事者を連れてくるには魔獣の問題を片付けねばならぬ。魔獣の問題を片付けるためには兵士や騎士を派遣せねばならぬ。兵士や騎士を派遣するには食料問題を解決せねばならぬ」

「ぐるっと一周まわりましたね」

ジュリアンは眉間を押さえて顔をしかめた。

「前回の遷都時から生きている人間はおらんのでなぁ。教えを請える者がおらぬ。そもそも前回はすでにある旧王都に戻っただけであるから、資料も引っ越しについてしか残っておらぬのだ」

「イチから作れる王都レシピとか、野原に王都を作ってみよう！　みたいな本があればいいですね」

先は長そうだ。本当に六年で遷都が可能なのかだいぶ怪しいとカインは思ったが、それはジュリアンもわかっているだろうから口には出さなかった。

遷都の意義

昼食後、騎士たちは魔獣達の討伐数や種類を地図に書き込んでいき、その中で魔獣の発生が少なく記録されている方向に向かってより深く探索しに行くという。

魔獣の発生が少ない場所を街道として整備していくための調査だという。

カインはジャンルーカと魔法の練習をしていた。

ジュリアンはカインをここに連れてきたのは魔法陣について調査させるためのように言ってはいたが、花祭りの最中にジャンルーカの話を聞いてやってほしいとも言っていた。ここがその機会なのだろう。

魔法使いがほとんどいない国。魔力を持って生まれて来る人間がほとんどいない国で、魔力を持って生まれてしまったジャンルーカ。その相談相手として連れてこられたんだろうとカインは考えていた。

ここなら、魔法を思い切り使っても誰の目にも留まらない。

一晩一緒に過ごして、一緒に食事をしてわかった事だが、ここに連れてこられている騎士たちはジュリアンに忠誠を誓っている者たちのようだった。

ジャンルーカが枷を外して魔法を使っていたところで誰も何も言わないし、王都に戻ってそれをわざわざ口に出すようなこともしない人たちなんだろう。

だったら遠慮はしなくてよかろうとばかりに、ジャンルーカと色んな属性の魔法にチャレンジしていた。

「うぅーん。水はでないですね。カインのように水が出せれば便利そうですし、兄上のお役にたてそうなのに」

「コレばっかりは相性ですからね。次は風魔法をやってみましょうか。風の理論ですが……」

ジュリアンはセンシュールと森の入り口に待機して騎士の報告を受けて地図に書き込んだり書類に書き込んだりをしていた。

「兄上は、父上や国の偉い人たちから旧王都のいずれかへの遷都ですませばよいと言われているんです。実際に、こちらの開発が進まないようなら旧王都への遷都が出来るようにと並行して準備が進められているそうです」

カインが森へ出入りする騎士とやり取りをしているジュリアンを見ていたせいか、ジャンルーカがそう説明する。

「兄上は旧王都では、何処に移動しても既存の貴族のどこかに利益が偏るから嫌だと言っていました。国は広く、国の直轄とされている土地も実際は未開の地であると。王都が遷移することで未開拓地が拓かれ、新たな農業、産業、流通が生まれて国が富むのだと言っていました」

「理想は立派ですね」

「建国記に、森と荒れ地ばかりだったこの国に人の住める場所を増やすのが目的で始まったのが定期的な遷都なのだと記載があるそうですよ。兄上が言っていました」

首都は繁栄するから定期的に首都を移動することで繁栄地を増やそうって話らしい。前世でも、東京と地方の人口格差が大きすぎるから首都移転をしようという話は時々出ていた。

「本来はそういう意図があってのことであれば、旧王都への移動というのは形骸化した伝統って事になってしまいますね」

カインはジャンルーカの言葉に頷きつつそう言った。しかし、建国が何百年前の事なのかまだ歴史の授業で習っていないのでわからないが、出来たばかりの頃と今とでは人口も都市の規模も全然ちがうのだろう。

ホイホイと引っ越せる規模ではなくなってしまっているのではないかとカインは思った。

「難しいとは思うのですけど、僕は兄上を応援したいと思っています。魔法が使えることで兄上のお役に立つのなら沢山魔法を覚えたいと思います。カイン、今日と明日の午前中ぐらいしかありませんがよろしくおねがいします」

「はい。私もまだ未熟ですが、精一杯がんばります」

カインとジャンルーカで引き続き雑談をしつつ魔法の練習をしていたら、ジュリアンのいる森への入口付近が騒がしくなっていた。

「何かあったのでしょうか？」

「行ってみましょう。ジャンルーカ様」

魔獣の出現が薄いということで騎士たちが深めに探索に行っている森の入り口へ、早足で行ってみると数人の騎士が怪我をして戻ってきていた。色々とセンシュールに報告しつつ、ジュリアンがタオルに水を含ませて騎士の傷口を拭ってやっていた。

「何かあったのですか、兄上」

「ジャンルーカ、カイン。魔獣が群れで出てきたらしい。あぶないからあまり魔法陣の縁にちかよるでないぞ」

「魔獣の群れですか」

カインとジャンルーカは三歩さがってから森の方を見つめた。騎士たちが入っていった森の奥の方からバサバサと鳥の群れが飛び去っていくのが見えた。魔獣の咆哮のようなものは聞こえないが、時々メキメキと木が倒されるような音が聞こえる。

「魔獣の薄いところを選んでいたんではないんですか」

「そのはずだったんだがな、探索範囲を深くしたことでどうやら巣を発見してしまったらしい」

「巣」

魔獣とは、巣を作って暮らすような生き物だったのか。カインは変なところに感心していた。もちろん、巣というのが比喩表現な可能性もある。魔獣についてはわかっていないことが多い。

「騎士たちは無事なんですか」

「深追いするなと言ってある。けが人を先に戻したと言っておるのでな、まもなく全員戻ってくるだろう」

「飛竜に蹴散らしてもらうわけにはいかないんですか？」

あのとても大きな飛竜にひと暴れしてもらえば、魔獣も引っ込むんじゃないかとカインは思ったのだが。

「飛竜はあの体格でいて、とてもおとなしい生きものなのだ。草しか食わぬしな。魔獣に体当たりでもされたら気絶してしまう」

「……そうなんですか。意外ですね」

草食であの体格を維持するのはどれだけ大変なのだろうか。空を飛べるということは実は骨がスカスカだったり筋肉は翼周りだけだったりするのかもしれない。見た目で火ぐらい吹きそうだと思っていたのでカインはちょっとがっかりした。

ちなみに、この新王都予定地に到着後は、飛竜は森のあちこちを好き勝手飛び回っている。草食ということなら森の木の葉をもしゃもしゃ食べているのかもしれない。

魔獣に出会って気絶していなければいいなとカインは思った。

そうこうしているうちに、騎士の最後の数人が魔獣を牽制しながら戻ってきた。勢いよく魔法陣の中に駆け込んできたが、その後を魔獣がうじゃうじゃと追いかけてきていた。

「うわぁ」

「多いですね。魔法陣には入ってこられないと聞いていてもちょっとおっかないですね」

「うーん。今までこんな事はなかったんだが」

大量の魔獣がこんなに魔法陣の至近距離まで迫っていると、別の方角から森に入って調査を続けるといったことも難しい。

魔法陣からでなければ安全とはいえ、大量の魔獣に見つめられる中で食事をしたりテントで寝たりするのは気が気じゃない。

「一日早いが、飛竜を呼んで帰りますか？　殿下」

「うーん」

センシュールがジュリアンに帰還について問うが、ジュリアンは唸るばかりだ。カインが先程ジャンルーカに聞いた話からすれば、ジュリアンは少ない機会で成果をあげなければならないようだし、予定より早くもどるのは無念なのだろう。

一歩さがったところからジュリアンとセンシュールのやり取りを眺めていたカインのローブを、くいくいとジャンルーカが引っ張った。

「どうしました、ジャンルーカ様」

「カイン、なんとかなりませんか。何か良い魔法はありませんか？」

「うぅん。魔法は万能ではないんですよ、ジャンルーカ様。聖魔法が使える人がいれば追っ払えるのかもしれませんが……」

カインの脳裏にちらりとゲームパッケージの中央で笑うピンク髪の少女がよぎった。カインはブンブンと頭を横にふると、体をほぐすようにぐるぐると腕を回して「よしっ」と気合を入れた。

ジャンルーカの見上げてくる顔が、困ったことがあって頼ってくる時のディアーナとかぶってしまうのだ。ハの字に下がる眉毛の角度と上目遣いに見てくる少し釣り上がった大きな目が同じなのだ。

「ジュリアン様。騎士の皆さんを下がらせてください。何処まで出来るかわかりませんが、魔獣を蹴散らしましょう」

「カイン！　ありがとうございます」

「カイン？　何をする気だ？」

戻ってきて、肩で息をしていたり休憩とばかりにしゃがみこんでいる騎士の間を縫って歩き、ジュリアンとセンシュールの居る魔法陣の縁まで移動した。

「ジュリアン様。魔法陣の上は安全。これは絶対ですよね？」

「ああ、記録にある限りこの上に魔獣が出たことも入ってきたこともない。……理屈はわかっていないが」

「わかりました。ジャンルーカ様、よく見ていてくださいね。魔法を使いすぎた魔法使いがどうなるのかをお見せします」

カインはローブの間から手をだして、魔獣の群れに向かって突き出すと呪文をとなえる前に目を閉じて瞑想した。体内の魔力を練って密度を上げるのだ。

カインは前世でゲームが大好きだった。ＲＰＧやアクション、アドベンチャーゲームが特に好きだった。そして、カインはバフを乗せまくって乗せまくって乗せまくってからの一撃必殺という戦法が好きだった。

最初に防御力をアップして敵の攻撃に耐えられるようにしておき、次に攻撃力や命中率をアップさせていく。回数カンストもしくは数値カンストまであげきったところで、最大威力攻撃をかますのだ。

敵が一掃された勝利画面の気持ちよさは何ものにも代え難かった。

実況動画でも「出た！　実況主名物の耐えパターン!!」などとコメントが付けられていた。

「ふふふふふ。ふふふふふ」

カインは笑いをこらえているつもりで堪えられていなかった。

リムートブレイクでは、魔法を覚えても威力を落としながら練習をしていた。王城の魔導士団の訓練場では魔法吸収する壁で出来た訓練場もあるらしかったが、普通の貴族の家にはそんな物はないし、思い切り魔法を使えば壁ぐらいは穴が開く。

カインは一度庭師の作業小屋を壊してパレパントルに怒られた事もある。その時使った魔法は風属性だったが、火属性だったら家が火事になっていた。

今ここは、誰もいない深い森の奥だ。

目の前にいるのは退治しても良い魔獣の群れ。

何かあっても、この国の第一王子と第二王子とその臣下である騎士しかいない。口は堅いだろう。

「炎と風よ　我が指先に集約せよ　目の前の敵すべてを吹きとばせ　烈火爆裂！」

カインの指先に小さな炎とそれを包むようなつむじ風が発生したかと思うと、それがキュウと音をたてて小さな玉の様にかたまり、魔獣の群れの中へと飛び込んでいった。

何が起こったのかと目を細めてそれを眺めていたジュリアンとジャンルーカは、次の瞬間に強烈な爆風で目を開けていられなくなってしまった。

魔獣の群れの真ん中ほどで激しい爆発音が発生したかと思うと魔獣が吹っ飛び、木々はなぎ倒され、強烈な風が魔法陣の上にいたジュリアンや騎士たちにも吹きすさんだ。

とっさにセンシュールがジュリアンとジャンルーカを抱き込んでかばい、その背中で爆風を受けていた。

王子二人を腕の中にかばいながら状況を把握しようと視線を爆心に向けようと横を向いた時、すぐ目の前を吹っ飛んでいくカインの姿があった。

「えぇぇえぇ」

センシュールは目を見開いてあんぐりと口を開けてカインの姿を目で追ってしまった。

自分の魔法で起こした爆発の余波でふっとび、ごろごろと転がっていくカインは楽しそうに高笑いをしていたのだ。

カインが目を覚ますと、テントの中だった。体のあちこちが痛む。

風と火の複合魔法である爆裂魔法を使った時に、防御系の魔法を使わずにすべてを攻撃に突っ込んだ。それで自分の魔法で起こした爆風に自分もふっとばされた。それは覚えていた。

「目が覚めたか。もう夕飯だ。起きられるのなら出てきて食べるが良い」

カインが身を起こした気配に気がついたのか、ジュリアンがテントの入り口から覗き込んでそう声をかけてきた。

カインはもそもそと起き上がると、かるく前髪を手で整えてテントを出た。

焚き火がたかれ、また肉が焼かれていた。三食肉では流石にあきる。しかも全部焼き肉だ。

「王都をここに建てるのならば、最初に料理屋を開くのが良いんじゃないでしょうか」

「良い案だな。魔獣も狩れて、料理もできる。自給自足が出来る料理人がいれば良いのだがな」

カインはジュリアンの隣に折りたたみ椅子を置いて座り、カップに果物のはちみつ漬けを入れるとそばに置かれているヤカンからお湯を注いだ。

今日は、焚き火をいくつかに分けているようで、肉を焼きながらお湯も沸かしていたようだ。

「カインが寝ていたので、お湯用に小さく焚き火を熾してくれたんですよ」

「カインの魔法は便利だが、袖口が濡れるしそこら中ビショビショになるでなぁ……」

「練習すればいつかきっとこぼさずにカップに入れられる日が来ます」

ふぅふぅと冷ましながら、コクリコクリと果物茶を飲んでいく。甘くて温かい物が胃に流れていくと、急激に空腹を感じるようになってきた。

そんなカインにちょうどよく、肉が盛られた皿がにゅっと後ろから差し出された。

「カイン君。今日の功労賞は君だ。沢山食べてくれよ」

皿を持つ手からさかのぼって見上げると、センシュールがニカッと笑っていた。カインは礼を言って皿を受け取ると、テーブルの上のフォークを手に取って肉を食べ始めた。

「もしかして、私の魔法で倒した魔獣でしょうか？」

口に入れた分を飲み込んでからカインがそう聞くと、センシュールはいいやと首を横に振った。

「カイン君の魔法で倒された魔獣はその殆どが形も残らないほど吹っ飛んでしまったからな。これは、俺たちで残党狩りをした分の肉だ」

「そうでしたか……。残党がいましたか」

カインががっくりと肩を落とすと、もう一切れ肉を口に放り込んだ。

目の前の敵を全滅させる気でやったから、うち漏らしがあったのは単純に悔しかった。そして、一発撃ったあとにすぐ気絶しているので、味方の居ない場所ではやはり全力で魔法を使うわけにはいかないなと思った。

「カイン。地面をごろごろ転がって行ったかと思ったら、意識がなくなっていてびっくりしました。無事に起きてくれてよかったです」

ジャンルーカが心配そうな顔で声をかけてくれるが、カインとしては今回はそれが狙いでもあったのでむしろ大成功である。

「ジャンルーカ様。覚えておいてくださいね。魔法使いが全力で魔力を使い切るような魔法を使うと、今日の私みたいにプツンと意識が途切れてしまいます。信頼のおける仲間がいたり、絶対に安全な場所から、離れた場所に向かって使う場合などで無いかぎり、全力で魔法を使ってはいけませんよ」

「はい。カインが死んじゃったのかと思ってすごく心配したんです。僕も、周りの人を心配させないように気をつけます」

「命がけの反面教師だなぁ。カインよ」

カインは、肉を食べながら気を失っている間のことについて二人から話を聞いた。

今はすでに暗くなっているので見えなくなっているが、カインが魔法を打ち込んだあたりは木々が倒れ地面がえぐれているらしい。

だいぶ見晴らしが良くなっているそうなので、森を開拓する足がかりにしようかと相談中らしい。

魔獣が大量に発生した原因はわかっていないらしいが、時間によって魔獣の数の多い場所少ない場所が移動するのではないかと推測しているらしい。

魔獣の遭遇場所と数と種類を地図に書き込む時に、今後は時刻も書いていくことになったそうだ。

けが人も出たが、皆軽傷といえる程度らしい。明日は朝から撤収作業をしてさっさと王都へ帰る事になったそうだ。

「後六年でここを王都にするのであれば、調査ばかりではなく都市開発を始めないといけませんよね」

「うむ。そのとおりなのだが、計画書を書いて予算委員に提出しているのだがなかなか通らぬのだ。予算はきちんと組んでいるので、通りさえすれば人足を雇って開墾を始められるし飛竜を荷運びに使う許可も下りるはずなのだ」

「何故通らないのかとか、こうすれば良いとかアドバイスを貰えそうな方に相談してはいかがですか」

ジュリアンは渋い顔をする。

「みな、旧王都への引っ越しが最善と思っておるのだろうな。今の上位貴族達は今の王都にも旧王都にもいい場所に屋敷を持っておる者が多い。今更競争して土地の取り合いや新居の建築など面倒なのかもしれぬな」

「それなら、最初から遷都の責任者を兄上にしなければ良かったのです。遷都後は兄上が治めるのだから指揮をとれと任命しておいて、大人たちはあまり協力してくれないのです」

ジャンルーカが悔しそうな顔をしてそう言った。

もしかして。

ジャンルーカがリムートブレイク王国の筆頭公爵家令嬢を兄の側妃に、と推薦したのは純粋に兄の為だったのではないだろうか。

カインは果物茶をすすりながら、二人の王子の顔をみてそう思った。

視察のおわり、王都への帰還

三日目の朝、カインは一人テントを出てランニングをする。

不寝番の騎士はあくびをしながら遠くギリギリ視界にはいる距離を走るカインを眺めていた。

カインは冷たい空気を肺に入れて、脳がスッキリしていくのを感じる。思考を整理するのに、ランニング中にイルヴァレーノと会話をしていたのはとても有効だったのだなぁと今更ながらにも感得《かんとく》していた。

（ド魔学の隣国の第二王子ルートでは、両国の外交的観点からディアーナとの婚姻を勧められるが、第二王子は主人公と結婚するためにディアーナとの結婚を辞退して兄王子を勧めるんだよな）

ジャンルーカは兄が王になることに異論は無い様だったし、兄を立てる事ができる子のようだった。

兄に意地悪な令嬢を押し付けるというよりは、兄にツテと後ろ盾をつけるためだったと言う方が今ではしっくり来る。

ジュリアンは隙あらば女子生徒を部屋に連れ込もうとする思春期脳の男子だが、伝統の本質を守ろうとしてみたり、王都の市井に降りて買い物をしたり、国民に交じって屋台の食べ物を食べたり花祭りの意義を理解していたり。未来の国王として国のことを彼なりに考えていることがわかる。

カインからしたら、どちらもいい子だ。

どう見たってジュリアンはシルリィレーアの事が好きだ。部屋に連れ込もうとするおっぱいの大きい子たちにしたって、カインが怒ればさっさと帰すのを考えれば深い考えもなく『誘われたから無下に出来ないし、あわよくばおっぱい揉めるかも』ぐらいしか考えていないのだろうし。側妃を取らねばならぬという決まりさえなければ、そういった迂闊な行動はしなかったんじゃないかとカインは考えた。

ジャンルーカにしても、せっかく魔力を持って生まれてきたのにこの国ではそれを封じて生きなければならないのは自分に対する負い目になっているんじゃないだろうか。

リムートブレイクに留学してきて、文化の違いを一緒に学びましょうと声をかけてくれた少女に心惹かれるという背景には、魔法を制限しなくていい国に来たという解放感もあったのかもしれない。

(絶対に三年でリムートブレイクに帰るつもりだから、ジャンルーカの留学と同時になるかもしれないんだな。主人公との接点潰しも兼ねて、学園の案内や文化の指導について俺がやるのもありかもしれないな)

遷都の為の視察も今日で最後。皆が起きてきたらテントをたたんで帰途につく。

帰ってから学校が始まるまで四日あるので、マディやその他の朝ごはん難民の先輩から貰える教科書で勉強をしよう。ディアーナから手紙が届いている頃だし、飛竜に乗ったことなどについてディアーナに手紙を出さなければならない。

パレパントルから父母とアル殿下にも手紙を出してくれという内容のメモも先日送られて来たから、そちらも適当にでっち上げなければならない。

休暇の残りについてもカインは忙しい。

「カイン。僕もご一緒します！」

ぐるっと一周回ってテント近くに戻ってきたら、ジャンルーカがカインに声をかけてきた。ニコニコわらいながら並走を始める。

「おはようございます、ジャンルーカ様。おはやいですね」

「おはようございます、カイン。昨日、騎士にカインは早朝走っていたと聞いたのです。是非ご一緒しようと思ったので」

カインはランニングの速度をすこしゆっくりにして、ジャンルーカの呼吸に合わせた。

「カイン。この走り込みも魔法の威力を強くするのに役立ちますか？」

テントが十分離れたころに、ジャンルーカがキラキラした目をしてカインを見つめながらそんな質問をしてきた。

カインはジャンルーカの顔をみて苦笑すると、顔を進行方向に向けて走り続ける。

「魔法の役にはたちません。が、魔法を使うような場面では役に立ちます」

「？？？？　どういうことですか？」

ジャンルーカは眉毛を下げて困った顔をすると、それでも一生懸命自分で考えようと視線を斜め上に向けてみたりもしたが、やはりカインの言っていることがわからなかった。

「魔法は気力とか集中力とか、表に見えないチカラに影響がありますが、体力には全く影響ありません。寝たきりで一歩も動けないようなおじいさんでも気力が十分なら魔法が使えるそうです」

「そうなんですか？　それでは何故走り込んでいるのでしょう？」

そろそろテントが見えなくなりそうなので、ゆるくカーブしながら走っていく。

魔法陣の白線をなぞりながら、円の逆側の縁を目指す。

「魔力が切れると気絶してしまいますし、残り少ない状態でも眠気に襲われます。ですので、魔法を使うまでもないザコ敵に対して、グーパンで殴るためです。グーパンで敵を殴るのには体力が必要です」

「え……？　えぇ？」

カインがシャドーボクシングのように、シュッシュと握りこぶしを打って引っ込めてと動いて見せる。ジャンルーカも真似して走りながらグーの手を前に突き出してみるが、ジョギングをしていてもこのパンチで魔獣などを倒せるような気はしなかった。

「冗談です」

「カイン？」

カインがシャドーボクシングをやめて真顔で言うのを、ジャンルーカが困惑する顔で見上げている。

「昨日、僕が魔獣の群れをふっとばした時に、僕自身もふっとんだのは見ていたでしょう？　足腰を丈夫にすればああいう時に踏ん張れます。あとは、炎の魔法を使って火事が起きた時に逃げる為とか、魔法を使ってみたけど勝てなかった相手の前から逃げるためとか」

「魔法を使う場面がそもそも危険ということですか」

「理解が早いですね、ジャンルーカ様。あと、魔力は体に貯まるものなので、体が大きいほうが魔力が多いです。瞑想して練ることで密度をあげたりは出来ますが、何もしない場合は単純に体が大きいほうが魔力は多いということになります。将来大きな体に成長するように、体力をつけて体を鍛えるのは理にかなっているんです」

「なるほど？」

ジャンルーカはつま先だけで走りながら背を伸ばしてみたり、ぐぐぐっと腕を上に伸ばしながらカインの隣を走り出した。背を少しでも伸ばそうというジャンルーカなりの努力なのだろう。

カインは目を細めて口角をあげると、ジャンルーカの頭を優しく一回だけなでた。

「体が小さいうちに筋肉を付けすぎると身長が伸びないといいます。筋トレだけはしすぎないように注意してくださいね」

「そうなんですか!?　気をつけます」

慌ててストレッチするように伸ばしていた腕を引っ込め、つま先立ちで走っていたのを普通の走り方に直したジャンルーカ。それをみてカインは口元を手で隠して肩を揺らしていた。

テントの近くまで戻ると、速度を落としてクールダウン走をしつつ、自分たちの寝ていたテントに戻る。

ジュリアンが一人ふてくされてテントの真ん中に座っていた。

「走るのがいやとは言うておらぬぞ。誘えばよかろう」

「寮にいる時に誘ったら、朝は寝るものだといって断ったじゃないですか」

ジュリアンは仲間はずれにされたのが気に食わなかったようだ。それでも、気持ちよさそうに寝ていたので起こすのは忍びなかったし、寮にいる時にたまたま目が覚めていたジュリアンをランニングに誘って断られた経験があったので、カインは寝かせたままにしていたのだが。

「まぁよい。今日はもう片付けをして帰るのみだ。テント内の自分の荷物を片付けておくように」

「はい、兄上」

「承知しました、ジュリアン様」

騎士たちがテントを畳んだり焚き火の始末をしたりしているのをジュリアンが眺めていると、クイクイと袖をひかれた。振り返れば、そこにはご機嫌そうなジャンルーカが立っていた。

「兄上、良いことを教えて差し上げます」

そう言って、耳を貸すようにジェスチャーしてきた。ジュリアンは少しひざを曲げてかがみ、耳をジャンルーカの口元に寄せた。

ジャンルーカは両手をメガホンのようにして自分の口と兄の耳を囲い、声を漏らさないようにしてそっと囁いた。

「カインは火の魔法を使うとき、瞳が紫色になるんですよ」

ジュリアンは、それがどうした？　と思って続きを待ったが、ジャンルーカの教えてくれる良いことはそれだけのようだった。

姿勢を正して改めてジャンルーカの顔を見れば、ドヤァと得意満面の顔で見返してきた。

「青と紫でゆらゆら揺れるので、とっても綺麗なのですよ」

「そ、そうか」

ジュリアンはそれ以外に返事ができなかった。

ジュリアンにとっては、それがどうかしたのか？　としか思えない内容で、魔法使いとはそう言うものなのだろうな、という感想しかない。

ただ、ジャンルーカの得意そうな顔をみるとそんなつまらない反応をしたら拗ねそうで、何かもう一言いわねばと気が焦っていく。

「魔法使いが魔法を使うとそうなるのだろうか？　おぬしも魔法を使っているときは瞳の色が変わっておるかもしれぬな？」

「そうですね！　最後に魔法を使ってみて良いですか⁉」

ジャンルーカは、ここを発つ時にはまた枷となる腕輪をはめることになる。

魔法が使えるのは今だけだ。

ジュリアンもジャンルーカの瞳の色が変わるところを見てみたいと思ったので、良いぞとうなずいた。

「ありがとうございます！」

ジャンルーカはパッと明るい顔をすると、くるりと反転してカインの居るほうへと駆け出した。

「え？　おい、ジャンルーカ？」

すっかり、自分に瞳を見せてくれるものだと思っていたジュリアンはあっけにとられて駆け去っていく弟の背中を見送るしか出来なかった。

騎士が聞こえるか聞こえないかギリギリぐらいの高音の笛を吹く。

遠くから飛竜が飛んできて、魔法陣の中に着地した。

コンパクトにたたまれたテントや野営道具を飛竜に積み込めば、あとは帰るだけとなった。

「忘れ物はないいな？」

ジュリアンに声をかけられ、振り返ったカインはただ広がる大地とその上に引かれている白線、更に向こうに広がる森を眺めた。

持ってきたのは着替えなどを入れたかばん一つ。忘れ物は特になかった。

飛竜の背にのれば、その日のうちに王都の寮へと到着したのだった。見た道だったせいか、行きよりも帰りのほうが早い気がした。

飛竜の背中、ご機嫌なジャンルーカ、不機嫌なジュリアン、考え込んでいるカインとそんな空気に肩身を狭くしている騎士のセンシュール。

センシュールが軽く肩をぶつけてカインの気をひいた。

「なんですか？」

「カイン君、殿下達はどうしたんですか」

「……知りません。どうしたんですかね」

カインは関わりたくなくて、無心で考え事をしているふりをして景色を見ていた。しかし、センシュールがしつこく突いてくるので、小さくため息をつくと振り向いてずりずりと飛竜の上を尻をずらしながらジュリアンの隣まで移動した。

「ジュリアン様。良いことを教えてさしあげます」

「なんだ」

ジュリアンの肩に自分の肩をくっつけてカインが耳打ちをする。風を切って飛んでいるので近くにいかないと声が届かないのだ。

ジュリアンはふてくされた顔をしたまま前を向いているが、意識がカインに向いているのは感じた。

「甘えてほしければ、甘やかさないとダメですよ」

「……甘えてほしいなんていっておらぬ」

「何処に行くにも後を付いてきて自分を褒め称える弟が可愛いって先日言っていたじゃないですか」

「……そんな事は言っておらぬ」

「そうでしたね。それを言っていたのはシルリィレーア様でした」

「う……ぬぅ。ぐぅ」

カインはちらりとジャンルーカを見た。何の話をしているのかな？　気になるけどお邪魔したらわるいかな。という顔をしている。良い子だ。

「良いお兄さんぶりたかったら、ちゃんと良いお兄さんをしないとダメですよ。甘えてほしかったら甘やかさないとダメです。わがままをすべて聞くとかそういう事ではなく、きちんと話を聞いて返事をするとか、何かやり遂げたときには褒めてあげるとか、そういうことでいいんです」

「話を聞いて、出来たら褒める」

「そうです。とりあえず、今回の遷都予定地視察に付いてきて、がんばって魔獣を沢山倒した事を褒めてあげてください。まだ九歳なのにテントで寝泊まりして毎食焼いた魔獣の塊肉だけなんてワイルドなお泊り会に連れ出したんですから。労ってあげてください」

カインがそこまで言うと、はじめてジュリアンが顔をカインに向けてジト目で睨んできた。

「カイン。おぬしやはり妹か弟がいるだろう」

「いませんよ。私は一人っ子です」

ふんっと鼻を鳴らして、ジュリアンがずりずりと尻をずらしながらジャンルーカの座っている方へ移動していく。

風切音でジュリアンとジャンルーカが何を話しているのかは聞こえないが、ジュリアンが声をかけ、頭をなでてやるとジャンルーカが目を丸くして驚いたあと、嬉しそうに笑ってジュリアンに抱きついていた。

ジュリアンもまんざらでもない顔をして、胴にひっついているジャンルーカの頭をなで続けている。

ずりずりと尻をひきずって移動してきたセンシュールが、助かったよと情けない顔をしてカインに声を掛けてきたので、カインは兄弟を見たままいいえと答えた。

無性にディアーナに会いたい気持ちが湧いてきて、泣きそうになった。

カインからディアーナへの手紙

ディアーナへ

そろそろ冬も終わりに近づいてきていますが、まだまだ寒い日もあるかと思います。

風邪などひいてませんか？

寝るときには暖かくして寝ていますか？

去年編んだ腹巻きはまだ着れますか？

きつくなったら新しいのを編むから、遠慮なく言うんだよ。


〜中略〜

サッシャと仲良くなるために頑張るそうだね。

ディアーナは偉いね。

仲良くなるために、相手の事を知るのはとても大事なことだね。

そこに自分で気がついて行動が出来るなんて、ディアーナはとても素晴らしく気配りのできるレディーだね。

サッシャの趣味は何だったのかな？　ディアーナと共有できる趣味だといいね。

たとえサッシャの趣味がディアーナと分かち合えない内容だったとしても、否定せずに受け止めてあげてね。

受け入れる必要はないけど、そうなんだねって知ることが大事かもね。

お話のきっかけが出来るといいね。

仲良くなっていけば、いつか世を忍ぶ仮の姿を打ち明けられるかもしれないね。


～中略～


こちらには、花祭りというお祭りがあります。来たばかりなのにもう学校がお休みになります。

残念ながら、そちらに帰るには時間がギリギリすぎるので今回は帰れませんが、次のお手紙にはお祭りの様子を書きたいとおもいます。

ディアーナは花が好きだから、このお祭りも好きかもしれませんね。

色んなお家でお菓子を振る舞うんだそうですよ、一緒にまわってディアーナと色んなお菓子を食べられたらどんなに楽しいだろうって思います。

町中に布で作った花びらが舞うんだそうです。花びら舞う街をくるくると歩くディアーナはきっと可愛いと思います。

家に帰った時には花びらを作ってディアーナの周りに撒いてみようと思うので、一緒にダンスを踊りましょうね。


～中略～


先日、ユウム語で描かれた絵本を送りましたが届きましたか？　手紙と小包は別便になると言われたのでどちらが先に届いているかわからないのです。

ディアーナの好きな「うさぎのみみはなぜながい」をユウム語で書いてある本です。

ディアーナはもうこの本は内容を覚えてしまうほど読んでいるから、ユウム語で書かれていても意味はわかると思います。

ディアーナは物覚えが良くて記憶力も良いのでユウム語もあっという間に覚えてしまうかもしれないね。

いつか僕より流暢に話せる様になってしまうかもね。そうしたら、国と国を飛び回る美人外交官なんて将来もあるかもしれないね。


～中略～

朝起きて、一人で走り込んでいるとつい隣に金色の髪がなびいているのではないかと目で探してしまいます。

寮のドアがノックされた時に、元気よく扉が開いてディアーナが入ってくるのではないかと期待してしまいます。

街でお兄様という声が聞こえるとつい振り返ってしまいます。

一日の終わりに、寮の部屋で勉強をしていると僕はこんなところで何をしているんだろうと考えて悲しくなってきてしまいます。

ディアーナ、元気ですか。

僕はディアーナが居なくて死にそうです。


～後略～

◇

「ディアーナ様、カイン様はお元気そうですか？」

「死にそうだそうよ」

ディアーナは、両手で持たないと落としてしまいそうな枚数の手紙をトントンと机で揃えると、大切そうに封筒にそっとしまった。

夜寝る前、一人になった時にまた読み直す。そのために机の引き出しではなくベッドサイドのライトテーブルの小さな引き出しに手紙をしまった。

「お兄様は、お休みはあるけど帰って来られないみたい」

「それはがっかりされてるのではないですか」

「お兄様の次のお休みっていつかな？　お兄様が帰れないなら、ディが遊びに行ったら良いよね」

「旦那様と奥様がお許しにならないと、隣の国に行くのは流石に難しいですよ」

イルヴァレーノは苦笑いをしながら机の上に出しっぱなしになっていたペーパーナイフをペン立てにかたづける。

ベッドサイドに手紙をしまったディアーナが勉強机に戻ろうとしているところで、部屋の戸がノックされた。

「どなたでしょうか」

「サッシャです。お嬢様宛にカイン様からお荷物が届きました」

イルヴァレーノが入り口まで行ってドアを開ける。胸の前に小包を抱えたサッシャが立っていた。

イルヴァレーノが体をずらして道を空けると、サッシャが入ってきてディアーナの前に小包を置いた。

「お手紙に書いてあった物かもしれませんわね。イルヴァレーノ、開けてくださる？」

「かしこまりました」

サッシャの前なので、ディアーナとイルヴァレーノは令嬢と使用人として会話をする。

イルヴァレーノが片付けたばかりのペーパーナイフを取り出して小包の封を切っていく。中から出てきたのは、一冊の絵本だった。

タイトルは外国の文字で読めないが、表紙の絵はとても見覚えのあるものだった。

「あ『うさぎのみみはなぜながい』だ」

先程読んだカインの手紙に書いてあった、サイリユウム語で書かれた絵本だった。

「サイリユウム語ですね」

「サッシャは、サイリユウム語が読めるの？」

ディアーナが椅子に座ったまま、横に立つサッシャを見上げて問いかけた。首を少し傾けて、上目遣いでジッと見つめる。

サッシャはディアーナと目が合うと少し頬を赤くして、慌てて視線を絵本の表紙へと移動した。

「学校で習いますので、基本的な文章であれば大丈夫だと思います。……教科書以外で読む事ができる本を入手したことがないので、実践したことはないのですが……」

サッシャはすました顔を作っているが、チラリチラリと視線がディアーナの肩あたりと絵本の表紙を行ったり来たりしている。

「じゃあ、この本はサッシャに貸してあげる。お兄様がくれたものだから大切にしてね」

そういってディアーナが絵本をサッシャに差し出した。

サッシャは目を丸くしてディアーナの顔をジッと見つめてきた。淑女にあるまじき態度であるが、ディアーナはニッコリとわらって視線を受け止めた。

「私はまだサイリユウム語は勉強中なので、きっとまだ全部読めないと思うの。サッシャが先に読んで、私の持っている『うさぎのみみはなぜながい』とちゃんと同じだったか教えてくださいな。同じだったら、教科書として使えるでしょう？」

頬に指先を添えて、斜め四十五度の角度からサッシャの顔をのぞきこんで目を見つめる。ディアーナの必殺おねだり角度である。

サッシャが読書好きなのは調査済みのディアーナ。サッシャがこの本を読んでくれれば、うさぎのみみはなぜながいという共通の話題が出来る。

「わ、わかりました。この絵本と、この国の絵本が同じ内容かどうか調査いたします。お嬢様のご指示であれば致し方ありませんわね」

サッシャはそう言うと、ディアーナの手から絵本を受け取った。

小包の中には、他にもアクセサリーやお茶の葉などが入っていた。

「イルヴァレーノ。お手紙の中で、このお茶が美味しかったとお兄様が言っていたわ。後でお茶の時間に淹れてちょうだい」

「かしこまりました。淹れ方の注意などお手紙に記載はありましたか？」

「お湯もカップもとにかく熱くして淹れるようにって書いてあったわ」

「承知いたしました。ではその様にお淹れしましょう」

「時間になったらサッシャも一緒にお茶にしましょう。本を読んだ感想も聞きたいわ」

サッシャは小さく頷くと、一度失礼しますと言って部屋を出ていった。こころなしかその足はステップを踏みそうに軽かった。

エルグランダーク家にまつわる逸事II

Reincarnated as
a Villainess's
Brother

読書の秋

読書の秋、芸術の秋、スポーツの秋、食欲の秋。

〇〇の秋と銘打ってなんでもかんでも秋にやらせようとする習慣があったのは、カインの前世の世界でのことであった。このド魔学の世界でも、秋は屋内での趣味が捗《はかど》る季節だと言われている。

秋になると空気が冷たくなるので庭園でのお茶会や園遊会の開催回数がぐっと減ってくる。日も短くなるので開催されたとしても終了時間が早くなる。そうやって屋外での社交の機会が減り、自宅で過ごす時間が増え、屋内でできる趣味に時間を掛けるようになるのだ。貴族の家では魔法のランタンなどで明かりをつけて刺繍をしたり、絵を描いたりボードゲームをしたりするが、平民の家では夜間に灯す明かり代もばかにならないのでさっさと寝てしまう方が多いらしい。イルヴァレーノも、孤児院では秋から冬に掛けては早めに布団に入ってしりとりなどをしていたそうだ。

スポーツの秋としては、大人の一部は森や丘などへ狩りに行く人もいるそうだが、カインの父であるディスマイヤにはその趣味はないようだった。狩りは大人の趣味なので、今のカインたちには関係がない。

カインとディアーナの秋といえば、もっぱら読書の秋である。カインがよく本を読むのでディアーナも本を読む。カインは、次々と新しい本を読んでいくタイプだが、ディアーナはお気に入りの本を繰り返し読むタイプだ。

「イル君。ご本を読んでさしあげます！」

ディアーナはそう言うと、一人用のソファーに腰掛けているイルヴァレーノの太ももをペチペチと叩く。一人用とはいえ、子どもなら詰めれば二人座れないこともない。ディアーナは、太ももをペチペチと叩くことで、イルヴァレーノに端に詰めろと要求しているのだ。

「カイン様に読んで差し上げてよ」

イルヴァレーノは眉間にシワをよせながら、ディアーナにそう言って座る位置を変えようとしない。イルヴァレーノも自分の本を読んでいるところなので、読書を中断するのが嫌なようだった。

「ディアーナ。僕の隣の席が空いているよ。こっちに座らない？」

カインがあいている隣の座面をポンポンと手で叩く。カインは、ディアーナが隣に座れるようにいつでも二人がけのソファーの方に座っている。

「お兄様は、読んでる途中でいちいち褒めてくれたりなでてくれたりするから、お話が進まないんだもん」

ディアーナがそう言ってプイッとそっぽを向いてしまった。

「読んでる途中でいちいち褒められようとしていたくせに……」

一番最初に、イルヴァレーノがディアーナに読み聞かせをした時には、分かる単語が出てくるたびに、ディアーナは絵本の絵を指差して褒められ待ちしていた。それを思い出して、イルヴァレーノは渋い顔をした。

本を読むことに関しては、ディアーナはカインよりイルヴァレーノを優先することが多い。本に書かれた文字には物語がある、ということをディアーナに教えたのがイルヴァレーノだからだ。ディアーナは、イルヴァレーノと本を読むほうが楽しいと思っているフシがある。

文字を覚えて自分で本を読めるようになると、ディアーナは読み聞かせをねだらなくなった。逆に、読み聞かせようとしてくる。「ご本を読んでさしあげます！」と恩着せがましいセリフとともに部屋に飛び込んでくるのだ。

カインは思い出していた。かんたんな基本文字しか覚えていなくて飛ばし飛ばし読んでいたディアーナ、うさぎやうまやくまといった単語を覚えて嬉しそうに絵本の絵を指差していたディアーナ、単語が読めた事を褒められて満足そうに笑っていたディアーナ。

「ディアーナ。成長したんだねぇ」

今はもう、絵本まるごと一冊自分で読めるようになったディアーナを、感慨深そうに目を細めて見つめるカイン。けして、一緒に読書するのを拒否された事からの現実逃避ではないぞと、自分の心に言い聞かせていた。

「大体、読書っていうのは一人でするものだよ。ディアーナ様も椅子に座って自分の本を自分のために読みなよ」

イルヴァレーノがカインの隣を指差す。ディアーナが指を差す方へ首をまわして視線を投げるが、そのままぐるりと首を戻してへにょりと眉毛を下げた。

「だって、ディはご本を読む時に声でちゃうもん。別のご本読んでるとお邪魔でしょう？」

ディアーナはまだ黙読が苦手だ。黙読するときは文字を指でなぞりながら読むが、それでも時々読んでいる部分の声が出る。本が大きいので文字を指で追いかけにくいというのもあるようだった。

「一緒に同じご本を読んだら、声にだして読んでてもお邪魔にならないでしょ？」

胸に本を抱えた格好で、とても良いことを言いました！　という顔をしてディアーナがそんな事を言うので、カインは自分の口元を押えた。口が感動で震えておかしな声が漏れそうになっているのを我慢する。

「気遣いができると言うだけで素晴らしいのに、解決策まで呈示《ていじ》できるなんて……なんて素敵なレディーになったの、ディアーナ」

震える声でカインが褒めると、ディアーナはエヘンと胸をはって見せた。幼児体型なので出っ張ってるのはお腹なのだが、それがまた愛らしくてカインはたまらずディアーナを抱きしめた。

カインが「大人しく聞くので」と説得し、ディアーナの読み聞かせはカインに対して行われることになった。二人がけ用のソファーにディアーナがよじ登って座ると、膝の上で本を開く。

「ディアーナ、今日のご本はなんですか？」

「今日お兄様に読んでさしあげるのは、『虹になった魔法使い』というご本です！」

膝の上の本は、自然と読みグセの付いているページが開かれている。ディアーナは、カインにも絵本が見やすいようにと、本を二人の間に置こうとして本のページを引っ張った。

――ビリィッ。

嫌な音がした。

ディアーナに読み聞かせしてもらえるとなって、ニコニコしていたカインの顔が固まる。ディアーナも、引っ張っていた手が固まって、動かなくなってしまった。

絵本の、ひらいたページの綴じ側近くが半分ほど破けてしまっている。かろうじて本から切り離されてはいないものの、読もうと思ってページをめくっていたら、いつ切れてしまうかわからない状態だった。

「ふぇ……」

見る間にディアーナの目がうるうると潤んでいき、目尻に水玉が現れたと思うとどんどんと膨らんでいき、ついにぽろりとほっぺたにおっこちた。

「ディのご本やぶけたぁー！」

一度決壊した涙腺はどんどんと涙を落としていき、目尻からも目頭からも途切れることなくこぼれていく。「ご本ー」「やぶけたぁ」「うあああああ」という叫び声をあげながら、号泣するディアーナ。カインはそっと膝上の本を持ち上げてローテーブルの上に避難させた。膝の上に乗せっぱなしでは、ぼろぼろと溢れる涙が本の上にこぼれ落ちてシミを作ってしまいそうだった。

「ディアーナ。大丈夫だよ、ディアーナ」

ディアーナの肩を寄せて抱き込むと、カインはその背中を大きくゆっくりとなでた。ディアーナはカインの胸におでこをぐりぐりと押し付けながら、バシンバシンと時々太ももを手のひらで叩いてくる。

「大丈夫、大丈夫」

といいながら、カインはゆっくりとディアーナの背中をなでつつ、反対の手でイルヴァレーノを手招きした。

「のりとハサミと紙もってきて」

小さな声でそう伝えると、イルヴァレーノは小さく頷いて静かに部屋を出ていった。

カインは、泣き声が「ふぐぅう」「ディのご本ー」とだんだん大人しくなってきたディアーナの

背中を優しく叩くと、

「ディアーナ。本は破けてしまったけど、ページを無くしてしまったわけではないから大丈夫だよ。破けたところをのりでくっつけたらまた読めるようになるよ」

となだめるように、やさしい声で話しかけた。ディアーナは「ヴー」とうなりながら、おでこをグリグリとカインの胸に押し付けていやいやと首を振っている。それでも、泣き声はだいぶおさまり、ヒックグスンと息をつまらせ、鼻をすする音ばかりになってきた。

家人の誰かに本が破けたことを言えば、おそらく新しい本を買ってくれるだろう事はカインもわかっていた。エルグランダーク家はこの国の筆頭公爵家なので、本の一冊や百冊わけなく買えるし、おそらく図書館を建てるぐらいの財力は普通にある。しかし、ディアーナはお気に入りの本を繰り返し読むタイプで、彼女が自分の本に愛着を持っているのをカインは知っている。簡単に「おんなじ本を新しく買ってもらえばいいよ」とは言いたくなかった。

（かと言って、本の修繕に詳しいわけじゃないんだよね。破けた本をセロハンテープでくっつけて姉ちゃんにぶん殴られたんだよな）

前世の記憶の中で、読書家……というより本コレクターだった姉に怒られた記憶が頭をよぎってカインはブルリと身を震わせた。

「大丈夫、大丈夫。本はちゃんと直せるからね。大丈夫、大丈夫」

半ば、自分に言い聞かせるようにそう言うカインに、ディアーナはようやく泣き止んで顔を上げたのだった。

ローテーブルの上に広げられた本を、カイン・ディアーナ・イルヴァレーノの三人で覗き込んでいる。開かれたページは、魔法使いが天使の女の子の手のひらに小さな虹をかけている場面で、右側に魔法使い、左側に天使が描かれている。破けているのは本の綴じ側に近い場所で、下から本の高さの半分ほどまでが切れてしまっていた。

「本当に、ご本はなおるの？」

不安そうな顔で、カインの顔を覗き込んでくるディアーナに対してカインも真面目な顔をして小さく頷いてみせる。セロハンテープも透明テープもこの世界には無いが、だから直せないなんてことはない。カインは、そう考えていた。

「こうやって、紙を細長く切って、のりを塗って切れたところに貼って直そうと思うんだけど、どう？」

カインは、細長く切った紙を本の破けた部分に試しに載せてみた。破れ目はすこしギザギザになっているので、紙は指の太さよりは太い。紙で破れ目を隠すようにして置く場所を調整して、指で押さえて動かないようにすると、カインはディアーナの顔を見た。

ディアーナはカインが指先で押さえている補修用の紙を覗き込むと、眉をひそめて「むう」と唸った。

「天使さんのお手々と虹が半分消えちゃうよ」

虹を受け取るように差し出された天使の手の指先に、裂け目がかかっている。なるべく紙を細く切っていても、裂け目を覆うように載せればやはり絵本の絵は消えてしまう。

「文字には掛からないから、本は読めると思うけど」

「ここは、大事な場面だから。虹がきえちゃダメ」

「そうかぁ」

ダメ出しされてしまったので、いったん糊付け用の紙を本の上からどけた。ペラリとページをめくって裂け目の裏側を見ると、次のページには文字が書いてあった。

「じゃあ、こっちを糊付けして、僕が隠れちゃった部分の文字を書くのでどう?」

次のページの裂け目部分に、細長い紙を載せて指で押さえて見せる。三行ある文章のうち二行が隠れてしまっていた。ディアーナはまたカインの手元を覗き込んで、少し悩むような顔をした後で顔を上げた。

「上手な字で書いてね?」

「がんばります」

絵本の破れ目より大きめに切った紙に、隠れてしまう部分の文章を丁寧に書いていく。乾くのを待って、裏側にのりをつけて絵本にそっと貼り付けた。他の部分にのりがつかないように余分な紙を一枚挟んで本を閉じ、重しを載せて一晩置くことにした。


次の日の夕方、いつもならランニングをしている時間ではあったが、外はあいにくの雨だったのでランニングはおやすみということになった。カインとイルヴァレーノは部屋でソファーに座りながら、本を読んですごしていた。ディアーナのお気に入りの「虹になった魔法使い」はカインの部屋のローテーブルに置いてある。

自分の読んでいた本にしおりを挟んで脇に置くと、カインは「虹になった魔法使い」を手に取った。適当に本をひらくと、昨日補修したページが自然とひらく。

「やっぱり、天使の指先にちょっと切れ目があるのはわかっちゃうね」

本の破け目はくっついたが、切れ目がなくなったわけではないのでどうしても線のような跡は残ってしまう。ペラリとページをめくると、一部にカインの字で本文が書かれた紙が貼り付けてある。なるべく丁寧に書いたが、やはり元々の字とは違うので、少し目立ってしまうのは仕方がなかった。

「うーん」

ペラリ、ペラリと破けたページを右へ左へとめくって裏と表を交互にみながら、ごまかし案について考えていた。ページの内容は、片方のページに魔法使いがいて、反対のページに天使がいる。そして向かい合わせに座わっていて、魔法使いの手と天使の手をつなぐように小さな虹がかかっているという絵になっている。虹は、ページをまたぐように描かれていて、その虹を受け取るようにさしだしている天使の指先に裂け目がかかってしまっているのだ。

どう補修用の紙を細く切ってもどうしても天使の手がかくれてしまう。細長く切った紙を縦にしたり横にしたりして絵本の上に載せていたカインだが、「あっ！」と声を出すと、ソファーから立ち上がって勉強机へと駆け寄った。

「いいことかんがえひらめいた！」

鼻歌をうたいながら、カインはペンや絵の具の用意をし始めたので、イルヴァレーノも読みかけの本に栞《しおり》をはさみ、カインに近寄っていった。

「手伝うことはある？」

「あるある。イルヴァレーノ、手伝って！」

カインとイルヴァレーノで、ごそごそと色を塗ったり紙を切ったりと、本を補修する準備をし始めたのだった。

ディアーナは、本が破けた日からカインの部屋に来なくなっていた。カインの部屋に行くと破けた本を見て悲しくなってしまうからだ。カインは直すと言っていたが、カインが本文を書き写した紙片をみて、元通りにはならないんだなと思ってしまったのだ。カインの字は七歳にしてはきれいな字だが、元々の本の字とはやっぱり違うのだ。本の裂け目がふさがっていても、そこをみると自分が本を引っ張って破いてしまったことを思い出して、きっと悲しくなる。そう思うと、どうしてもカインの部屋に行きにくかった。

破いてしまった次の日は、お茶の時間の後には母のエリゼについて行って刺繍をしてすごしていた。刺繍の会の宿題で、好きなものをハンカチに刺繍しましょうと言われていたので、ディアーナは虹を刺繍していた。糸の交換が何度もあって面倒だったし、虹が題材の絵本を破いた後だったので、刺繍をするのも憂鬱《ゆううつ》だった。

「ディアーナ。まだ次回の刺繍の会まで日もあるし、刺繍の図案を替えてもいいのよ？」

あまりにつまらなそうに虹を刺繍しているディアーナを見て、エリゼも思わずそう声をかけてしまう。針を持っているディアーナを抱きしめるのは危ないので、やさしくゆっくりと頭をなでてやった。ディアーナはエリゼの声に小さく頷いたが、刺繍はそのまま続けていた。

――コンコン。

エリゼとディアーナが刺繍をしていると、応接室のドアが小さくノックされた。エリゼの侍女がドアで誰何のやり取りをした後、部屋に入ってきたのはカインとイルヴァレーノだった。

「どうしたの？　カイン」

「ディアーナに、本を届けにきたんです」

カインの手の中には、ディアーナの絵本が大事に抱えられていた。

ディアーナはカインの方を向いて本に目をやると、すこし悲しそうな顔をした。

カインは部屋の中程へと進み、ディアーナの前に跪くとうやうやしく絵本を差し出した。

「破けた所は直したよ。直っているかどうか確認してくれる？」

カインのその声に、ディアーナはすこし困った顔をして隣に座るエリゼを仰ぎ見た。カインが直したというのなら、直したのだろう。ディアーナもそれは疑ってはいない。でも、直っていても元通りではないだろうと思っているので、見たい気持ちもあり、見たくない気持ちもあって自分でも困ってしまっていた。

「絵本が破けてしまったの？　それなら、同じ本を取り寄せる？」

困った顔のディアーナに、エリゼがそう言いながら頭をなでてやるが、それにもディアーナは首を横にふる。ディアーナ自身もどうしていいのかわからないようだった。

「ね、元通りではないけれど、きれいに直したから見てほしいんだ」

そういって、カインは絵本を少し強引にディアーナの膝の上にのせた。そしてディアーナが手に持っていた刺繍針と刺繍枠をそっと取り上げる。

ディアーナは、覚悟を決めたように本を開く。お気に入りで開きグセの付いたページ。補修で紙をあてててページが厚くなっているので更に開きやすくなっている、そのページが自然と開いた。

「わぁ!?」

ディアーナの目の前に、小さな虹が飛び出した。絵本のページをまたがるように、半円に切られた

紙が立ち上がったのだ。

まるで、魔法使いの手と天使の手をまたぐようにかけられた虹が飛び出してきたようだった。

「どう？　虹の根本にのりしろがあるから手がちょっと隠れちゃうんだけど、飛び出した虹で隠れるからわかりにくくなってると思うんだよね」

カインの説明も聞き流しながら、ディアーナはそっと本をとじてみる。虹は、真ん中に折り目が付いていて、本を閉じようとするとゆっくりと奥に倒れていく。そして、本を閉じると本の中に虹があったなんてわからない、普通の本になってしまった。

ディアーナは、またゆっくりと本をひらいていく。すこしだけ開いて、片目で中を覗くようにしながら、少しずつ少しずつ開いていって、開ききるとそのページの上には虹が飛び出してかかっている。

「ふしぎ！　魔法使いの虹が、本当にかかってるみたい！」

ページをめくったり、戻したりしながら、虹が飛び出したり引っ込んだりするのを嬉しそうに見ている。

「どう？　大丈夫そう？」

カインは、ディアーナの顔が明るくなったことにホッとして声をかけた。

「うん！　本当に虹がでてくるなんて、魔法みたい！　破く前より素敵になってる！」

「よかった！　ディアーナが喜んでくれたら僕もうれしい！」

ディアーナは、一度本をとじて表紙を上にして膝の上にのせると、隣に座ってるエリゼを満面の笑みで見上げた。

「お母様！　ご本を読んでさしあげます！」

エリゼは苦笑しながら、手元の刺繍道具を片付けた。

「ディアーナとの楽しい刺繍の時間は終わりね。せっかくカインよりお母様を選んでくれたと思ったのに。でも、ディアーナが楽しそうなのが一番ね」

ディアーナの頭を優しくなでながら、エリゼは絵本がよく見えるようにディアーナと肩が触れるぐらいまで体を寄せた。

「お兄様にもイル君にも読んであげますからね！　そちらにお座りください！」

絵本がグレードアップして戻ってきて、さらに母エリゼがぴたりと体をくっつけて来たことでご機嫌なディアーナは、机を挟んで向かい側にあるソファーを手で示しながら、カインとイルヴァレーノに座るよう指示した。

カインはイルヴァレーノと顔を見合わせて肩をすくめると、大人しく向かいのソファーに腰を下ろして、絵本の読み聞かせが始まるのを待った。

その日のディアーナは、夕飯の時間になるまで繰り返し本を読み聞かせたのだった。


かいんさぷらいずどゅー！


冬の初めのある日の午前中、エルグランダーク邸には主家の人間がディアーナしかいなかった。

当主であるディスマイヤは、王城へ仕事に出かけていて夜まで帰らない。夫人であるエリゼは、侯爵家が主催している昼食演奏会に招待されており、夕方まで帰らない。兄であるカインは、剣術訓練に出かけていて、昼過ぎまで帰ってこない。

昼食の時間、エルグランダーク邸の食堂ではディアーナ、イルヴァレーノ、パレパントルという珍しい組み合わせの三人がテーブルについて食事をとっていた。

ディアーナとイルヴァレーノが隣同士に、その向かい側に執事のパレパントルという席順で座っている。食事のマナーを身につけるためのレッスンを兼ねての昼食ということにしているが、何のことはない、ディアーナが一人で食べるのは寂しいから一緒に食べるための配慮だった。

「ディアーナ様、口からはみ出すほど大きいものを口に運んではいけません」

「ふぁい」

向かいに座るパレパントルから注意が飛ぶ。ディアーナの口からひらひらとした葉物野菜の端が飛び出しているのだ。もごもごと口が動き、葉っぱが段々と口の中に入っていった。

サラダの、見栄えを良くするために大きな葉のままで皿に盛られていた一枚をそのまま口に運んだ結果だった。

「一口でお口に入り切らない場合は、ナイフで小さく切るかフォークとナイフを使って折りたたんで小さくしてからお口に入れると綺麗に食べられますよ」

「はい！」

パレパントルの言葉に気持ちよく返事をすると、ディアーナはフォークとナイフで大きな葉野菜をたたむのにチャレンジしはじめた。その様子に、薄く微笑んだパレパントルは、目線を隣に移した。

「イルヴァレーノ。口に収まる大きさなら良いというわけではありませんよ。ほっぺたが大きく膨らむほど一度に口に入れるのはやめなさい」

パレパントルから注意を受けたイルヴァレーノは、口の中が一杯で返事ができないため、ゆっくりと大きく頷いて返事をした。

マナーレッスンを兼ねているので、昼食なのに内容は少し豪華だった。パンと、具だくさんのクリームシチューと、葉物野菜とじゃがいものサラダだった。シチューに大きめの鶏肉がごろんと入っている。シチューに入っていた鶏肉を切らずにそのまま口に入れてしまったイルヴァレーノは、一生懸命もぐもぐと口を動かしている。なんとか、唇は閉じたままでやろうとしていて苦労しているようだった。

パレパントルが、苦笑いでその様子を見守っているスキに、ディアーナはナイフを離して手で葉野菜をたたみ、押さえつけてフォークで刺していた。パレパントルのスキをついた完璧な犯行だとディアーナは自分で思っていて満足そうにやりきった顔をしていたが、

「ディアーナ様、手を使ってはいけません。折り畳めないのなら、ナイフを使って切り分けるように」

イルヴァレーノに向けていた顔をディアーナに向け、パレパントルは注意してきた。

「はぁい……」

先程よりは若干元気のない返事をして、フォークに刺さる折りたたまれた葉野菜を口に入れた。

食事そのものを嫌いになっては困るので、今日のパレパントルはさほど厳しいことは言わない。まずは、一口大に切って口に入れるということが学べれば今日は良いだろうと考えていた。

ディアーナは、マナーは良いのだが手が小さくて力が弱いので、カトラリーの扱いがまだうまくない。そのため、皿の上で食材が逃げたりすることがよくあるのだが、そんな時につい手が出てしまう事がある。豆がフォークですくえなくて手で掴んで口に入れてしまうとか、肉にフォークを刺そうとしてうまく刺さらなくて、手で肉を支えてからフォークで刺そうとしたりとか。ナイフが上手に使え

なくて一口大に切れなかった料理を、諦めてそのまま口に入れて口からはみ出してしまったりする。そのへんを少しずつ直すようにフォローしていた。

イルヴァレーノの方は、座っている姿勢やナイフとフォークの使い方などは綺麗なのだが、急いで食べたり口いっぱいに入れて食べたりしてしまうところがある。おそらく、孤児院で下の子達の面倒を見るために自分の食事を早く済ませなければならなかった時の癖なんだろうと、パレパントルは考えていた。こちらも、逐次注意していくことで、矯正していくしかない。

「貴族の家に招かれての晩餐ですと、美しく食事しながら、楽しい会話も出来なければなりません。食事に夢中で人の話を聞いていなかった、なんてことにならないように、今日もお話をしながら食事をしましょう」

食器の音と、パレパントルの注意だけが聞こえていた静かな食堂だったが、パレパントルが会話をしようと言ったことで、ディアーナはホッとしたような顔をした。

会話をしながらの食事のレッスンですよ、というていで、普通に楽しく食事をしましょうという、パレパントルの気遣いだった。まず、食事は楽しくなくてはならない。

「あのね、もうすぐお兄様のお誕生日なんだけど、今年は何を差し上げようかなってまだ悩んでるの」

早速、ディアーナが会話を開始した。話題はやはりカインのことだった。

「昨年は、絵をお描きになられたんでしたね」

「うん。お兄様の絵を描いて贈ったの」

ディアーナは、昨年は兄の芸術の家庭教師であるセルシスにお願いをして絵の描き方を教わりながら絵を描いた。

「お兄様には内緒ねって言って、せんせいにも内緒にしてもらっていたのにお兄様にはバレちゃってたみたいなの」

ちょっとがっかりした顔をして、シチューの汁をスプーンですくい口に入れる。イルヴァレーノがちらりと横に目をやってそのがっかり顔を見ると、首をかしげた。

「カイン様なら、内緒の事を知ってしまったとしても、知らないふりをするんじゃないですか」

ディアーナがしょんぼりするようなことを、カインがするとも思えなかった。ディアーナが内緒にしておいて当日驚かそうとしたのであれば、事前に知ってしまったとしても大げさに驚くのではないかとイルヴァレーノは思ったので、そのように聞いてみた。

「そのとおりです。カイン様は当日、とても驚かれました。ふふっ驚きすぎたんですよね」

「お兄様ったらね、うわーぐわーっていってむねを押さえながら倒れちゃったのよ」

パレパントルは驚きすぎたというが、ディアーナの言う驚き方は如何にもカインが普通にしそうだと思った。

「ディアーナ様から内緒でプレゼントを用意されていたら、カイン様はそれぐらい驚くんじゃないですか？」

「わざとらしかったんだもん」

つまり、演技が下手だったということだ。イルヴァレーノはようやく納得した。

「今年こそは、お兄様をびっくりさせたいの！」

そういってディアーナはぐっとフォークを握り込み、パレパントルにやんわりと握り方を注意された。

カインは、ディアーナの動向にはかなり敏感である。剣術訓練で不在にする午前中についてはイルヴァレーノに「今日のディアーナ様」という報告書を書かせているぐらいだ。

「『今日のディアーナ様』に誕生日プレゼントの事は書かない、という協力はできると思いますが、それだけではカイン様に内緒にするのはむずかしいですよね」

「私から使用人一同に箝口令を敷くことも出来ますが、それだけでは不十分でしょうねぇ。カイン様のディアーナ様に対する感度はかなり高いですから」

ううーんと、三人で頭を悩ませる。

「あ、ほら。会話をしながらもちゃんと食事は進めなければいけませんよ。皆と同じぐらいの速さで食べないと他の皆さんの次の一品を待たせることになってしまいます」

悩みながらも、食事のマナーを指導するパレパントルである。ディアーナとイルヴァレーノは「はぁい」と返事をして、食事の続きに取り掛かった。

「二段構えにするのはどうですか？」

ふと、イルヴァレーノが思いつきを口にする。不意打ちで人を襲うときに、右手にナイフを持って相手に見せつけつつ左手には相手に見えないように逆手にナイフを持つ、という技を使っていたのを思い出したのだ。右手のナイフを躱したことで油断した相手を、左手のナイフで斬りつけるのだ。逆手に持ち、柄の端を握り込めば相手からナイフが見えなくなる。その上、反対の手に持っているナイフに注意が行くのでさらにバレにくくなるのだ。

「プレゼントを二つ用意しなければならなくなりますが、一つをわざとバラすことで二つ目のプレゼントにカイン様が気づきにくくなるんじゃないかと思います」

イルヴァレーノの提案に、パレパントルも一つ頷いた。

「なるほど、手品の要領ですね」

「てじな！」

パレパントルとディアーナは『二つ用意して一つが囮』というのでイルヴァレーノほど物騒ではない物を連想したようだった。

「ディアーナ様、今年は何をプレゼントしようとお考えですか？　差し支えなければ教えていただけますでしょうか？」

そういって、内緒話を聞くかのようにパレパントルは少し身を乗り出して頭をディアーナに近づけた。ソレを見て、ディアーナもすこし身を乗り出すと、片手をメガホンのように口の横に立てて答えた。

「お歌よ。クライス先生にお誕生日のお歌をこっそり教えてもらう事になっているの」

「なるほど。それはきっとカイン様がお喜びになりますね」

パレパントルの言葉にディアーナは嬉しそうに笑うと、シチューの最後の具を口に放り込んだ。イルヴァレーノも残っていたパンの最後の一欠を口に入れて飲み込むと、すでに食事を終えているパレパントルの顔を見た。

「もう一つ、なにかないでしょうか？」

イルヴァレーノがパレパントルに聞いたことで、ディアーナもパレパントルの顔をじっと見つめる。二人の子どもから見つめられて、パレパントルは「ふむ」と握りこぶしを軽く口元に当てて考え込んだ。メイドがテーブル上の食器を下げ、デザートを三人の前に置いていく。デザート用のスプーンと、新しいナプキンがそれぞれの前にセッティングされていった。

パレパントルがおもむろにナプキンを手にとって二つに折り、端の方からクルクルっと巻き出した。

端まで巻いて短い円柱状になったナプキンの端をつまむと、逆側を指で開いていく。

「ディアーナ様。お花にみえますか？」

パレパントルが差し出したナプキンは、すこし不格好ながらも開き始めたバラの蕾のようにもみえた。

「あ！　お花みたいに見える！　咲き始めのおはなだ！」

ディアーナの反応にゆっくり小さく頷いたパレパントルは、そのナプキンをそっとテーブルの上に置いた。

「このように、布やレースなどで作り物の花を作る職人がいます。その人から作り方を学んでご自分でつくってみますか？」

パレパントルの提案に、ディアーナは目をまん丸くした。

「じぶんでお花がつくれるの？」

「ええ、布で作るので好きな形の花が作れると思いますよ。それこそ、誰もまだ見たことがないお花がつくれます」

パレパントルが薄く笑ってそう言った。

カインが落ち込んでいるときにディアーナが渡した「カイン花」が、実は誰も知らない新発見の花ではなかったという事は、すでにディアーナも知っている。事情を知らないメイドがカインの部屋を掃除するときに「あら、ハルジオンですね」と言ってしまったのだ。

直後はだいぶ落ち込んだディアーナだが、それでもいつか見つけるからね！　とカインに約束していたのをイルヴァレーノはそばで見ている。パレパントルも、カイン花の話はカインから聞いて知っていたのだろう。

しかし、イルヴァレーノは一つ懸念事項があった。喜んでいるディアーナに水をさすようで言いづらかったが、言わないわけにはいかないだろうと思って思い切って発言した。

「職人を邸に招くにしても、ディアーナ様が町へ習いに行くにしても、カイン様にばれないで済むとは思えません。何時も出入りする家庭教師の先生に習ってもバレたんですよね？　去年は」

そもそも邸からほとんど出ないディアーナが外に出れば、たとえそれがカインがいない午前中であったとしても何故かカインは嗅ぎつけるだろう。なんとなくそんな気がするイルヴァレーノである。

「そうですね。では、こうしましょう。イルヴァレーノが職人の下へ出向いて習ってきなさい。そうして、イルヴァレーノがディアーナ様に教えるんです」

イルヴァレーノの懸念に対し、ノータイムでパレパントルが代案を出してきた。おそらくこれは、最初からイルヴァレーノにやらせる気で提案したに違いない。イルヴァレーノは深くため息を吐いた。

「……僕が屋敷内で仕事をしているという偽装は、よろしくおねがいします」

イルヴァレーノがそう言うと、パレパントルは「請け負いましょう」といい顔で返した。

「イル君！　よろしくおねがいします！」

ディアーナも、椅子の上でくるっと回って横を向くと、イルヴァレーノに向かってペコリと頭を下げたのだった。

カインは、ディアーナがコソコソとクライス先生と何かやっていることに気がついていた。音楽の授業が終わった後に、カインとイルヴァレーノをピアノ室から追い出してしばらく出てこないのだ。お茶の時間にはティールームへとやってくるのでさほど長い時間ではないのだが、カインに知られたくない何かがあるのだということはわかる。

「くっふっふっふ」

カインが変な笑い声を出しているのに眉をひそめるイルヴァレーノは、肘でカインの脇腹を突きながら、

「秘密にしてるんだから、気づかないふりをしてあげてくださいよ」

とコソコソと小さな声で耳打ちした。

「わかってるよ。わかってるから、戻って聞き耳立てたりしてないだろ。どんな歌を歌ってくれるのかは当日のお楽しみにしてるんだから、大丈夫だよ」

そういって、カインはスキップしながら廊下を進んでいく。

「本当にわかってるのか？　アレで知らないふりできてるつもりなら自分を見つめ直した方がいいと思うけどな……」

「何か言ったー？」

先に進んだカインが、廊下の曲がり角で立ち止まって振り向いている。イルヴァレーノは主人の背中を追いかけて早足で歩く。

「何も言ってませんよ」

そうして、カインの誕生日当日である。

「お誕生日おめでとう、カイン。私からはこれを」

父であるディスマイヤから、万年筆がプレゼントされた。

「お誕生日おめでとう、カイン。わたくしからはこれを」

母であるエリゼからは、カインの名前と家の紋章が刺繍されたリボンタイがプレゼントされた。

「お兄様お誕生日おめでとう！　ディはお歌をうたいます！」

妹のディアーナは、「お誕生日おめでとう、生まれてきてくれてありがとう」という内容の歌を歌って聞かせてくれた。

「僕の方こそディアーナ生まれてきてくれてありがとうだよ！　素敵な歌をありがとう！　とっても嬉しい！」

父、母、ディアーナと順番にハグをしてお礼を言うカイン。壁際に控えて見ていたイルヴァレーノは、確かにいつもより芝居がかっていてわざとらしいかもしれないなと思った。ただ、歌詞の内容に感動したのは本当のようで、流している涙は嘘泣きではなさそうだった。

「今年も、家族皆からお祝いしてもらって、僕はとっても幸せものです」

普段よりも豪華な夕食を食べ、サロンでゆったりとお茶を飲みながらの贈り物タイムであった。家族みんなからプレゼントをもらい、カインはお礼の言葉で締めようとした。

「お兄様。まだだよ。まだ、プレゼントがあるの！」

「え？」

頭を下げようとしたカインの前にまわりこみ、手を突き出してカインのお辞儀を止めたディアーナは、カインの動きが止まったのを見て振り返った。

「イル君！　例のものを！」

手を大きくふり、仰々しく言うディアーナに、

「かしこまりました、お嬢様」

といって、やはり仰々しく頭を下げるイルヴァレーノ。

イルヴァレーノは頭を上げて一度サロンから退出すると、カラフルな花束を持って戻ってきた。部屋の中央まで進み、花束をディアーナに渡す。

「おにいさま！　お誕生日おめでとう！　これは、ディとイル君からだよ！」

ディアーナから勢いよく突き出され、胸にぶつかった花束を顎を引いて見下ろすカイン。おずおずと、ソレを手にとって眺めると、それはリボンやレースで作られた花を束ねたものだった。

レースを小さく切り分けて花弁にし、何重にも重ねてひろげて作られた花。リボンをクルクルと巻いて、一方を広げた花。レースの花弁と刺繍された布の花弁を重ねてマリのように丸くなっている花。大きさも、色も色々まざった花束だった。

「これは……？」

花束の花を、そっと触って絹のリボンの肌触りを感じる。花を見て、そしてディアーナの顔を見た。

「ディとイル君で作ったの。こんどこそ、どこにもない誰も知らないお花だよ」

ニコニコした顔で、ディアーナが説明する。

どこにもない誰も知らない花。

「そのお花の名前はね、カイン花って言うんだよ！」

ディアーナが、ドヤ顔で胸を張る。幼児体型なので、胸よりもお腹が前に出るが本人は気にしない。

「花言葉はね……」

ディアーナが胸を張ったまま、人さし指をさして説明しようとする。

「おにいさまだいすき！」

「おにいさまだいすき……」

ディアーナと、カインの声が重なった。

カインは、花束を持っていない方の手で口元を押さえると体がふるふると震た。眉尻はさがり、目は細くなる。

「ふっ。うぅ……。うっ」

息を殺したような、しゃっくりのような声が口を隠した手の隙間から漏れてくる。一つまばたきをしたことで、一筋だけ涙がこぼれてきた。

いつものように大げさに驚いたり跪いたりするわけでなく、ただ静かに立ち尽くして嗚咽《おえつ》をこらえて静かに泣いた。息がとぎれとぎれに引きつる合間に、

「ありがとう」

と小さな声でつぶやいた。

ディアーナはお腹がくっつくぐらいそばにいたので、そんな小さな声でもちゃんと聞き逃さなかった。

「どういたしまして！」

カインが心底驚いたところを見て、ディアーナは満足そうにそう言った。

誕生会が終わって、自室に戻ったカインはイルヴァレーノを責めた。

「知ってたんだろ。お前の主は僕だろうに、黙ってるなんてひどいじゃないか」

驚いて、静かに泣いた事が恥ずかしいのか顔を合わせようとはしていない。イルヴァレーノに背中

を向けて、怒ってるぞというアピールだけしている。おそらく本気では怒っていないだろう事がミエミエなので、イルヴァレーノは適当に流した。

「はいはい。ディアーナ様に一枚上をいかれてくやしいね、おにーさま」

適当な返事をしつつ、カインの寝支度を整えていくイルヴァレーノ。寝間着に着替えたカインの、脱いだ服を洗濯かごに入れていく。浴室に置いておけば、翌朝洗濯メイドが回収に来るのだ。

「誕生日プレゼントが歌だけだと思って油断していたお前が悪い」

「二段構えだなんて思わないだろう。白々しく『気づかないふりしてあげてください』とかいって、あーもー！　うらぎりだ！」

手足を伸ばしてバタつくカインを、またもや「はいはい」と言いながらベッドに追い立てて布団の中に潜らせる。カインが布団の中に収まったのを確認して、イルヴァレーノは天蓋から下がるカーテンを解いて閉めようとして、手を止めた。

「そうだ。ほら、これ」

イルヴァレーノは今思い出した、という感じでポケットに手を入れると小さな緑色のものを枕元にぽいっと投げた。

カインが寝返りを打ってソレを手にとると、それは緑の蔦と葉で作られた小さなリースだった。手のひらにのるぐらいの小ささで、カイン花と同じく布でできている。

「これは？」

「カイン花はもうディアーナ様が作ったから、そうだな、それはカイン草って事にしましょうか」

イルヴァレーノから言われたことが一瞬わからず、ぽかんとするカイン。その顔をみてニヤリと笑

うと、

「お誕生日おめでとうございます、カイン様」

そう言って寝台のカーテンを閉めてしまった。イルヴァレーノがそのまま部屋のドアを開け、外に出ていく音がする。

手のひらにのる小さな緑のリースと、カーテンの向こうにあるはずのカラフルな花束を交互に見て、カインはドサリと布団に倒れると自分の腕で目元を覆った。

「まさかの三段構えとか！」

カインは、胸から溢れ出すおかしい気持ちがどうにも抑えられず、布団の中で声を出して笑った。

笑いが止まらなすぎて、隠し扉から戻ってきたイルヴァレーノに「早く寝ろ！」とおでこを叩かれたのだった。

かぞえうた

ひ〜と〜つ　瞳がチャーミング
ふ〜た〜つ　ふっくらほっぺが超プリティ
みっ〜つ　みみの形がとっても美しい
よっ〜つ　横顔りりしいかわいいかっこいい
い〜つ〜つ　いつでも超かわいい

む〜っつ　むやみにやたらと超かわいい
ななつ！　なんてこった！　こんなにかわいいなんてまるで奇跡だ！　（せりふ）
や〜っつ　やっぱり今日もかわいらしい
ここのっつ　こんなにかわいいのはなんでなの？
とうでとうとう限界突破　ラブリィプリティ僕のディアーナ　好き好き大好き愛してる！

風呂上り、カインはイルヴァレーノに寝間着を着せてもらい髪をタオルで乾かしてもらっていた。ガシガシとタオルで頭をかき混ぜられた後に、毛先を挟んでぽんぽんとたたいて水分を取っていく。その作業をしながら、イルヴァレーノは遠慮がちにカインに声をかけた。

「カイン様、お風呂で歌を歌うと大変に響きます。えーと、その。部屋の中もそうですけど、廊下にも歌声が漏れていますので、控えたほうがよろしいかと思います」

「はっ　え？　はぁ!?」

カインが思い切り振り返ったので、髪を拭いていたタオルが飛んでしまった。イルヴァレーノはタオルを拾って洗濯かごに入れると、新しいタオルを出してまたカインの後ろに立つ。頭をがっちり掴んでむりやり前を向かせて新しいタオルで毛の流れにそってなでていく。

「歌聞こえてた？」

イルヴァレーノに背中を向けたまま、小さな声でカインがつぶやいた。

「お風呂に入っている時の歌は、以前から聞こえてましたよ」

「以前からっていつから⁉」

「ずっと前からですよ。僕がお仕えするようになった時にはもうお風呂で歌ってましたよね。今までは花の歌やかえるの歌とか、音楽の授業で習った曲を歌っていたので特に気にしてませんでしたけど、今日の歌は流石にちょっと」

イルヴァレーノが話している最中からどんどんとカインの首が赤くなっていく。髪の毛の隙間からちらりと見える耳まで赤くなっている。

「歌なんて、授業でも中庭でも歌っているじゃないですか。いまさら恥ずかしがることないんじゃないですか」

タオルを肩にかけて、ブラシを取り出したイルヴァレーノが真っ赤な首を見ながらあきれた声でそういえば、

「聞かれているとわかっていて聞かせるために歌うのと、無意識に歌っちゃっていたのを聞かれるのではぜんぜんちがうよ！」

といつもより高い声でカインに返された。


次の日、カインが王城へ剣術訓練に行っている間、イルヴァレーノはパレパントルと一緒に銀食器を磨いていた。銀の食器は、使わない時でもこまめに磨いていないとすぐに曇ってしまうのだと、パレパントルはイルヴァレーノに教えていた。

食堂の隣にある使用人が控えておく部屋で、並んで座って銀食器を磨いている。イルヴァレーノが磨き終わったフォークをパレパントルに渡して、チェックしてもらう。

「先のほうがまだ少し曇っています。薄くなっていて力が込めにくい場所ですが、丁寧に磨いてください。やりなおし」

「はい」

戻されたフォークを受け取って、縦にしたり光にあてたりして自分でも曇りを確かめているイルヴァレーノは、ふと隣から鼻歌が聞こえて来るのに気がついた。

「ひーとーつ　ひとみがちゃーみんぐー」

横に座るパレパントルを見上げると、真剣な顔をして銀のナイフを磨きながら小さく口ずさんでいるその歌は、イルヴァレーノにとってとても聞き覚えのあるものだった。

「ウェインズさん、その歌は……」

「ああ。妙に頭に残ってしまうんですよね。気がつくとつい歌ってしまっている事があるんですよ」

「どこで聞いたんですか？」

イルヴァレーノはパレパントルに出どころを聞いた。

カインの歌っていたおかしな数え歌は、イルヴァレーノが知る限りではお風呂で歌った一回だったはずだった。廊下まで響いていたが、夕飯後、就寝前の時間なのでそうそう廊下を行き来する人もいなかったはずである。パレパントルが偶然通りかかったということも考えられなくはないが、可能性としては低いんじゃないかとイルヴァレーノは考えている。

「さて、どこだったかな。メイドの誰かが歌っていたのを聞いたのだったような気もしますが」

パレパントルは、銀食器を磨く手は止めずに首だけをかしげて思案顔をし、ぼんやりとした出どころを告げた。

「あの、カイン様はその歌を人に聞かせるつもりはなかったみたいで、僕に聞かれて耳を真っ赤にするぐらい恥ずかしかったみたいなのです。できれば、あまり広めないでください」

身長の高いパレパントルは座高も高い。並んで座っているイルヴァレーノは隣に座るパレパントルを見上げるように首を上げなければ顔を合わせられない。イルヴァレーノの視線を感じたパレパントルは一旦銀食器をテーブルの上に置くと、イルヴァレーノを見下ろして、

「主人思いですね。良いことです」

そういって薄く笑った。


王城へ行く馬車の中、父ディスマイヤは書類に目を通しており、カインは本を読んでいた。時々は会話もするが、仕事場と自宅を往復するだけの父と、剣術訓練のために城に行く以外は基本的に外にでないカインでは、日々新しい話題が出来るわけでもなく、話すことがなければお互いに静かに過ごしていた。

「ふーんふふん　ふふんふんふーんふん」

ふと、なにか歌うような声が聞こえてカインは本から顔を上げた。見れば、斜め前に座って書類を読んでいる父が鼻歌を歌っているようだった。珍しいな、とカインは思ってじっと父の顔を見る。機嫌が良いんだろうか？　今日は仕事が早く終わりそうなのかな、とカインは想像しつつも、ご機嫌の父を邪魔するつもりもないのでまた目線を本に戻そうとした。

「ふーんふーんふーん　ふっくらほっぺが超プリティ〜」

カインは、手の上にあった本をバサリと馬車の床に落としてしまった。その音に書類から目を上げ

たディスマイヤは、カインの見開いた目を見て苦笑し、床に落ちた本を拾ってカインの膝の上に置いた。

「ほら、カイン。本を落としたぞ。どこまで読んだかわからなくなってしまったな」

無意識に、膝の上に乗せられた本を手で掴んで滑り落ちないように支えながら、父の顔をガン見するカイン。

「おとうさま、そのうたをどこで」

つい、カタコトになってしまったカイン。その様子を見てディスマイヤはプッと吹き出してしまった。口に手を当てて、くっくっと喉を鳴らして笑っている。

「やっぱり、この歌はカインが作った歌なのか？　ということは、ディアーナのことを歌っているんだな」

「やっぱりってなんですか。歌詞にディアーナの名前も入っているじゃないですか？」

恨めしい顔で父をにらみつつ、カインがすねたような顔をした。それをみてディスマイヤはますますおかしい気持ちになってきたのだが、これ以上笑ってしまうと流石にカインがふてくされると思って我慢した。ゴホンと空咳をして笑いをごまかすと、背筋を伸ばして真っ直ぐにカインに向き合った。

「いや、僕が聞いた分にはディアーナの名前は出てこなかったよ。ただ、とにかく特定の誰かを可愛いって言うだけの歌だったからね、これはカインかなぁって思ってたんだよ」

「お父様が知っているのは、何番までなんですか？」

たしかに、ディアーナの名前は十番まで行かないと出てこない。『ディアーナ可愛い数え歌』は風呂の中で即興でカインが歌っただけの歌なので、イルヴァレーノに注意された日にしか歌っていない。

ただ、その風呂のなかではヘヴィー・ローテーションしていたので、歌った回数は十数回ぐらい、一時間ぐらい歌いっぱなしだったはずだ。

「うーん？　むやみにやたらと可愛いまでだから、六番までかな」

「中途半端な所までですね。誰から聞いたんですか、この歌」

六番までしか知らないということは、ディスマイヤが直接風呂場から漏れた歌を聞いたわけではないのは確実である。ディスマイヤの耳に入る場所で歌った誰かがいるのだ。

「誰だったかな？　エリゼが歌っていたような気がするよ」

「お母様かぁ……」

「リズムが良いと言うか、節が良いと言うか、なんかつい口ずさんじゃうんだよね」

「ううぅ」

母のエリゼが偶然カインのバスタイムに廊下を通るとは思えない。という事は、母エリゼも誰かから歌を聞いたのだ。こうなると、この歌が邸のどこらへんまで知れ渡ってしまっているかわかったものではない。しかも、歌詞にディアーナと入っていなくても、歌ったのはカインだろうと推測されてしまっている。

「恥ずかしい……」

「あはははははは。珍しいカインが見れて、僕ぁ、楽しいよ！」

両手で顔を覆ってうつむいたカインに、ついにディスマイヤは笑うのを我慢できなくなってしまった。

それでも、しばらくすればみんなこんな即興で作った数え歌なんか忘れてしまうだろうと、カインは思っていた。流行といっても邸の中だけの話だし、一週間も経てばそんなこともあったねぐらいの話になっているだろうと。

しかし、そうはならなかったのだ。

家庭教師として魔法を教えに来たティルノーアが『魔法は素敵数え歌』に歌詞を変えた物を歌ったのだ。いわゆる替え歌というやつで、歌詞はだいぶ変わっていた。ティルノーアとしてもカイン発祥の歌だとは思っていないようだったが、そばで歌われるとカインはいたたまれない気持ちになってしまった。

それから、カインは邸の中でも歌詞が変えられて歌われている数え歌を度々耳にするようになった。元々がディアーナ可愛い大好きを表現している歌なので、替え歌の方も何かを褒めて好きだと伝える内容になっている。掃除メイドが『お掃除大好きお屋敷綺麗数え歌』として歌いながら掃除をしていたり、洗濯メイドが『お洗濯大好きシーツ綺麗数え歌』として歌いながらシーツを干していたりする。庭師の老人が『お花大好き綺麗数え歌』を歌いながら植え替えをしている場面に遭遇したときには、カインは膝から頽《くずお》れてしまった。

「おじいさんまで……」

「かんたんな歌詞で覚えやすい節なもんで、ついうたっちまうんですよ」

ここまで広がると、もはやどこが発生源なのか突き止めるのは無理だろう。皆が皆して「家の誰かが歌っていたのを聞いて覚えた」というに違いない。

ただ、ここまで多種多様の替え歌が蔓延しているのであれば、これはもはや『作詞作曲カイン』という恥ずかしい事実はなくなってしまったと考えても良いのではないか？　そう考えて、自分を慰めるカインである。

しかし、そんなカインをさらに打ちのめす事件が発生した。家庭教師で音楽担当のクライス先生が、数え歌の楽譜を持ってきたのである。

「今、王都の貴族内で流行っていてね、楽譜が欲しいって言われたから聞いた音を書き起こしたんだよ」

「耳コピしたんですか⁉　っていうか、流行っているってなんですか⁉」

「えーとね、数に合わせて相手の好ましいところを歌い上げ、とうでとうとう結婚してください、とか付き合ってください、とかの歌詞にしてプロポーズしたり告白したりするのが流行ってるんだよ」

なんだそれは。なんでそんな事になっているのか。カインは頭を抱えてしゃがみ込む。

「カイン様？」

「なんでそんなことに……」

しゃがみこんだカインを不思議そうな顔で眺めながら、クライスはピアノの譜面台に書いてきた楽譜を置いて、ぽろろんと鍵盤をなでた。

「歌に乗せて愛を告げるなんて、ロマンチックでしょう。でも、作詞して作曲してっていうのは、教養として音楽を習っていても難しいもんだからさ」

そう言いながら、ピアノ前の椅子に座って数え歌の主旋律をゆっくりとピアノで鳴らしだした。

カインはそんなクライスを恨めしげに見上げつつ、

「愛を告げる歌なんて、すでに沢山あるじゃないですか。なんで今、この曲なんですか」

「すでにある愛の歌は、歌唱劇の一部だったりするからねぇ。歌い出しから告白のフレーズまでがやたら長かったり、そもそも歌うのが難しい曲だったりして気軽に歌える物は少ないんだよね。それに比べて、最近流行っているこの数え歌は、リズムも音階も単純だし歌詞のワンセンテンスが短いから替え歌にしやすいんだよね。そして何より、歌い出しから告白までの時間が短いのも魅力でしょう」

カインの質問に、クライスが流行の理由を分析してみせる。手は止ずに数え歌のリズムをピアノで弾き続けている。

手は鍵盤を弾いて曲を奏でつつ、顔だけカインに向けて苦笑いを浮かべたクライス。

「そんな顔するなんて、もしかしてこの曲作ったのカイン様？」

「……チガイマス」

恨めしげに見上げていた顔をそらしてカインはそんな風に返事をしたが、

「みんなで、歌詞を色々変えて歌ってみようって授業にするつもりだったけど、やめておこうか」

とクライスに気を使われてしまった。明らかにカインの挙動不審のせいで歌の出どころがバレてしまっていた。

ひ〜と〜つ　光る金髪かっこいい
ふ〜た〜つ　ふつうにしてても超かっこいい
みっ〜つ　みためがとってもかっこいい
よっ〜つ　よそみができないぐらいかっこいい
い〜つ〜つ　いつだってかっこいい
む〜っつ　むかいあわせでみてもかっこいい
な〜な〜つ　なでなでしてくれるとうれしい

やーっつ　やっぱりカインはかっこいい
ここのっつ　こんど一緒にあそびたい
とうでとうとう気持ちがあふれた！　カイン僕のカイン　好き好き大好きカイン好き！

カインが、剣術訓練のために王城へ行けば、近衛騎士の訓練場でいきなりアルンディラーノに数え歌を歌われた。一番最初にカインが歌った歌とはリズムが変わっているところもあるが、とにかくかっこいい大好きしか中身のない所は変わっていない。

「アル殿下？」

クライスの二の舞にならないよう、引きつりそうになる顔をなんとか笑顔に固定して、アルンディラーノに向き合った。焦ってボロを出せば、この歌をはじめに歌ったのがカインだとバレてしまう。そんな墓穴を掘るわけには行かなかった。

「今ね、好きな人にこの歌を歌ってあげるのが流行ってるんだよ！　一生懸命、カインのかっこいいところを考えたよ！」

アルンディラーノが、キラキラと眩しい笑顔でそんなことを言ってくる。誰だそんなことをこの王子様に吹き込んだやつは。愛の告白に使うんじゃなかったのか。責任者はどこだとカインは叫びたかった。

「えーと……。アル殿下、歌をありがとうございます。光栄です」

「うん！」

将来ディアーナを不幸にするかも知れない人物ではあるが、まだ今現在は素直でいい子なアルンディラーノ。その子どもからの真っ直ぐな好意を無下にできるほどカインは冷たくない。ひとまず、お礼を言っておくことにした。

それで終わり、さぁ剣術訓練しましょうか、と言うつもりで木刀置き場へ移動しようとしたが、アルンディラーノが進路を塞ぐように前に立つ。

「アル殿下？」

「カインは、僕のこと嫌い？」

こころなしか、シュンとした顔でそんなことを言い出した。なんでだ。歌についてはありがとうと受け取ったから良いのではないのか。カインは、思わず一歩さがって周りに助けを求める視線をさまよわせた。

「カイン様。大好きの歌を貰ったら、大好きの歌を返すのが習わしみたいですよ」

そっと、ゲラントが耳打ちしてくれた。

カインが風呂で即興で歌ってから、まだ一月も経っていないのに、なんでそんなルールまで出来上がってしまっているのか。貴族社会は恐ろしい。

「えっと、それは歌でプロポーズされて受けるなら歌で返すとか、告白されてお付き合いを了承する場合に歌で返すとかそういう意味なんじゃないの」

「僕もその辺はよくわかりません。けど、殿下はカイン様からのお返事を楽しみにしながら一生懸命歌詞を考えておられましたので……」

若干疲れた顔をしているゲラント。もしかしたら、アルンディラーノから歌詞づくりにつきあわされたのかも知れないとカインは少し同情した。

カインはアルンディラーノの前にしゃがみこむと、下から覗き込むようにしてアルンディラーノと目を合わせた。

「アル殿下。僕をかっこいいって歌ってくれてありがとうございます。僕も、アル殿下に歌をお返ししようと思いますが、僕は恥ずかしがり屋なのです。訓練の後、ふたりきりで歌わせてもらえませんか？」

ニコリと笑ってそう言えば、アルンディラーノは顔を真っ赤にしながら高速で首を縦にブンブンと振ったのだった。

訓練が終わって昼食後、いつもの中庭の東屋でカインはアルンディラーノの耳元で小さな声で『アル殿下可愛い数え歌』を歌った。

カインが帰っていってから、父であるファビアン副団長と合流するまでアルンディラーノと一緒にいたゲラントとクリスは、アルンディラーノが「僕もう耳洗わない」とつぶやいていたのを聞いてなんとも趣深い表情をしたのであった。

カインがお風呂で何気なく歌った『ディアーナかわいい大好き数え歌』が、思わぬ広がりを見せたことでカインは頭を抱えていた。王城でアルンディラーノが歌った物は、七番がセリフではなく歌になっていたり、十番もドルオタコール風からはだいぶマイルドになっていたり、最初にカインが歌ったものからだいぶズレていた。もはや、別物だし気にしないことにしよう！ と一旦は前向きに考えるのだが、すぐに「でもなぁ～」と思考がぶり返してまた恥ずかしくなる。その繰り返しで気分の浮き沈みがなかなかに激しかった。

「ひ～と～つ　瞳がチャーミング
ふ～た～つ　ふっくらほっぺが超プリティ
みっ～つ　みみの形がとっても美しい
よっ～つ　横顔りりしいかわいいかっこいい
い～つ～つ　いつでも超かわいい
む～っつ　むやみにやたらと超かわいい
ななつ！　なんてこった！　こんなにかわいいなんてまるで奇跡だ！（せりふ）
や～っつ　やっぱり今日もかわいらしい
ここのっつ　こんなにかわいいのはなんでなの？
とうでとうとう限界突破　ラブリィプリティ僕のディアーナ　好き好き大好き愛してる！」

カインの部屋の外から、可愛い声で数え歌を歌う声が聞こえてきた。しかも、一番最初にカインが歌った歌詞とリズムそのままの歌だ。ソファーに座って頭を抱えていたカインは、ガバリと身を起こすと急いで部屋のドアを開け、廊下を覗き込んだ。

そこには、腕を大きく振ってまるで行進するような足取りでこちらに歩いてくるディアーナの姿があった。

「あ、お兄様！」

カインの姿を見つけて、ディアーナが走ってくる。そのままボスンとカインの胸に体当りするように飛び込んでくると、腕を背中にまわしてギュッと抱きつき、おでこをカインの胸にグリグリと押し付けてきた。カインも条件反射でディアーナの肩を抱くと、脳天に鼻を突っ込んでスンスンと頭の匂いをかいだ。嗅ぎなれたディアーナの香りに、カインの心は落ち着きを取り戻した。

「ディアーナ。今の歌はどうしたの？　誰から聞いたの？」

抱いている肩をポンポンと優しく叩きながら、ディアーナに問いかける。ディアーナは抱きついていた腕を解いて一歩さがり、カインの顔を見上げてニコッと笑った。

「まえにね、お風呂に入ってたら聞こえてきたんだよ。お風呂に入ってるあいだじゅう聞こえてきたから、覚えちゃった！」

カインの部屋とディアーナの部屋は、階違いの同じ場所にある。ディアーナはまだ小さくて両親と一緒に寝ているが、就寝の準備は自室でしているので風呂は自室備え付けの風呂に入っている。

「……そういうこと？」

排水溝か、換気口がカインの部屋の風呂とディアーナの部屋の風呂でつながっていて、歌が漏れていたということだろう。

カインの入浴中に廊下に漏れていたのを通りすがりに聞いたぐらいなら、歌を全部覚えたりするのはおかしいとカインは思っていた。だから、不完全な形でも十番までが人に伝わっているのが不思議だった。一時間ずっと歌を聞き続けたのはイルヴァレーノだけで、だけど「その歌詞はちょっと」と注意してきたイルヴァレーノが他人にこの歌を教えるとは思えなかった。だから不思議だったのだ。

しかしいたのだ。イルヴァレーノ以外に、一時間とは言わないが長時間に亘って繰り返しこの歌を聞き続けた人間が。

ディアーナと、ディアーナの入浴を手伝っていた母の侍女のウチの誰か。母やメイドたちに歌が伝わったのはこの侍女経由だろう。

「はぁ〜」

ディアーナの肩に掴まりながら、へなへなとその場にしゃがみこんでしまうカイン。ディアーナはそんなカインを不思議そうに見下ろした。

「お兄様どうしたの？」

「気が抜けちゃったんだよ」

眉毛をさげて答えるカインに、ディアーナはイイコイイコと頭をなでてくれた。

「ねぇディアーナ。その歌はね、歌詞を変えて歌っても良いんだってさ。ディアーナも自分で歌詞を考えて歌ってみない？」

「いいよ！」

ビシッと手を上げて元気よく返事をしたディアーナは、カインの手をひいて部屋にはいると二人がけのソファーに座った。カインが隣に座るのを待って、大きな声で歌い出す。

「ひっとつ　お兄様だいすっき！　ふったつ　お兄様だいすっき！　みっつ　お兄様だいすっき！」

ディアーナの歌は、数え歌というには数字の後の歌詞で韻も踏んでいないし、元々の数え歌の音もリズムも無視されている。ただひたすら、お兄様大好きを連呼するだけの歌だった。

後から部屋に来たイルヴァレーノは、ディアーナの膝の上に頭を乗せてうずくまっているカインと、そのカインを指差して「お兄様こわれちゃった」と困った顔で言うディアーナを見ることになったのだった。

紅葉狩り

エルグランダーク公爵家は、王都の程近くに山を一つ持っている。そのことをカインが知ったのは、十一歳の秋の半ばのことだった。

「山ですか」

「ああ、山とその周辺の丘や林などだよ」

「領地とは別なんですよね」

「一応、領地ではあるよ。領民も居ないし農地も無いけどね」 休息日の午後、珍しく家族四人そろってのティータイムの最中、お茶請けに出されたアップルパイが美味しいとディアーナが言ったのを受けて、ディスマイヤが「アップルパイといえば、王都の近くに山がある」という話を始めたのだ。

「なんでそんな土地を持っているんですか?」 土地の存在を知らされていなかったカインが、疑問に思って聞けば、ディスマイヤは苦いものを飲み込んだような顔をした。

隣に座って優雅にティーカップを持ち上げていたエリゼが、ふふふと上品に笑いながらカップを小さく揺らしている。

「狩り用の土地なのよ、カイン。小さいけれど川が流れていて、動物たちが好むような草や木が植えられているの」

ディスマイヤの代わりに、エリゼが楽しそうに答えた。ティーカップをゆっくりとソーサーの上に戻すと小さく肩をすくめてみせる。母は三十路のはずであるが、とてもかわいらしいしぐさだとカインは思った。

「狩り用ですか」

「お義父《とう》様《さま》とお義祖父《じい》様《さま》が狩りの好きな方だったのよ。おじい様が王家主催の狩猟大会で優勝したときに、褒賞として王家から賜った土地なのよね」

いたずらっぽい笑顔で、ディスマイヤの顔を覗き込みながらエリゼが代わりに答えてくれた。ディスマイヤは、への字口のまま仕方がないというように首を縦に振るだけだった。

「お父様は、狩り嫌いですもんね」

カインは、気の毒そうな顔をつくりながらそう言うと、自分のカップを持ち上げてお茶を一口飲んだ。狩りが嫌いなのに、狩り用の土地を管理させられているということだ。王家からの賜り物ということであれば、手放すこともむずかしいだろう。

「お父様は、なぜ狩りが嫌いなんですの？」

領民も農地もない土地って税金どうなってるんだろう？　とカインが別のことに思考を飛ばしている横で、ディアーナが会話に混ざってきた。

「動物の殺生を競い合って楽しむというのが性《しょう》に合わないんだよ」

ディアーナからの質問に、ディスマイヤは眉毛を下げつつも半笑いで答えると、手前の皿からアップルパイを一切れつまんで口に放り込んだ。

「はしたないっ」

と小さな声で言いながらペシリと夫のももを小さく叩くエリゼだが、顔だけは優雅に微笑んでいる。

今日は家族だけの簡易的なティールームテーブルなので、その様子がカインからも見えたが、テーブルクロスが長く敷かれている公式の茶会用テーブルであったならば、何があったかは他の人には全くわからなかっただろう。これが貴族女性というものか、とカインは素直に感心した。

その、狩り用に賜ったものの狩りには使っていないという土地をどうしているのかといえば、騎士たちの訓練場として使用しているということであった。

王国の東の端にあるネルグランディ領から、入団二年目の騎士が二年間王都のエルグランダーク邸の警備に派遣されてくる。その二年目と三年目の騎士たちが、王都に滞在中の訓練の場として狩場の山へと赴いては、危険な獣や凶暴な魔獣を退治しているというのだ。

土地には常駐の管理人も置いてはいるが、獣や魔獣の発生を抑制したり駆除したりができるわけではない。不法侵入を見張り、土地をぐるりと囲む柵にほころびが無いかを見回るのが管理人の仕事であり、獣が増えた、魔獣が出たとその管理人から報告があれば、騎士が訓練をかねて出かけて行くという役割分担になっているらしい。

「で、それがこのアップルパイとどうつながってくるんですか？」

「昨日と一昨日で騎士団が山に訓練に行ってきたんだが、今年はリンゴが豊作だったんだそうだ」

「狩り用の山でリンゴですか？」

「おかしくはないだろう？　獲物になりうる獣は小動物の多い山に好んで住むし、小動物は木の実や果物の多い山に好んで住むんだから。リンゴだけじゃないよ。ブドウや柿やアケビ、ドングリの木なんかも植えてある。その中で今年はリンゴの実りが豊かだったらしいよ」

ただし、果樹園として育てているわけじゃないから、大概の実は人が食べるには小さくてすっぱいらしい。その場でかじった騎士にとってもとてもすっぱいリンゴだったので、報告がてら少しだけ採ってきたという。

「でも、焼き菓子にするにはすっぱい果物の方が美味しいのよね」

エリゼが、上品にナイフで一口大に切り分けたアップルパイを一口食べた。

「このアップルパイは、その山から採ってきたリンゴで作ったということですか？」

「そうだよ。美味しいだろう？　厨房からもっと採ってこれないかって言われているんだけどね。……どうだい？　ディアーナ、次の休息日に山にリンゴ狩りに行かないかい？」

「リンゴ狩り⁉」

話に耳を傾けつつも、おいしいアップルパイを食べるのに一生懸命だったディアーナが、リンゴ狩りという単語にピッと背筋を伸ばした。興味あります！　という顔をして、ディスマイヤの顔をジッと見る。

「ブドウやアケビもあるってさ。騎士団が危険な獣は退治した後だし、お弁当もって山登りしたりリンゴ採ったり、遊びにいかない？　きっと楽しいよ」

ディスマイヤがテーブルにひじをついて手を組み、その上に顎をのせてニコニコしながらディアーナを誘っている。世を忍ぶ仮の姿でお淑やかにお茶を飲んでいたディアーナだが、楽しそうなお誘いに目が爛々《らんらん》と輝いた。口角がぐいーんと上がって八歳らしい顔になっている。

「お父様。わたくし、エルグランダーク家の公女として領地の視察をするのは、大切なお仕事だと思いますの！」

「そうだね。領地の視察は貴族の大切なお仕事だね」

「もちろん、エルグランダーク家の公子であるお兄様にとっても大切なお仕事ですわね⁉」

「もちろんだ。みんなで行こう。お弁当も持っていくけど、カトラリーも持っていって採った果物をその場で食べるのもいいね」

採った果物をその場で食べる。それはとても素敵で楽しそうな事だと、ディアーナは目を輝かせて母親の方へと視線を向けた。

母エリゼは、にこやかに、穏やかに微笑みながら、

「落ち葉がつもってふかふかの地面には、冬に備えて暖かい場所を確保しているアレらがいるわね」

と、言った。その言葉には、にこやかで穏やかな微笑みとは結びつかないような冷たい響きがこめられており、ディアーナも顔は笑顔のままではあったが、その冷たさにピシリと固まってしまった。

固定された笑顔のまま、ゆっくりと母親から視線を横にずらすと、ディスマイヤの顔を見る。

「……お父様。三人で、行きましょう」

「……そうだね、三人で行くことにしよう」

ディスマイヤも、ディアーナの言葉にゆっくりと頷いた。

カインとディアーナの母、エリゼは大の虫嫌いなのだ。


翌週の休息日。結局、山へと行くのはカインとディアーナ、サッシャとイルヴァレーノと何人かの騎士という事になった。

ディスマイヤが先王から賜った領地へと遊びに行くことを同僚にポロリと漏らしてしまったことで、王家主催の狩猟会へ誘われてしまったのだ。元老院所属の七家と王が参加するとあって断れない。

「エルグランダーク公爵は狩りが嫌い」というのが知れ渡っているので、普段はほとんど誘われないのだが、「自分の狩猟用の領地に行くぐらいならこっちに参加しなさい」という下命が下ってしまったのだ。

「うぅ。僕もカインとディアーナと一緒にピクニック行きたかったよ」

乗馬服をまとい、胸当てとひじ当てをつけているディスマイヤがディアーナに向かって泣きまねをしている。裏の厩から狩り用の装備を身につけた馬を二頭引いて、パレパントルがやってきた。

「王家の狩猟用御領地は当家のお山と近うございますから、顔をだしたら早めに切り上げて合流すればよろしいでしょう。旦那様が狩り嫌いなのは皆様存じ上げておりますから、そうそう引き止めることもございませんでしょう」

パレパントルが手綱を渡しながらなだめるようにそういうが、

「あのクソジジィ共なら、嫌がらせの為に引き止めてくることだってありえるだろ……」

とディスマイヤは恨めしげな顔をして、嫌々ながらに手綱を受け取った。

「狩りの成果は期待しないでほしい。がっかりして帰って来る僕の為に、美味しいアップルパイ用のリンゴを沢山採ってきておくれよ」

鐙《あぶみ》に足をかけひらりと馬に乗ると、カインとディアーナ、そしてエリゼの顔を順に見まわしてディスマイヤは片手を上げた。

「いってらっしゃいませ、あなた。期待して待ってますわ」

「いってらっしゃい、お父様。沢山とって来ますわ」

「いってらっしゃいませ、お父様」

家族それぞれに見送られ、ディスマイヤとパレパントルは馬で都外への門へと向かっていった。その背中が見えなくなるまで手を振っていたカインとディアーナは、手を下ろすと「さて」と顔を見合わせた。

「僕らも出かけよう。山までは半日もかからないというけれど、せっかくお弁当を持っていくのだから お昼前には着きたいよね」

「うんっ。お日様の落ちる時間がはやくなってるもんね」

邸の裏手に付けていた馬車には、すでに勝手口からバスケットに入ったサンドイッチや、ボトル詰めされたお水やお茶が積み込まれている。収穫したリンゴを入れるための木箱やお弁当を食べるための敷物などは屋根の上に積まれていた。

御者席に騎士とイルヴァレーノが乗り、周りに騎乗した騎士が三人。カインとディアーナとサッシャが馬車へと乗り込んだ。

「気をつけてね、風邪を引かないように、走り回って汗をかいたり服を脱いだりしてはダメよ」

「はい！　お母様、行って参ります！」

馬車の窓から大きく手を振ってディアーナが挨拶している。そのまま馬車は動き出し、角を曲がって見えなくなるまでエリゼは門前で手を振ってくれていた。


ディスマイヤやエリゼは「山」と言っていたが、到着してみればそこはまばらに木が生えているなだらかな丘で、秋の日差しがさんさんと降り注いでいて、とてもピクニック向きな広場になっていた。

騎士によれば、ここは狩猟前後の休憩場所として使われている場所で、この丘を越えて向こうまでいけば木の密度もあがり、斜面傾斜が強くなって山らしくなっていくのだという。

「じゃあ、僕らはこの開けた場所に敷物を敷いて拠点としようか」

カインが腕を伸ばして背筋をのばしながら、ぐるりと見渡してそう提案をした。敷物を抱えたイルヴァレーノと日傘を持ったサッシャが追いついてきてすぐ後ろに立つ。

「秋といえど、まだ日差しが強《つよ》うございます。拠点は木陰にいたしましょう。これだけまばらに生えているのであれば、木陰にしても見晴らしがさえぎられることもないでしょうし」

「そうですね、あのへんにしましょう」

サッシャとイルヴァレーノでさっさと場所をきめて、敷物を敷いてしまう。騎士たちがてきぱきとお弁当のバスケットや食器セットなどを降ろしてその上においていき、荷降ろしが終われば木箱を抱えて山の方へと向かっていった。

三時間ほどの馬車旅を終えて、まずは一休み。水でも飲もうと思ったカインが水入りのボトルを抱えてコルク栓に手をかけ、イルヴァレーノがピクニックバスケットからカップを出して並べ、ディアーナがサンドイッチを取り出そうとかごを開けたその時。

「ひぃいいぃいぃい」

サッシャが首を絞められたような悲鳴を上げた。三人の子どもはビクリと肩をゆらしてやりかけの作業の手をとめるとサッシャの方を振り向いた。敷物に足を乗せようと片足を持ち上げた状態でピシリと固まったサッシャは、泣きそうな顔でイルヴァレーノに助けを求める視線を投げかけた。

「あ、あし。あしに、あしにっ！」

長靴下を履いた足に、イモリがぺたりと張り付いていた。おそらく、落ち葉の下にいたのが、敷物が敷かれたことで出てきたのだろう。ジッと足を上げたまま動かないサッシャの足を、ソソソソッとよじ登っていく。

「うひいいぃいぃいぃいいい」

靴下越しとはいえ、小さな生き物が移動していく感触があるのか、声にならない声で悲鳴をあげている。イモリを掴もうとしたイルヴァレーノだが、イモリはサッシャによってだいぶ上まで持ち上げたスカートのすぐ内側へと登って来てしまっていた。助けを求められているとはいえ、女性のスカートの中に手を入れるのには、当然躊躇してしまう。

サッシャはもう涙目である。普段の淑女らしい落ち着きやすまし顔は影も形もなくなっていた。

「ジッとしていてね、サッシャ」

動いたのはディアーナだった。敷物の上を四つんばいで移動してくると、そっとサッシャのひざの辺りに手を差し入れてイモリの胴を掴み上げた。そのままくるりと身体をかえすと、木の幹へとイモリを放した。

「もう、だいじょうぶだよ」

にこりとサッシャに笑いかけたが、サッシャはゆっくりと首を横に振った。サッシャはここに来る前に「虫は大丈夫ですわ」と言っていた。苦手ならエリゼと一緒にお留守番でも良いよ、とディアーナが言った時にそう返事をしたのだ。確かに、サッシャは敷物を敷くのに邪魔な石をどけて出てきたダンゴムシなどには平然としていたし、食器をだす間に、木から落ちてきた蜘蛛《くも》を小枝に逃がしたりもしていたのだ。

「これはダメです。これはダメですお嬢様。申し訳ございませんお嬢様」

泣きそうな顔をしたサッシャが深々と頭を下げるので、ディアーナはいくつかのサンドイッチと水筒をもたせると、馬車で待っていていいよと声をかけたのだった。完璧侍女を目指しているサッシャは悔しそうな顔をしたものの、爬虫類への恐怖には勝てなかったようで、大人しく馬車の中で待つことにしたようだった。

「この辺にはリンゴの木はないのかな」

サッシャを馬車に送り届けると、ディアーナはそのまま首をそらして上を見上げた。視線の先にあるのは黄色く色づいた葉と小さな木の実がついた枝である。

「まぁ、まずは腹ごしらえをしようよ。馬車に揺られると普段よりお腹が空くと思わない？」

「思う！」

ディアーナの後ろに立ってぽんとその肩を叩きながら、カインが昼食のお誘いをする。朝ごはんを食べた後、ひたすら馬車に乗っていただけで運動もしていないのに何故かお腹は空いている。サッシャも馬車に引っ込んでしまったので、カインは遠慮なくディアーナを抱き上げるとくるりと半回転して敷物へと向きを変えた。

「お食事の用意ができましたよ」

イルヴァレーノが、持ってきていたサンドイッチやクッキーやビスケット、果物などを広げていた。カインはディアーナを自分の足の上に下ろすと、両手を自分の腕に重ねて一歩一歩を大げさに歩いた。カインが脚を上げると、自動的にディアーナの足が上がる。カインが腕を前に出すと、ディアーナの腕も自動的に前に出た。

「あははー！　すごいお兄様！　ディ歩いてないのに、歩いてる！」

「カイン号出発しまーす。行き先はお弁当のある木の根っこです！」

「しゅっぱーつ！」

カインが足の甲にディアーナの足を乗せて、足を高くあげて大きく前へ踏み出す。落ち葉でフカフカの地面は、わざとらしく足を下ろすことでふわりふわりと枯《か》れ葉を舞い上がらせた。それがまた面白くて、ディアーナは声を上げて笑うと、カインの右腕をぐいっと外側に押し出して「右でーす！」と言った。それを聞いたカインは、左足を大げさに持ち上げると、右足を軸にぐるりと九十度回転して足を出した。ピクニックの敷物を前に、方向転換をして山へ向かって歩いていく。

「ちょっと！　どこに行くんですか」

敷物のそばで待っていたイルヴァレーノが、去っていくカインとディアーナに背中から声をかければ、

「運転手さんにきいてくださーい」

カインは楽しそうにそう答えた。

「次は左でーす」

ディアーナがカインを操縦して、二人は敷物の周りをぐるぐると回ったり行ったり来たりして遊ぶ。ふわふわの落ち葉に隠れていた木の根っこにカインが足を取られ、転んでカインとディアーナがバラバラになったのをきっかけに、二人は敷物まで戻ってきて座った。ブーツを脱ぐのが面倒なカインは敷物の縁に腰をおろし、水の入った瓶を手に取るとコルクを抜いて並べられたコップに水を注いでいく。

ディアーナは靴を脱いで敷物にあがると、葉野菜とほぐした蒸し鶏をはさんだ丸パンを手にとった。

「イル君がいない」

自分の分を片手に、カインの分をカインの膝の上に置いたディアーナが、もう一つを手にとって周りをくるくると見渡した。たしかにそばにイルヴァレーノの姿が見えなかった。

「遊びすぎたかな」

「帰っちゃった？」

「帰ったりはしないよ。そのへんを見て回っているのかもね。あ、ほら」

膝の上のサンドイッチを取ってかじりながら、丘の上の方を指差した。カインの指を追いかけてディアーナが視線をなげれば、確かに丘の上からこちらに向かって歩いてくるイルヴァレーノがいた。

「イルくーん。ご飯たべよー」

ディアーナが、サンドイッチを持った手を大きく振ってイルヴァレーノを呼ぶ。イルヴァレーノもそれに答えるように手を振ったあと、何かを放り投げてきた。カインがキャッチしたそれは、小さなリンゴだった。

「ディにもー！」

ディアーナが更に大きく手を振ってそう言うと、小さく頷いたイルヴァレーノがもう一つリンゴを放り投げた。キャッチしようとしたディアーナだが、寸前になって両手にサンドイッチを持っていたことを思い出した。あわわわわ、と両手をわたわたと上げたり下げたりしたディアーナが、助けを求めるようにカインを見る。カインは、手に持っていたサンドイッチを口に咥えて手を空けると、ディアーナの前に伸ばしてリンゴをキャッチした。

「もごもごご！　むぐむぐぅん」

両手にリンゴを持ったカインがイルヴァレーノに対して抗議をするが、口がサンドイッチでふさがっているので言葉になっていない。

「ディアーナ様。両手がふさがっているならほしいと言わないでください」

「ごめんねー」

すぐ前までやってきたイルヴァレーノが、両手がふさがった状態のディアーナに困ったような顔でいうが、ディアーナは悪いとは思っていない調子でニコニコと謝った。そして両手に持ったサンドイッチの片方を「はい」と差し出して、もう片方の手のサンドイッチに自分でかぶりついた。リンゴをカインに二つ投げて、まだいくつかのリンゴを両腕に抱えていたイルヴァレーノは、ちらりとカインを見て、そのままディアーナの持つサンドイッチにかぶりついて口で咥えた。

口にパンを咥えたまま、敷物の反対側にまわりこむと腕の中のリンゴをころころと転がしていく。手が空くと、ようやくパンを掴んで噛み切った。

「遠くて両手がふさがってるのが見えませんでした。リンゴがぶつからなくて良かったです」

「うん。お兄様がすごくて助かったね！」

ディアーナを挟んでカインと反対側に座ると、イルヴァレーノもコップへ水を注いで膝に挟んだ。手に持っていた丸パンのサンドイッチの残りを三口で食べきってしまうと、水を飲んでふぅと息を吐き出す。

「このリンゴどうしたの？」

一つ目のサンドイッチを食べ終えたカインは、手の中の小さなリンゴを眺めながら話しかける。そのまま一口カプリとかじりつき、

「すっぱっ」

と顔のパーツを真ん中の寄せるような表情をした。その顔を見て、ディアーナが笑っている。

「丘の向こうに三本ほどリンゴの木がありました。持ち帰り用のものは騎士たちが集めてくるんでしょうけど、せっかくだからどんなに酸っぱいのか食べてみようかなと思って」

そういってイルヴァレーノもリンゴを一口かじり、目を細めて口をへの字にひん曲げた。相当に酸っぱかったようだ。二人の様子をみて、ケラケラと笑っていたディアーナもカインから一個もらってかじり、やっぱり顔のパーツを真ん中に寄せたような表情をして「すっぱぁー！」と叫んだのだった。


食事の後は敷物の上にごろりと横になり、頭上の黄色い葉の付いた枝をぼんやりと眺めて食休みをした。

「今頃、お父様は近くのお山で狩りをしているのかしら」

「何が獲物なんだろうね、王家の狩猟場って」

どちらの方向に父がいるのかはわからないが、なんとなく横を向いて遠くを眺めるカイン。目の前には降り積もった落ち葉と少しずつ傾斜がきつくなっていく丘が見える。この世界にはまだ銃がない。父は弓なども持っていった様子はなかったが、この世界の狩りというのは一体どういうものなんだろうか。銃があれば、銃声なんかが聞こえたのかも知れないなぁと、カインは思っていた。

「ディも、狩りしてみたい。朝のお父様のお洋服かっこよかったもん」

カインも知らない狩りの仕方を、ディアーナが知っているとは思えない。言葉の通り、父の乗馬服がかっこよかったから着てみたいだけなのだとわかっていたが、カインはふふふと笑って口を開いた。

「今、僕たちも狩りをしてるんだよ」

そういって、空を指差した。ディアーナは怪訝そうな顔をして横に寝転がるカインの横顔を眺めた。

「こうやって、秋になって色の変わった葉っぱを眺めて楽しむことを『紅葉狩り』っていうんだよ」

「もみじがり」

カインの「こうやって」という言葉につられてディアーナも空を見た。黄色い葉っぱをみながら、兄の言葉をオウム返しで繰り返す。

『紅葉狩り』というのは前世の、しかも日本の独特の言葉なので邸に戻れば誰にも通じない言葉なのかもしれなかった。それでも良いかとカインは思っている。紅葉狩りって言葉はとても風流で貴族的なので、カインとディアーナで使っていればそれとなく流行っていくような気もしていた。

「そういえば、この辺の木は黄色く色づいていますね。お屋敷の楓の木は秋になると赤くなるのに」

寝っ転がったまま、イルヴァレーノが空に手を伸ばしてそんなことをつぶやいた。とくに、答えがほしかったわけではなくてただ思いついたことをこぼしただけのようだったが、ごろりとディアーナが体ごとイルヴァレーノの方に向けて転がった。

「そういえばそうだね。夏はみんな緑なのに、赤くなったり黄色くなったり茶色くなったり。色々だね」

ふしぎだねといいながら、すぐ側に落ちてきた葉をつまんでイルヴァレーノのほっぺたをつっついて遊ぶディアーナ。イルヴァレーノは鬱陶しそうに最初は手ではらっていたが、最後には諦めて突かれるままになっていた。久しぶりの、サッシャもいない子ども三人だけの時間にディアーナも気を抜いて心から楽しんでいるようだった。

イルヴァレーノが反応しなくなると、それはそれでつまらなくなったのか葉っぱをぽいと投げ出してディアーナはごろりと仰向けに転がった。そうしてしばらく、三人で敷物の上に横になって空と色づいた木を静かに眺めていた。

カインがウトウトと居眠りをし始めた頃、ディアーナがガバリと身を起こした。

「お兄様！　紅葉狩りをしましょう！」

そういいながら、ゆさゆさと肩を揺さぶってきた。カインは目をパチパチとしばたたかせながら身を起こすと、ディアーナの指差す方へと視線を上げた。そこには、小さな木の実と黄色い葉がついた枝がある。

「おうちでお留守番をしているお母様に、黄色い葉のついた枝をお土産にもってかえろう！　ディは、あの枝の形がカッコよくて良いと思うの！」

なるほど、紅葉狩り。実際に紅葉した枝を狩ろうということね、とカインは一つ頷くとあくびをしながら立ち上がった。空気はすこし肌寒くなってきているが、暖かい服装をしてきていることと、天気が良くて日差しは暖かかったことからつい居眠りをしそうになっていた。寝入りばなだったので思わずあくびが出てしまったのだった。

口元を手で隠しながら、ディアーナの言う「形がカッコいい枝」を見上げて考える。

「低めの枝だけど、手を伸ばしてもちょうど届かないくらいの高さだね。かと言って……」

振り向いて幹を眺めつつ、枝先までを視線でなぞっていく。

「木登りして折ろうとしても、辿り着くより前に体重で折れちゃいそうだなぁ」

形がカッコいい枝は、幹に近い所から細い枝になっていた。身軽なイルヴァレーノならどうか？　と振り向いて視線で問いかけてみるが、イルヴァレーノは小さく横向きに首を振った。

「飛んで掴んでもいいけど、折れ方が汚くなると思う。枝が揺れているし生木だから投げナイフでは切れないと思う」

「そうかぁ」

どうしたもんか、とカインが首をさすりながら枝を眺めているとグイグイと上着の裾を引っ張られた。首を下げて見れば、ディアーナが裾をつかんで引いていた。頭に手をのせて優しくなでてやれば、見上げてくるディアーナの顔は獲物を見つけた狩人のようにやる気に満ちた顔でニヤリと笑っていた。

「ディが狩るよ！」

と言って、カインの背をよじ登ろうとするので慌ててしゃがみこんで背を向ける。おんぶだと思って手を背に回したのだがディアーナはカインの首をまたいで肩に乗っかってきた。

「……ディアーナ、しっかり頭につかまっておいてよ」

「はい！」

バランスを崩さないように、そっと膝に力を入れて立ち上がる。頭にディアーナの手の温かさを感じながらその足首を掴んで落とさないようにそっと歩いた。木の下までゆっくりと歩けば、ディアーナの伸ばした手があとちょっとでカッコいい枝に届くところだった。

「あとちょっと、お兄様後ちょっとだよ！」

「うん。どっち？」

「もうちょっと右ー？　やっぱり左！」

またもや、ディアーナの指示で操縦されるカインだがその顔は楽しそうだった。イルヴァレーノは勢いよく起き上がったディアーナのドタバタで転がったリンゴを集めて戻しながらも、カインとディアーナの『紅葉狩り』の様子を見ていた。

「あ！」

声を上げたのは、一歩引いてそれをみていたイルヴァレーノが最初だった。

ディアーナの手が、後少しでカッコいい枝に届きそうになったその時。カッコいい枝をカッコいい枝としていた『丁度いい場所にある葉っぱ』が羽を広げて飛んだのだ。一枚の枯れ葉だと思っていたものは、二枚に割れて広げられ、その内側の鮮やかなオレンジ色を見せつけつつパタパタと空へと飛んでいってしまった。

「枯れ葉虫……」

カインはそれの正式名称は知らない。前世で幼稚園の先生か保育園の保育士に聞いたような気もするが、結局園児達が『枯れ葉虫』と呼んでいたのでカインもその名で覚えていた。もちろんこちらの世界での正式名称も知らないが、それは帰ってからイアニス先生に聞けば良いだろうと思ったし、ディアーナとイルヴァレーノにはその名で通じるだろうからやっぱり問題なかった。

「葉っぱが虫になった！」

カインの頭をガッシとつかみ、抱え込むように頭を乗り越えて顔を覗き込んできた。

「バランス崩れるから！　ディアーナダメ！」

「わ。わ。わ」

ディアーナが頭を越えて乗り出したことで、カインが前方に向かってバランスを崩す。足を大きく踏み出して転ばないように踏ん張るが、今度は慌てたディアーナが思い切り後ろにのけぞっておっこちそうになった。敷物から飛び出したイルヴァレーノが咄嗟に腕を伸ばし、ディアーナを抱えて尻もちをついた。

ぎりぎりでバランスを取っていたカインもディアーナに後ろに引っ張られ、ついにイルヴァレーノの隣にドサリと倒れ込んだ。

ふかふかの落ち葉たちがぶわっと舞い上がり、秋風に吹かれながらひらひらと三人の上に舞い落ちてくる。

「ふふっ」

葉っぱまみれになったカインは、隣でやはり葉っぱまみれになっているディアーナを見た。ディアーナは、葉っぱまみれになっているイルヴァレーノを見上げ、イルヴァレーノも葉っぱまみれのカインを見た。

「あははは」

鼻の頭に乗っかった枯れ葉を下唇を突き出して「フッ」と息を吐き出して吹き飛ばせば、それを見てディアーナが笑い出す。一度笑いだしてしまうと、もうみんな揃って枯れ葉だらけなのが面白いことに感じてしまってダメだった。

「あはははは」

「ふふふふふ」

「ふふっくふふっ」

「あっはっはっはっは」

三人で声を出して笑った。笑いすぎてお腹が痛くなり、また転がってさらに枯れ葉だらけになってしまった。こみ上げるおかしさが収まってくるまで思う存分笑うと、目尻に溜まった涙をすくって投げ捨てた。

「お土産に木の葉と枝を持ち帰るのはやめておこうか。虫になる葉っぱが付いていてはお母様に怒られてしまうよ」

「そうだね。その代わり、沢山遊んでお土産話を沢山持ち帰ろう」

「うん！」

ディアーナがニコニコと笑って立ち上がると、パンパンとスカートの枯れ葉を払い落とした。カインもイルヴァレーノも立ち上がって枯れ葉を落とすと、何をして遊ぶかの相談を始めた。


ざっぱざっぱと積もった葉っぱをわざと蹴り上げながら歩いたり、木の実拾い競争をしたり、おやつを食べたり、おやつを取って逃げていくリスを追いかけたりして遊んだ。リンゴを木箱いっぱいに集めて騎士たちが戻ってきたのを合図に、カインたちもピクニックの片付けをした。お互いの体をくるくると回りながらチェックして、虫などが服に付いていないことを確認して、馬車へと向かう。楽しかったね、お母様にお話することが沢山あるね、リンゴ沢山採れたね、などと話しながら馬車のドアを開ければそこにサッシャが座って待っていた。

服を確認して、虫と枯れ葉は落とした。しかし、枯れ木に引っかかって乱れた髪の毛は乱れたままになっていて、解けたリボンは適当に結び直して曲がっている。遊び回って油断していたディアーナは、誰のエスコートも受けずに自ら足を大きく上げて馬車に一歩踏み込んでいた。

「ディアーナお嬢様ああああああ！」

レディーらしさのかけらもない姿のディアーナを見たサッシャの叫びが、山へとこだました。

帰りの馬車の中では、淑女らしさを放棄したディアーナと、それを助長したカインとイルヴァレーノがコンコンとサッシャから叱られ続けたのであった。

あとがき

一巻ぶりに、またお会いできてうれしいです。おひさしぶりです、内河です。

書籍で読んでくださっている方、電子書籍で読んでくださっている方、どちらの方もどうもありがとうございます。おかげさまで二巻を出すことができました。二巻もあなたの心を躍らせる内容になっていることを切に願います。


この小説は、ご存じの通り「小説家になろう（以下なろう）」という小説投稿サイトに投稿している小説が基になっています。

私は、なろうでは一話あたり二千文字～三千文字で投稿しています。つまり、二～三千文字毎にキリを良くしていたり場面転換していたりするわけです。

なので、なろう連載時に十話ぐらいかけて書いていた話を、書籍ではひとまとめにする必要があるわけですよ。

単純になろう時代のサブタイトルを省いてくっつければ良い、というわけにいかないのが曲者なんです。話のつながりが訳がわかんなくなっちゃったりするのですよね。

また、なろう連載時には思いついた順に書いたりしているので、話が前後しちゃっている場面もあったりします。私は鳥頭なので、自分で書いていた設定を忘れて矛盾する事を書いちゃってることもあります。

そんな困った所を、助けてくれるのが編集さんなんですね。

さすがプロです。「急に場面が変わっているので、場面が変わったことが判るような記載を追加しましょう！」「時間経過がわかりにくいので、前の話からどれくらい時間が経っているのか一文追加しましょう！」みたいに具体的にアドバイスをくださいます。

趣味でなろうに小説を書いていた素人の私が、きちんと体裁の整った本を出版できたのはひとえに編集担当の扶川さんのおかげです。

改行ごとに一字さげるとか、ハテナやびっくりマークのあとは一字あけるといった事もわかっていませんでしたし、ゲラの見方も訂正のしかたも判らなかった私に、丁寧に色々と教えてくれました。


昔々、同人誌を作って即売会で頒布していた事があります。その時にページ順とか表紙裏表紙の配置とかをいじることを「編集する！」と言っていましたが、プロの仕事はそんなものではありませんでした。

「なろう版より読みやすくなってる！」「世界観が深まってる！」という感想を頂きました。それらは、編集という第三者の目が入ることで作者の独りよがりな文章ではなくなっているからに他なりません。

あとがきの場所をかりて、感謝の意を表したいと思います。

扶川さん、本当にありがとうございます。これからもよろしくおねがいいたします。

巻末おまけ

虹になった魔法使い

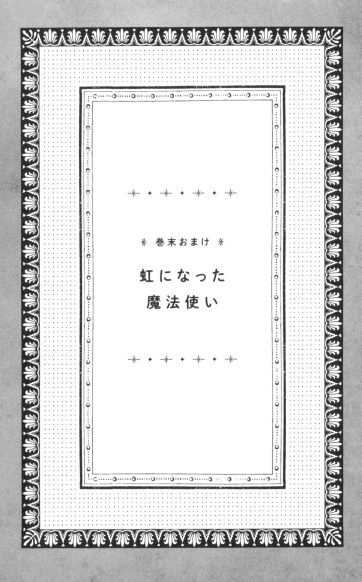

知っていますか？
虹は、雨上がりにかかると思っていませんか？
本当は、虹がかかると雨があがるのです
誰にも秘密のお話を、こっそり教えてあげますね

むかしむかし、ずっとむかし
深くて大きな森の中に、一人の魔法使いが住んでいました
魔法使いは森の動物たちと仲良しでした

迷子になっていた子狐を、魔法使いは光魔法を使って夜道を家まで送ってあげました
巣から落ちてしまったひな鳥を、魔法使いは風魔法でやさしく巣にもどしてあげました
雷が落ちて森の木が燃えてしまった時には、魔法使いは水魔法で火を消しました
だいすきなおばあさんが遠くに行ってしまったと泣いている子リスがいたら、
隣にすわって一緒に空をみあげて過ごしました

子沢山の野ネズミのお母さんには、
果物をもって遊びにいって一緒に子守をしました

森の動物達も、魔法使いが大好きでした
クマは川で捕まえた魚を魔法使いに届けました
ウサギは森で摘んだ薬草などを魔法使いに届けました
魔法使いが遠くに行くときには、馬が背中に乗せて運びました

魔法使いは森の動物たちと仲良しでした

ある涼しい季節のことです
一週間も前から雨が降り続いていて、お日様がでない日が長くつづきました
ながく続く雨のおかげで、森の動物たちは少し困っていました
いつもの雨なら、花や木が育つのに必要ですが

ながく降り続く雨は川もあふれるし土もゆるくなってしまいます
魔法使いは、動物たちが困っていないか森の中を見回りすることにしました
アライグマのお母さんが
「洗濯物がかわかなくてこまるわね」
と言っていました
魔法使いも、天気をあやつる魔法は持っていなかったので
「こまりましたね」
と答えました
風魔法で洗濯物をあおいで、乾かすお手伝いをしました
アナグマのお父さんが
「巣が水浸しになってしまって引っ越しをしないとならんよ」
と言っていました

魔法使いも、雨をやませる魔法はもっていなかったので
「こまりましたね」
と答えました
魔法使いは子どもたちを腕に抱えて引っ越しを手伝いました
丘の上の水はけの良い土地へいき、
魔法使いは土魔法で巣穴の上に屋根をつくってあげました

魔法使いが、他に困っている人がいないかと森を歩いていると
どこからか、シクシクと泣く声が聞こえてきました
どこから聞こえてくるのだろう？
森中を歩きまわりますが、泣いている人がみつかりません
それでも、シクシクと泣いている声はまだ聞こえてきます

よくよく耳を澄ませてみると、泣き声は上の方から聞こえていることがわかりました
魔法使いは森で一番背の高い木にのぼってみましたてっぺんまで登ってみても、泣き声はまだ上から聞こえてきます
魔法使いは、そらとぶほうきを取り出して、森の空へと浮き上がりました
木よりも上に浮かびましたが、泣き声はまだ上から聞こえてきます
魔法使いはもっと、もっと、ほうきで空の上へと飛んでいきました

ついに、魔法使いは雲の上へと出てしまいました
「しくしくしく」
森の中で聞いた声よりも、おおきな声で泣いている声が聞こえました
雲の上をぐるりと見渡すと、ずっと先に天使の女の子がしゃがみこんでいました

雲の上をふわふわと歩いて魔法使いは天使のそばまで行きました
「天使さん、何故泣いているのですか」
魔法使いがやさしい声で聞きました
「とてもかなしくて泣いているのよ」
天使はそう答えました
「なにがそんなにかなしいのですか」
また魔法使いが聞きました
「ずっと長いこと泣きすぎていて、何が悲しかったのかわすれてしまったわ」
天使はそう答えました

魔法使いはこまりました
かなしい気持ちの原因がわからないと、解決できないからです
魔法使いは天使の隣にすわると、やさしく頭をなでました
魔法使いの手が温かかったので、天使はすこしだけ泣き止みました

「何が悲しかったのか忘れてしまったのなら、楽しいことを考えてはどうでしょう」
魔法使いは提案しました
天使は少し考えて、泣きながら答えました
「きれいなものが見えたなら、悲しい気持ちを忘れるかも知れないわ」
天使の言葉をきいて、魔法使いは手のひらの中に光魔法で虹をつくりました
「みてください、きれいな虹をつくりました」
魔法使いは、手の中の虹を天使にさしだしましたが、あふれる涙を手でぬぐっている天使には見えませんでした
魔法使いは、両手を大きく広げて自分をおおう大きさの虹をかけました
「みてください、きれいな虹をつくりました」
魔法使いが声をかけますが、天使には見えてないようでした

魔法使いは立ち上がり、ほうきにまたがると言いました
「これから空いっぱいに虹をかけますから見てくださいね」
ほうきで雲の上に浮き上がると、魔法使いは大きく飛びました
魔法使いが飛んだ後に虹がかかっていきます
「さぁ、顔を上げてそらをみてください！」
魔法使いがそういってどんどん空へ向かって上がっていきます
どんどん向こうへと飛んでいきます
魔法使いが飛べば飛ぶほど、虹は大きくきれいになっていきます
魔法使いは魔法の力を使いきってしまいましたが、虹の橋はまだ半分しかかっていませんでした
魔法使いは、自分の体を魔法に替えてまだまだ虹をかけ続けました

虹が空いっぱいにかかるころには、魔法使いの体はなくなってしまいました
空はそれほど大きかったのです

泣いていた天使は、空いっぱいにかかる光る虹をみました
それはそれはとてもきれいな虹でした
その虹のあまりの大きさに
天使はついに涙がとまりました
その虹のあまりの美しさに
天使はついに笑顔になりました

天使が泣きやむと、森に降り続いていた雨もやみました
森に降っていた雨は、天使の涙だったのです
雨が上がり、青空が見えるようになると
森からも大きな虹が見えました

森の動物たちは、大きくてきれいな虹を見て長い雨が終わったことを知りました
洗濯物がかわくとよろこびました
草がそだつとよろこびました
もう引っ越さなくていいとよろこびました

嬉しい気持ちを魔法使いに伝えようとしましたが
森の動物達はもう魔法使いに会うことはできませんでした

そういうわけで、雨があがると虹がかかるのではなく
本当は、虹がかかるから雨があがるというわけです

空にかかる虹をみかけたら、それは虹になった魔法使いかも知れません

お茶会での発見！

漫画：よしまつめつ

悪役令嬢の兄に転生しました
Reincarnated as a Villainess's Brother
俺は、妹を絶対
悪役令嬢にしない!!
漫画・よしまつめつ
原作・内河弘児　キャラクター原案・キャナリーヌ
©2021 Hiroko Uchikawa/TOBOOKS
©2021 Yoshimatsumetsu/AKITA PUBLISHING CO.,LTD.
秋田書店
DOKODEMO
どこでもヤングチャンピオンにて
YOUNG CHAMPION
コミカライズ連載中!

この夏よ、
永遠に！
by カインの心の一句
お兄さま、
面白い！
書き下ろし
短編特典
付き 予約
受付中！
悪役令嬢の
Reincarnated as
a Villainess's Brother
兄に転生
しました
3
発売！
著 内河弘児 イラスト キャナリーヌ